OS AMORES
DIFÍCEIS

ITALO CALVINO

OS AMORES DIFÍCEIS

Tradução
Raquel Ramalhete

2ª reimpressão

Copyright © 1990 by Palomar srl
Proibida a venda em Portugal

*Grafia atualizada segundo o Acordo Ortográfico da Língua Portuguesa de 1990,
que entrou em vigor no Brasil em 2009.*

Título original
Gli amori difficili

Tradução do apêndice
Nilson Moulin

Capa
Jeff Fisher

Preparação
Márcia Copola

Revisão
Larissa Lino Barbosa
Gabriela Morandini

Atualização ortográfica
Verba Editorial

Dados Internacionais de Catalogação na Publicação (CIP)
(Câmara Brasileira do Livro, SP, Brasil)

Calvino, Italo, 1923-1985.
  Os amores difíceis / Italo Calvino ; tradução de Raquel
Ramalhete. — 1ª ed. — São Paulo : Companhia das Letras, 2013.

  Título original: Gli amori difficili.
  ISBN 978-85-359-2262-2

  1. Contos italianos I. Título.

13-02307   CDD-853.1

Índice para catálogo sistemático:
1. Contos : Literatura italiana 853.1

2021

Todos os direitos desta edição reservados à
EDITORA SCHWARCZ S.A.
Rua Bandeira Paulista, 702, cj. 32
04532-002 — São Paulo — SP
Telefone: (11) 3707-3500
www.companhiadasletras.com.br
www.blogdacompanhia.com.br
facebook.com/companhiadasletras
instagram.com/companhiadasletras
twitter.com/cialetras

SUMÁRIO

PRIMEIRA PARTE: OS AMORES DIFÍCEIS
A aventura de um soldado *8*
A aventura de um bandido *18*
A aventura de uma banhista *25*
A aventura de um empregado de escritório *36*
A aventura de um fotógrafo *45*
A aventura de um viajante *58*
A aventura de um leitor *73*
A aventura de um míope *88*
A aventura de uma esposa *97*
A aventura de um esposo e uma esposa *106*
A aventura de um poeta *110*
A aventura de um esquiador *117*
A aventura de um automobilista *124*

SEGUNDA PARTE: A VIDA DIFÍCIL
A formiga-argentina *132*
A nuvem de smog *169*

Apêndice *221*
Sobre o autor *239*

Primeira Parte

OS AMORES DIFÍCEIS

A AVENTURA DE UM SOLDADO

NO COMPARTIMENTO, ao lado do infante Tomagra, veio sentar-se uma senhora alta e bem fornida. Devia ser uma viúva do interior, a julgar pelo vestido e pelo véu: o vestido era de seda preta, apropriado para um longo luto, mas com guarnições e enfeites inúteis, e o véu dava a volta ao rosto dela, descendo da aba de um chapéu pesado e antiquado. Outros lugares estavam livres no compartimento, notou o infante Tomagra; e pensava que a viúva com certeza escolheria um daqueles; em vez disso, apesar da rude vizinhança dele, soldado, ela veio sentar-se logo ali, com certeza por conta de algum conforto da viagem, apressou-se em pensar o infante, vento encanado ou sentido da corrida.

Pelo viço do corpo, robusto, até um pouco quadrado, se as curvas salientes não fossem suavizadas por certa maciez matronal, se poderia dar a ela pouco mais de trinta anos; mas, ao olhá-la no rosto, o rosado da carne, marmóreo e ao mesmo tempo relaxado, o olhar inatingível por baixo de pálpebras graves e intensas sobrancelhas negras, e também os lábios severamente cerrados, pintados de leve de um vermelho gritante, davam-lhe, ao contrário, aparência de mais de quarenta.

Tomagra, jovem soldado de infantaria na primeira licença (era Páscoa), encolheu-se no banco com receio de que a senhora, tão fornida e grande, não coubesse ali; e logo se encontrou na aura do perfume dela, um perfume conhecido e talvez vagabundo, mas, pelo longo tempo de uso, já amalgamado aos odores humanos naturais.

A senhora se sentara com compostura, revelando, ali ao lado dele, proporções menos majestosas do que lhe parecera ao vê-la de pé. Trazia as mãos, gordas e com finos anéis escu-

8

ros, cruzadas no colo, sobre uma bolsa lustrosa e um casaco que havia tirado descobrindo braços claros e roliços. Ao gesto, Tomagra se esquivara como para dar lugar a um amplo bracejar, mas ela ficara quase imóvel, puxando as mangas com breves movimentos dos ombros e do tronco.

O banco do trem era então confortável o bastante para dois, e Tomagra podia sentir a extrema proximidade da senhora sem, no entanto, receio de ofendê-la com seu contato. Mas, raciocinou Tomagra, ela, mesmo sendo uma senhora, não havia decerto mostrado ter repugnância por ele, pela aspereza da farda, senão teria se sentado mais longe. E, com esses pensamentos, seus músculos, que tinham ficado contraídos e tensos, distenderam-se livres e serenos; ao contrário, sem que ele se mexesse, procuraram se expandir em sua maior amplidão, e a perna, que antes estava com os tendões repuxados, até destacada no pano da calça, dispôs-se mais espalhada, estendeu em torno de si o tecido que a vestia, e o tecido aflorou a seda preta da viúva, e agora, através dessa fazenda e dessa seda, a perna do soldado aderia à dela como um movimento brando e fugidio, como um encontro de tubarões, e com um mover de ondas de suas veias em direção às veias da outra.

Era sempre um contato levíssimo, que cada solavanco do trem bastava para restabelecer e para eliminar; a senhora tinha joelhos fortes e gordos, e a cada sacudidela os ossos de Tomagra adivinhavam o preguiçoso salto da rótula; e a barriga da perna tinha uma bochecha sedosa e saliente que, com um empurrão imperceptível, podia aderir à dele. Esse encontro de pernas era precioso, mas implicava uma perda: realmente, o peso do corpo era deslocado, e o apoio recíproco dos quadris já não acontecia com o dócil abandono de antes. Para alcançar uma posição natural e satisfatória, foi preciso um leve deslocamento no banco, auxiliado por uma curva dos trilhos, e também pela compreensível necessidade de se mexer de vez em quando.

A senhora estava impassível, sob o chapéu de matrona, o olhar fixo, palpebrado, as mãos firmes sobre a bolsa no colo, e no entanto seu corpo, por uma longuíssima faixa, encostava-se naquela faixa de homem: será que ela ainda não tinha se dado conta? ou preparava uma fuga? uma rebelião?

Tomagra resolveu lhe transmitir, de algum modo, uma mensagem: contraiu o músculo da barriga da perna como se fosse um punho cerrado, quadrado, e depois, com esse punho de perna, como se lá dentro uma mão quisesse se abrir, correu e bateu na barriga da perna da viúva. É verdade que foi um movimento rapidíssimo, apenas o tempo de um jogo de tendões: de qualquer modo, ela não recuou — pelo menos até onde ele pôde entender! —, pois logo Tomagra, por necessidade de justificar aquele gesto secreto, mexeu a perna como que para desentorpecê-la.

Agora tinha de recomeçar do início; aquele paciente e prudentíssimo trabalho de contato estava perdido. Tomagra resolveu ter mais coragem; como que para procurar alguma coisa, enfiou a mão no bolso, no bolso do lado da mulher, e depois, como que distraído, não a tirou mais. Havia sido um gesto rápido, Tomagra não sabia se a tocara ou não, um gesto de nada; entretanto, agora entendia como fora importante o passo à frente que dera, e em que jogo arriscado estava enredado a partir daquele momento. O dorso de sua mão apertava agora a anca da senhora de preto; ele sentia o peso dela em cima de cada dedo, cada falange, qualquer movimento de sua mão seria um gesto de extraordinária intimidade para com a viúva. Tomagra, retendo o fôlego, girou a mão no bolso, ou seja, voltou a palma para o lado da senhora, abrindo-a sobre ela, mesmo dentro daquele bolso. Era uma posição impossível, com o pulso contorcido. Então, agora, era o caso de tentar um gesto decisivo: assim, com aquela mão revirada, arriscou um movimento de dedos. Já não havia mais dúvida: a viúva não podia deixar de se dar conta daquela manobra dele, e se não se retraía, e fingia impassibilidade e ausência, queria dizer que não repelia sua abordagem. Pensando bem, porém, aquele seu descaso pela mão que Tomagra mexia podia querer dizer que acreditasse realmente numa vã procura naquele bolso: de um bilhete de trem, um fósforo... Pronto: e se agora as pontas dos dedos do soldado, como que dotadas de súbita clarividência, adivinhavam através daqueles diversos tecidos as bainhas de roupas subterrâneas e até minúsculas asperezas da pele, poros e sinais, se, digo, as pontas dos dedos dele chegavam a isso, talvez a carne dela, marmórea e preguiçosa, apenas notasse que se tratava mesmo de pontas de dedos e não, digamos, de dorsos de unha ou juntas.

Então a mão, com passos furtivos, saiu do bolso, parou ali indecisa, depois com súbita pressa de acertar a calça na costura lateral foi caminhando até o joelho. Seria mais correto dizer que ela abriu uma passagem: porque, para fazê-lo, teve de se meter entre ele e a mulher, e foi um percurso, apesar da rapidez, rico em ansiedade e em doces emoções.

É preciso dizer que Tomagra se pusera com a cabeça voltada contra o encosto, de tal forma que também se poderia dizer que estava dormindo: mais que um álibi para si, oferecia à senhora, caso suas insistências não a indispusessem, o modo de não se sentir constrangida, sabendo que eram gestos separados da consciência, apenas aflorando do sono. E dali, daquela desperta aparência de sono, a mão de Tomagra encostada ao joelho destacou um dedo, o mindinho, e o mandou explorar ao redor. O mindinho deslizou por sobre o joelho dela, que ficou calado e dócil; Tomagra podia realizar diligentes evoluções de mindinho na seda da meia que ele com olhos semicerrados apenas entrevia clara e curva. Mas se deu conta de que o risco daquele jogo não compensava, pois o mindinho, por pobreza de polpa e limitação de movimentos, só transmitia esboços parciais de sensações, não servia para conceber a forma e a substância do que estava tocando.

Então tornou a ligar o mindinho ao resto da mão, não retirando-o, mas juntando a ele o anular, o médio, o indicador: aí estava sua mão pousada inerte sobre aquele joelho de mulher, e o trem a embalava numa carícia ondulante.

Foi então que Tomagra pensou nos outros: se a senhora, por condescendência ou por uma misteriosa intangibilidade, não reagia a suas ousadias, sentadas em frente, porém, estavam outras pessoas que podiam se escandalizar com aquele seu comporta-

11

mento não de soldado, e com aquela possível sem-vergonhice por parte da mulher. Sobretudo para poupar a senhora daquela suspeita, Tomagra retirou a mão, até a escondeu, como se fosse só ela a culpada. Mas escondê-la, pensou em seguida, era apenas um pretexto hipócrita: abandonando-a ali sobre o banco, pretendia apenas aproximar-se mais intimamente da senhora, que justamente ocupava tanto espaço no banco.

De fato, a mão gesticulou ao redor, e como um pousar de borboleta os dedos já percebiam a presença dela, e bastava empurrar suavemente toda a palma, e o olhar da viúva sob o veuzinho era impenetrável, o peito mal se movia com a respiração, mas o que é isso! Tomagra já retirava a mão como um ratinho em fuga.

"Não se mexeu", pensava, "talvez esteja querendo", mas pensava também: "Mais um instantinho e seria tarde demais. Talvez esteja me estudando para armar uma cena".

Então, para se certificar, como medida de prudência Tomagra deslizou o dorso da mão para a superfície do banco e esperou que as sacudidelas do trem fizessem a senhora imperceptivelmente escorregar para cima de seus dedos. Dizer que esperou é impróprio: na verdade, com a ponta dos dedos em cunha, forçava a mão entre o banco e ela, com um movimento invisível, que também poderia ser efeito do movimento do trem. Se ele parou num certo ponto, não foi porque a senhora tivesse de algum modo dado sinal de desaprovação, mas porque, pensou Tomagra, se, ao contrário, ela estivesse aceitando, ficaria fácil para ela, com meia-volta de músculos, vir ao encontro dele, colocar-se ali, por assim dizer, sobre aquela mão à espera. Para lhe demonstrar o propósito amigável dessa sua insistência, Tomagra, assim sob a senhora, tentou uma discreta remexida de dedos; a senhora estava olhando para fora pela janela, e com a mão preguiçosa brincava, abre e fecha, com o fecho da bolsa. Eram sinais para lhe dar a entender que desistisse, era um último prazo que ela lhe concedia, um aviso de que sua paciência não podia continuar sendo posta à prova por mais tempo? Era isso?, Tomagra se perguntava, era isso?

Percebeu que sua mão, como um polvo curto, apertava as carnes dela. Agora estava tudo decidido: não podia mais recuar, ele, Tomagra; mas ela, ela era uma esfinge.

A mão do soldado ia agora subindo pela coxa com passos enviesados de caranguejo; estava a descoberto, diante dos olhos dos outros? Não, já a viúva ajeitava o casaco que trazia dobrado no colo, já o fazia cair de um lado. Para lhe oferecer abrigo ou para lhe barrar a passagem? Pronto: agora a mão se movia livre e não vista, agarrava-se a ela, estendia-se em carícias rasantes como uma breve lufada de vento. Mas o rosto da viúva continuava voltado para lá, longínquo; Tomagra fixava nela uma zona de pele nua, entre a orelha e a volta do coque volumoso. E naquela axila de orelha o pulsar de uma veia; era essa a resposta que ela lhe dava, clara, ardente e impalpável. Virou o rosto todo de uma vez, altivo e marmóreo, o véu em cima do chapéu mexeu-se como uma cortina, e o olhar perdido entre as pálpebras pesadas. Mas aquele olhar tinha passado por cima dele, Tomagra, talvez não houvesse sequer roçado nele, olhava, para além dele, alguma coisa, ou nada, o pretexto de um pensamento, mas de qualquer modo sempre alguma coisa mais importante do que ele. Isso ele pensou depois, porque primeiro, mal vira aquele movimento dela, logo se jogara para trás e fechara os olhos como se estivesse dormindo, tentando controlar o rubor que estava se espalhando por seu rosto, e talvez assim perdendo a oportunidade de colher no primeiro fulgor do olhar dela uma resposta às próprias dúvidas extremas.

A mão, escondida sob o casaco preto, tinha ficado quase destacada dele, contraída e com dedos recolhidos em direção ao pulso, não era mais uma verdadeira mão, naquele momento tinha apenas a sensibilidade arbórea dos ossos. Mas, como a trégua que a viúva dera à própria impassibilidade com aquela imprecisa olhada em volta logo havia terminado, sangue e coragem refluíram à mão. E foi então que, retomando contato com aquela macia curva da perna, ele se deu conta de ter atingido um limite: os dedos corriam pela bainha da saia, mais além era o pulo do joelho, o vazio.

13

Era o fim, pensou o infante Tomagra, dessa farra secreta: e agora, pensando de novo, aquilo aparecia como uma coisa bem miserável entre suas recordações, se bem que ele a tivesse avaramente agigantado ao vivê-la: uma carícia desajeitada por cima de uma roupa de seda, algo que não podia de modo algum lhe ser negado, justamente por sua piedosa condição de soldado, e que discretamente a senhora se dignara, sem demonstrá-lo, lhe conceder.

Porém, na intenção de retirar, desolado, a mão, foi interrompido pelo dar-se conta de como ela mantinha o casaco sobre os joelhos: não mais dobrado (e, no entanto, primeiro lhe parecera estar assim), mas jogado cuidadosamente a fim de que uma ponta caísse na frente das pernas. Assim, estava numa toca fechada: uma última prova, talvez, de confiança que a senhora lhe concedia, certa de que a desproporção entre ela e o soldado era tanta que ele certamente não se aproveitaria. E o soldado evocava, com dificuldade, aquilo que até o momento havia ocorrido entre a viúva e ele, tentando descobrir alguma coisa no comportamento dela que acenasse uma condescendência em ir mais longe, e repensava os próprios gestos ora como de uma leveza irrelevante, um roçar e um esfregar casuais, ora como de uma intimidade decisiva, que o comprometiam a não mais se retrair.

Sua mão com certeza cedeu a esta segunda fase da recordação, pois, antes que ele tivesse pensado bem na irreparabilidade do ato, ei-lo já ultrapassando a fronteira. E a senhora? Dormia. Havia largado a cabeça, com o pomposo chapéu, num canto, e estava de olhos fechados. Devia ele, Tomagra, respeitar esse sono, verdadeiro ou fingido que fosse, e se retirar? Ou era um expediente de mulher cúmplice, que ele já deveria conhecer, e pelo qual devia de algum modo mostrar gratidão? O ponto a que chegara agora não permitia demoras; só lhe restava avançar.

A mão do infante Tomagra era pequena e curta, e suas asperezas e calosidades formavam um todo com o músculo de maneira a torná-la macia e uniforme; não se sentia o osso, e o movimento era feito mais de nervos, porém com suavidade, que de falanges. E essa pequena mão tinha movimentos contínuos e gerais e minúsculos, para manter a completitude do contato viva e acesa. Mas quando finalmente uma primeira agitação perpassou pela languidez da viúva, como o movimento de longínquas correntes marinhas através de secretas vias submarinas, o soldado ficou tão surpreso que, exatamente como se supusesse que a viúva até então não tivesse percebido nada, houvesse dormido de verdade, retirou a mão assustado.

Agora ele permanecia com as mãos sobre os próprios joelhos, encolhido no banco como quando ela havia entrado; estava se comportando de modo absurdo, dava-se conta disso. Então, com um arrastar de saltos de sapatos, um estirar-se de quadris, pareceu ansioso para retomar os contatos, mas mesmo aquela sua prudência era absurda, como se quisesse recomeçar do início seu pacientíssimo trabalho e não estivesse mais seguro das profundas metas já atingidas. Mas as havia realmente atingido? Ou fora apenas um sonho?

Um túnel se precipitou sobre eles. A escuridão ia ficando cada vez mais espessa, e Tomagra então, primeiro com gestos tímidos, de quando em quando se retraindo como se estivesse realmente na primeira abordagem e se espantasse com sua afoiteza, depois tratando de cada vez mais se convencer da extrema familiaridade a que já havia chegado com aquela mulher, avançou a mão vacilante como um frangote em direção ao seio, grande e um pouco largado ao próprio peso, e com um árduo tatear tentava explicar-lhe a miséria e a insustentável felicidade de seu estado, e sua necessidade não de outra coisa, mas de que ela saísse daquela sua reserva.

A viúva efetivamente reagiu, mas com um gesto inesperado de se defender e repeli-lo. Foi o bastante para mandar Tomagra de volta para o seu canto, torcendo as mãos. Mas era, provavelmente, um falso alarme por causa de uma luz que passara pelo corredor, dando à viúva receio de um inesperado fim do túnel. Talvez; ou então ele tinha avançado o sinal, tinha cometido alguma horrível indelicadeza para com ela, já tão generosa? Não, naquele ponto não podia haver nada proibido entre eles; e o

15

gesto dela, aliás, era sinal de que tudo aquilo era verdade, de que ela estava aceitando, participando. Tomagra se aproximou de novo. Verdade que nessas reflexões se perdera bastante tempo, o túnel não durava ainda muito, não era prudente ser apanhado pela luz inesperada, Tomagra já esperava o primeiro acinzentar--se da parede, pronto: quanto mais ele esperava, mais arriscado era tentar, verdade porém que o túnel era comprido, de suas outras viagens lembrava-se dele compridíssimo, se houvesse aproveitado, logo teria tido muito tempo pela frente, agora era melhor esperar pelo fim, mas por que não acabava nunca?, talvez esta tivesse sido a última oportunidade para ele, pronto: a sombra diminuía, agora acabava.

Estavam nas últimas estações de um percurso de província. O trem se esvaziava; dos passageiros do compartimento, a maioria havia saltado, pronto: os últimos arriavam as malas, encaminhando-se. Terminaram ficando sozinhos no compartimento, o soldado e a viúva, pertinho e afastados, de braços cruzados, mudos, os olhares no vazio. Tomagra ainda teve necessidade de pensar: "Agora que todos os lugares estão livres, se quisesse ficar tranquila e cômoda, se estivesse aborrecida comigo, mudaria de lugar...".

Alguma coisa ainda o segurava e lhe metia medo, talvez a presença de um grupo de fumantes no corredor, ou uma luz que fora acesa porque a noite estava chegando. Pensou então em puxar as cortinas do lado do corredor, como faz quem quer dormir: levantou-se com passos de elefante, começou com cuidado lento e meticuloso a soltar as cortinas, a puxá-las, a amarrá-las novamente. Quando se voltou, encontrou-a deitada. Como se quisesse dormir; mas, além de estar com os olhos abertos e fixos, abaixara-se mantendo intacta sua compostura de matrona, com o chapéu majestoso sempre enfiado na cabeça apoiada no braço da poltrona.

Tomagra estava em pé, acima dela. Ainda quis, para proteger aquele simulacro de sono, escurecer também a janela, e se estendeu por sobre ela, para desamarrar a cortina. Mas era apenas um modo de mover seus gestos desajeitados por cima da viúva impassível. Então parou de atormentar aquela alcinha de cortina e entendeu que tinha que fazer outra coisa, demonstrar--lhe toda a sua própria condição inadiável de desejo, nem que fosse para lhe explicar o equívoco em que ela certamente caíra, como que para lhe dizer: "Veja, você foi condescendente comigo porque acredita em nossa remota necessidade de afeto, de nós, pobres e solitários soldados, mas em vez disso aí está o que sou, aí está como recebi sua cortesia, aí está a que ponto de ambição impossível, veja, cheguei".

E já que agora estava claro que nada conseguia espantar a viúva, até pelo contrário tudo parecia de algum modo previsto por ela, então ao infante Tomagra só restava fazer com que não houvesse mais dúvidas possíveis, e que finalmente a dor de sua loucura conseguisse apanhar também quem era seu mudo objeto, ela.

Quando Tomagra se ergueu e sob ele a viúva permanecia com o olhar claro e severo (tinha olhos azuis), sempre com o chapéu de veuzinho enfiado na cabeça, e o trem não calava aquele seu apito altíssimo pelos campos, e do lado de fora continuavam aquelas intermináveis fileiras de vinhas e a chuva que, incessante, durante toda a viagem havia traçado linhas nas vidraças, recomeçava com nova violência, ele teve ainda um movimento de medo por ter, ele, infante Tomagra, ousado tanto.

A AVENTURA DE UM BANDIDO

O IMPORTANTE ERA NÃO SER PRESO LOGO. Gim se espremeu contra um vão de porta, os policiais pareciam correr em frente, mas de repente ouviu os passos retornarem, darem a volta pelo beco. Pulou fora rápido, em saltos leves.

— Para ou a gente atira, Gim!

"Está bom, vamos ver, atirem!", pensava ele, e já estava fora do alcance dos tiros, a grandes passadas na beirinha dos degraus de pedra, despencando pelas vielas tortas da cidade velha. Acima da fonte saltou a balaustrada da rampa, e então ficou embaixo da arcada que amplificava o rumor dos passos.

Todo o circuito que lhe vinha à mente era para ser descartado: Lola não, Nilde não, Renée não. Dentro de pouco tempo eles estariam em toda a parte, batendo nas portas. Era uma noite suave, com nuvens tão claras que poderiam estar ali de dia, por cima das arcadas altas sobre as vielas.

Ao desembocar nas ruas largas da cidade nova, Mario Albanesi, dito Gim Bolero, freou um pouco seu impulso, enfiou por trás das orelhas os fiapos de cabelos que lhe tinham caído nas têmporas. Não se ouvia um passo. Andando decidido e discreto, chegou ao portão da casa da Armanda, subiu. A essa hora ela com certeza não tinha mais ninguém e estava dormindo. Gim bateu com força.

— Quem está aí? — falou pouco depois uma irritada voz de homem. — A esta hora a gente está dormindo... — Era Lilin.

— Abre um instante, Armanda, sou eu, o Gim — respondeu ele, não forte, mas decidido.

Armanda se vira na cama:

— Hum, Gim, querido, já vou abrir para você, hum, o Gim

está aí. — Segura o cordão na cabeceira da cama que faz a porta abrir, e puxa.

A porta cede, dócil. Gim vai pelo corredor, com as mãos nos bolsos, entra no quarto. Na grande cama de Armanda o corpo dela, pelos altos relevos do lençol, parece estar ocupando tudo. No travesseiro, o rosto sem pintura, embaixo da franjinha negra, se entrega em bolsas e rugas. Mais para lá, como que numa prega do cobertor num lado da cama, está deitado seu marido Lilin, que parece querer afundar no travesseiro a cara miúda e azulada para agarrar de novo o sono interrompido.

Lilin tem de esperar que o último cliente vá embora para poder se meter na cama e digerir o sono com que se abastece em seus preguiçosos dias. Não há nada no mundo que Lilin saiba ou queira fazer; é só ter o que fumar e fica sossegado. Armanda não pode dizer que Lilin lhe saia caro, a não ser pelos pacotes de fumo que queima em um dia. Sai com seu pacote de manhã, senta no sapateiro, no ferro-velho, no consertador de chaminé, enrola um papelzinho depois do outro e fuma, sentado naqueles banquinhos de oficina, as mãos de ladrão, lisas e longas, nos joelhos, o olhar mortiço, ouvindo tudo como um espião, quase nunca abrindo a boca durante as conversas, senão por frases breves e inesperados sorrisos tortos e amarelos. À noite, depois que a última oficina fecha, vai até a cantina e esvazia um litro, e queima os cigarros que restam, até que arriem as portas de aço. Sai, a mulher ainda está rondando pela avenida com a roupa caprichada, os pés inchados nos sapatos apertados. Lilin desponta numa esquina, manda-lhe um assobio baixinho, algumas frases ininteligíveis, para lhe dizer que já é tarde, venha para a cama. Ela, sem olhar para ele, no meio-fio da calçada como numa ribalta, o seio apertado na armadura de elástico e arame, o corpo de velha naquela roupa de garota, com um nervoso mexer da bolsa entre as mãos, um desenhar de círculos com os saltos dos sapatos no calçamento, um cantarolar improvisado, responde-lhe que não, que ainda tem gente passando, que ele vá embora e espere. É a corte que eles se fazem, todas as noites.

— E então, Gim? — fala Armanda arregalando os olhos.

19

Ele já achou cigarros em cima da cômoda e acende.

— Preciso passar a noite aqui, hoje.

E já vai tirando o paletó, afrouxando a gravata.

— Está bom, Gim, vem para a cama. Você vai para o sofá, Lilin, vamos, Lilin meu bem, sai fora, deixa o Gim deitar.

Lilin fica um pouco ali como uma pedra, depois se levanta, soltando um lamento sem palavras articuladas, sai da cama, pega seu travesseiro, um cobertor, o fumo da mesinha de cabeceira, os papéis de enrolar, os fósforos, o cinzeiro.

— Vai, Lilin meu bem, vai.

Ele se encaminha pequeno e curvado debaixo daquela carga para o sofá do corredor.

Gim tira a roupa fumando, pendura as calças bem dobradas, arruma o casaco numa cadeira junto da cabeceira, leva os cigarros da cômoda para a mesa de cabeceira, os fósforos, um cinzeiro, entra na cama. Armanda apaga a luz do abajur e suspira. Gim fuma. Lilin dorme no corredor. Armanda se vira. Gim apaga o cigarro no cinzeiro. Batem na porta.

Com uma das mãos Gim já está tocando o revólver no bolso do paletó, com a outra segura Armanda por um cotovelo, para que ela preste atenção. O braço de Armanda é gordo e macio; ficam parados assim um pouco.

— Pergunta quem é, Lilin — fala Armanda, baixo.

Lilin bufa no corredor.

— Quem está aí? — pergunta com maus modos.

— Ei, Armanda, sou eu, Angelo.

— Que Angelo? — ela fala.

— Angelo, o sargento, Armanda, eu estava passando por aqui, pensei em subir... Pode abrir um minuto?

Gim já saiu da cama e faz sinal para ficarem quietos. Abre uma porta, olha o toalete, pega a cadeira com suas roupas e carrega com ele.

— Ninguém me viu. Trata dele rápido — diz baixinho e se tranca no toalete.

— Vem, Lilin, meu bem, volta para a cama, vamos, Lilin.

— Armanda, deitada, dirige os deslocamentos.

— Então, Armanda, quer me fazer esperar? — diz o outro da porta.

Com calma Lilin recolhe cobertor, travesseiro, fumo, fósforos, papéis de enrolar, cinzeiro, volta para a cama, enfia-se nela e puxa o lençol para cima dos olhos. Armanda agarra o cordão e abre a porta.

Entra Soddu, com seu aspecto amarfanhado de velho agente à paisana, os bigodinhos grisalhos no rosto gordo.

— Você passeia até tarde, sargento — disse Armanda.

— Oh, estava dando uma voltinha — disse Soddu —, e tive a ideia de vir visitar você.

— O que é que você queria?

Soddu estava à cabeceira da cama, enxugava o rosto suado no lenço.

— Nada, só uma visitinha. Novidades?

— Novidades de quê?

— Por acaso você não viu o Albanesi?

— Gim? O que é que ele aprontou?

— Nada. Esses rapazes... A gente queria perguntar uma coisa a ele. Você o viu?

— Faz três dias.

Não. Agora.

— Faz duas horas que estou dormindo, sargento. Mas por que você vem na minha casa? Vai no pessoal dele: a Rosy, a Nilde, a Lola...

— Não adianta, quando faz uma besteira vai para longe.

— Aqui não esteve. Fica para outra vez, sargento.

— Pois é, Armanda, estava só perguntando, quero dizer que gostei de ter visitado você.

— Boa noite, sargento.

— Boa noite.

Soddu se voltou, mas nada de ir embora.

— Eu estava pensando, já é madrugada e não vou mais andar por aí. Voltar para aquela cama de campanha não tenho vontade. Já que estou aqui, até que podia ir ficando, hein, Armanda?

— Sargento, você continua sendo gente fina, mas a essa hora, para dizer a verdade, não estou mais recebendo, esta é que é a verdade, sargento, cada um tem seu horário.

— Armanda, um amigo como eu. — Soddu já estava tirando o paletó, a camisa.

— Você é gente fina, sargento; e se ficasse para amanhã de noite?

Soddu continuava a se despir:

— É para fazer a manhã chegar, entende, Armanda? Então: dá um lugar para mim.

— Quer dizer que Lilin vai para o sofá; levanta, Lilin, vamos, Lilin meu bem, vai indo.

Lilin mexeu as longas mãos no ar, procurou o fumo na mesinha, ergueu-se gemendo, saiu da cama quase sem abrir os olhos, pegou o travesseiro, o cobertor, os papéis de enrolar, os fósforos. "Vai, Lilin meu bem", foi-se, arrastando o cobertor pelo corredor. E Soddu já se metia entre os lençóis.

A essa altura Gim olhava pela vidraça o céu ficando verde. Havia esquecido os cigarros em cima da mesinha de cabeceira, isso é que era chato. E agora aquele outro se metia na cama e ele tinha que ficar trancado até de manhã entre aquele bidê e aquelas caixas de talco sem poder fumar. Vestira-se em silêncio, penteara-se com capricho olhando-se no espelho da pia, do outro lado da muralha de perfumes e colírios e peras de borracha e remédios e inseticidas que guarneciam a prateleira. Leu algumas etiquetas à luz da janela, roubou uma caixa de pastilhas, depois continuou a inspeção do toalete. Não havia muitas descobertas a fazer: roupas numa bacia, outras estendidas. Começou a experimentar as torneiras do bidê; a água jorrou ruidosamente. E se Soddu ouvisse? Ao diabo Soddu e o xadrez. Gim estava entediado, perfumou o paletó com água-de-colônia, passou brilhantina. Bem, se não o prendiam hoje, prendiam amanhã, mas não havia flagrante, se tudo desse certo era logo solto. Esperar ali ainda duas, três horas sem cigarros, naquela toca... por que precisava fazer isso? Bem, seria liberado logo. Abriu um armário, rangeu. Ao diabo o armário e todo o resto. Dentro estavam pendurados vestidos de Armanda. Gim pôs seu revólver no bolso de um casaco de pele. "Depois venho buscar", pensou, "isso daqui ela não vai usar até o inverno." Tirou para fora a mão branca de naftalina. "Melhor: a traça não rói", riu. Foi novamente lavar as mãos, e como as toalhas de Armanda lhe davam nojo, se enxugou num casaco do armário.

Soddu, deitado, tinha ouvido barulho daquele lado. Pousou uma das mãos em Armanda.

— Quem está aí?

Ela se voltou para ele, pôs-lhe um braço grande e mole em torno da cabeça:

— Nada... Quem havia de ser...

Soddu não queria se soltar, embora ouvisse movimento e perguntasse, como que brincando:

— ...Quem está aí, hein?... hein, quem está aí?

Gim abriu a porta.

— Vamos, sargento, não se faça de bobo, prenda-me.

Soddu esticou a mão para o revólver no paletó pendurado, mas sem se desencostar de Armanda.

— Quem está aí?

— Gim Bolero.

— Mãos ao alto.

— Estou desarmado, sargento, não banque o durão. Estou me entregando.

Estava de pé à cabeceira da cama, com o paletó nos ombros e as mãos meio erguidas.

— Oh, Gim — murmurou Armanda.

— Daqui a uns dias volto para ver você, Anda — falou Gim.

Soddu se levantava reclamando, enfiava as calças.

— Maldito serviço... Nunca se pode ficar sossegado...

Gim pegou os cigarros da mesinha de cabeceira, acendeu, pôs o maço no bolso.

— Quero fumar, Gim — disse Armanda, e se esticou levantando o peito mole.

Gim lhe pôs um cigarro na boca, acendeu-o, ajudou Soddu a vestir o paletó.

— Vamos embora, sargento.

— Quer dizer que fica para outra vez, Armanda — falou Soddu.

— Até logo, Angelo — disse ela.

— Até logo, hein, Armanda — disse de novo Soddu.

— Tchau, Gim.

Foram-se. No corredor Lilin dormia, agarrado na borda do sofá acabado; nem se mexeu.

Armanda fumava sentada na cama grande; apagou o abajur porque uma luz cinzenta já estava entrando pelo quarto.

— Lilin — chamou. — Vem, Lilin, vem para a cama, anda, Lilin meu bem, vem.

Lilin já apanhava o travesseiro, o cinzeiro.

A AVENTURA DE UMA BANHISTA

AO BANHAR-SE NA PRAIA DE *, aconteceu à senhora Isotta Barbarino um desagradável contratempo. Nadava ao largo, quando, achando que era hora de voltar, virou-se para a praia, e percebeu que ocorrera um fato irremediável. Havia perdido o maiô.

Não podia dizer se caíra agorinha mesmo, ou se já estava nadando sem ele havia algum tempo; do maiô de duas peças novo que estava usando, só lhe restava o sutiã. A um movimento do quadril certamente se soltaram alguns botões, e a calcinha, reduzida a um trapinho de nada, havia escorregado pela outra perna. Talvez ainda estivesse afundando a poucos palmos abaixo dela; tentou mergulhar mais a fim de procurá-la, mas logo ficou sem fôlego, e apenas vislumbrou confusas sombras verdes.

Sufocou a aflição que ia crescendo dentro dela, tentou organizar os pensamentos com calma. Era meio-dia, havia gente circulando pelo mar, em botes e pedalinhos ou a nado. Ela não conhecia ninguém; tinha chegado no dia anterior, e o marido precisara voltar logo à cidade. Agora não havia outro jeito, pensou a senhora, e se espantou com o raciocínio nítido e tranquilo, a não ser encontrar no meio daqueles barcos o de algum salva-vidas, que com certeza havia, ou de alguma pessoa que de certa maneira inspirasse confiança, e chamá-la, ou melhor, aproximar-se dela, e conseguir pedir ajuda e discrição ao mesmo tempo.

Essas coisas a senhora Isotta pensava estando quase enrodilhada na água, bracejando, sem se atrever a olhar em volta. Só a cabeça emergia, e inadvertidamente ela baixava o rosto para a flor da água, não para descobrir seu segredo, agora já dado por

25

inviolável, mas com um gesto como o de quem esfrega as pálpebras e as têmporas de encontro ao lençol ou ao travesseiro para limpar as lágrimas trazidas por um pensamento noturno. E era um verdadeiro despejo de lágrimas que estava lhe apertando os cantos dos olhos, e talvez aquele aceno instintivo de cabeça fosse mesmo para enxugar essas lágrimas no mar: estava transtornada a esse ponto, a esse ponto divergiam nela a razão e o sentimento. Não estava calma, portanto: estava desesperada. Naquele mar imóvel, atravessado a largos intervalos apenas pelo sinal de um encrespar-se de onda, ela se mantinha imóvel também, já não mais com lentas braçadas, mas só com um suplicante movimento das mãos quase à superfície da água, e o sinal mais alarmante de sua condição, que talvez ela nem sequer intuísse, era essa avareza de forças que lhe era dado observar, quase como se tivesse pela frente um tempo longuíssimo e esgotante.

Pusera o maiô de duas peças pela primeira vez naquela manhã, e na praia, no meio de tantos desconhecidos, pareceu-lhe que ele a deixava meio constrangida. Já na água, mal entrou, sentiu-se satisfeita, com mais liberdade de movimentos e vontade de nadar. Gostava dos longos banhos ao largo, mas seu prazer não era de esportista, pois era um pouco gorda e preguiçosa, e o que mais lhe agradava era a familiaridade com a água, sentir-se parte daquele mar sereno. O maiô novo lhe deu justamente essa impressão; e a primeira coisa que pensou, até, ao nadar, foi justamente: "Parece que estou nua". Só o que a aborrecia era a lembrança daquela praia cheia de gente, não por nada, mas seus futuros conhecidos balneários talvez fizessem dela uma ideia, por causa daquele maiô, que de algum modo teriam depois de mudar: não tanto um julgamento sobre sua seriedade, pois agora todo mundo ia à praia assim, mas talvez achassem, por exemplo, que ela fosse esportista, ou muito na moda, enquanto na realidade era uma senhora caseira e sem afetação. Talvez fosse porque já estivesse com essa sensação de si mesma diferente do habitual que não se dera conta de nada quando o fato acontecera. Agora aquele constrangimento na praia, e a novidade da água sobre a pele nua, e a vaga preocupação de ter de voltar para o meio dos banhistas, tudo era amplificado e engolido por sua perturbação nova e bem mais grave.

O que ela menos queria era olhar para a praia. E olhou. Dava meio-dia, e na areia os guarda-sóis de círculos concêntricos pretos e amarelos lançavam sombras negras onde os corpos ficavam escondidos, e o formigueiro de banhistas transbordava para o mar, e nenhum dos pedalinhos estava mais na margem, e mal um voltava era tomado de assalto antes mesmo de tocar em terra, e a borda negra da extensão azul era agitada por um contínuo espirrar de jatos brancos, principalmente atrás das cordas onde fervilhava o bando das crianças, e a cada onda suave se levantava um vozerio de estrondo com notas logo engolidas. Ao largo daquela praia, ela estava nua.

Ninguém teria suspeitado de nada, vendo apenas sua cabeça sair fora da água, e um pouco dos braços e do peito, enquanto nadava com cautela, sem nunca erguer o corpo até a superfície. Podia então realizar sua busca de ajuda sem se expor demais. E, para verificar o quanto dela podia ser percebido por olhos estranhos, a senhora Isotta de quando em quando parava e tentava se olhar, boiando quase verticalmente. E com ansiedade via na água os raios do sol faiscarem em límpidas tochas submarinas, e iluminarem algas que boiavam e velocíssimos enxames de peixinhos listrados, e lá embaixo, no fundo, a areia ondulada, e aqui em cima seu corpo. Em vão, retorcendo-se de pernas fechadas, ela tentava escondê-lo a seus próprios olhos: a pele do ventre nítido aparecia reveladoramente branca, entre o moreno do peito e das coxas, e nem o movimento de uma onda nem a flutuação de algas semissubmersas confundiam o escuro e o claro de seu regaço. A senhora Isotta recomeçou a nadar daquela sua maneira híbrida, mantendo o corpo o mais baixo que podia, mas, mesmo sem parar, voltava-se para espiar atrás dos ombros com o rabo do olho: e a cada braçada toda a branca extensão de sua pessoa aparecia à luz nos contornos mais reconhecíveis e secretos. E ela, naquele afã, mudando modo e direção do nado, virava-se na água, observava-se em todas as inclinações e em todas as luzes, contorcia-se sobre si mesma; e sempre aquele ofensivo corpo nu lhe vinha atrás. Era uma fuga de seu corpo o que ela estava tentando, como de uma outra pessoa que ela, senhora Isotta, não estivesse conseguindo salvar numa situação difícil, e que só lhe restava abandonar à própria sorte. E no entanto esse corpo tão rico e inocultável fora uma glória sua, um motivo de prazer; apenas uma contraditória cadeia de circunstâncias aparentemente sensatas podia torná-lo agora motivo de vergonha. Ou então não, talvez sua vida tivesse sempre consistido naquela da senhora vestida que ela também havia sido em cada um de seus dias, e sua nudez lhe pertencia tão pouco, era um estado irrefletido da natureza que se revelava de quando em quando, causando espanto nos seres humanos, a começar por ela. Agora a senhora Isotta se recordava de que mesmo sozinha ou na intimidade com o marido sempre acompanhara o estar nua com um ar de cumplicidade, de ironia entre encabulada e excitada, como se temporariamente estivesse usando disfarces alegres mas despropositados, numa espécie de carnaval secreto entre marido e mulher. Ter um corpo — a senhora Isotta se acostumara a isso com um pouco de relutância, depois dos primeiros anos românticos desiludidos, e se investira dele como quem aprende que pode dispor de uma propriedade ambicionada por muitos. Agora, a consciência desse seu direito voltava a desaparecer entre os medos antigos, na ameaça daquela praia vociferante.

Passado o meio-dia, entre os banhistas espalhados mar afora começava um refluxo em direção à praia; era a hora do almoço nas pensões, dos lanches na frente das cabines, e no entanto a hora em que se goza da areia mais ardente sob o sol a prumo. E quilhas de barcos, e boias de pedalinhos passavam perto da senhora Isotta, e ela estudava os rostos dos homens a bordo, e às vezes quase decidia se movimentar ao encontro deles; mas a cada vez o brilho de um olhar entre os cílios deles ou o esboço de um gesto anguloso dos ombros ou dos cotovelos a punham em fuga, com braçadas falsamente desenvoltas, cuja calma mascarava um cansaço já penoso. Os que estavam de barco, sozinhos ou em bando, rapazes em plena excitação do exercício físico, ou senhores com determinadas intenções e o olhar insistente, encontrando-a solta pelo mar com o rosto contrito que não escondia uma ansiedade temerosa e suplicante, a touca que lhe dava uma expressão de boneca levemente melindrosa, e os ombros roliços bracejando inseguros, logo saíam de seu nirvana absorto ou laborioso, e os que estavam acompanhados a indicavam aos amigos com movimentos do queixo, e os solitários, freando com um remo, viravam intencionalmente a proa para lhe cortar o caminho. À sua necessidade de confiança respondiam aqueles muros de malícia e subentendidos que se erguiam, um arbusto espinhoso de pupilas em farpas, de incisivos descobertos em risos ambíguos, de súbitas paradas interrogativas dos remos à flor da água; e a ela só restava fugir. Alguns nadadores passavam dando cabeçadas cegas e aplastadas na água, e soprando esguichos sem levantar o olhar; mas a senhora Isotta não confiava neles e os evitava. De fato, mesmo passando longe dela, os nadadores, tomados de súbito cansaço, abandonavam-se a boiar e a desentorpecer as pernas num agitar de água sem sentido, e ficavam rodando ali em volta, até que ela, indo-se embora, mostrasse seu desprezo. E essa rede de alusões obrigatórias já se estendia em torno dela, como se a estivesse esperando num desfiladeiro, como se cada um daqueles homens já havia anos ficasse imaginando uma mulher a quem aconteceria o que tinha acontecido com ela, e passasse os verões no mar com a esperança de estar ali no momento certo. Não havia escapatória, a frente das insinuações masculinas preconcebidas se estendia a todos os homens, sem brecha possível, e aquele salvador que ela teimava em sonhar como um ser o mais possível anônimo, quase angélico, um salva-vidas, um marinheiro, ela agora tinha certeza de que ele não podia existir. O salva-vidas que viu passar, certamente o único que com um mar tão calmo dava voltas de barco para prevenir possíveis desgraças, tinha lábios tão carnudos e músculos tão fundidos com os nervos que ela nunca teria coragem de se entregar em suas mãos, nem que fosse — chegou a pensar na excitação do momento — para pedir que abrisse uma cabine ou fincasse um guarda-sol.

Em suas fantasias desiludidas, as pessoas a quem esperara poder recorrer eram sempre homens. Não havia pensado nas mulheres, e entretanto com elas tudo isso devia ser mais simples; uma espécie de solidariedade feminina certamente teria surgido naquela conjuntura tão grave, naquela ansiedade que só uma delas podia entender até o âmago. Mas as comunicações com as pessoas de seu sexo ocorriam com mais raridade e incerteza, ao contrário da facilidade perigosa dos encontros com os homens, e uma desconfiança, desta vez recíproca, criava obstáculos a elas. A maior parte das mulheres passava nos pedalinhos acompanhadas de um homem, ciumentas e inacessíveis, e procuravam o mar aberto, onde o corpo, que a ela só dava o sofrimento de uma vergonha passiva, era para elas a arma de uma luta agressiva e calculada. Lá vinha um barco apinhado de jovens cacarejantes e encalorados, e a senhora Isotta pensava na distância entre seu sofrimento tão baixamente prosaico e a volátil despreocupação deles; pensava em quando teria que repetir seu apelo porque na primeira vez certamente não a ouviriam; pensava nas mudanças em seus rostos à notícia, e não conseguia se decidir a chamá-los. Passou até uma loura bronzeada sozinha num bote, autossuficiente e egoísta, e com certeza estava indo ao largo para tomar sol completamente nua, e nem sequer lhe aflorava ao pensamento que aquela nudez pudesse ser uma desgraça ou uma condenação. A senhora Isotta se deu conta então de quanto a mulher é sozinha, de quanto entre suas semelhantes é rara (talvez rompida pelo vínculo estreito com o homem) a bondade solidária e espontânea, que prevê os apelos e as põe do mesmo lado a um sinal de compreensão no momento da desgraça secreta que o homem não entende. As mulheres nunca a salvariam: e lhe faltava o homem. Sentia-se no fim de suas forças.

Uma pequena boia cor de ferrugem, até o momento ocupada por uma penca de rapazes que mergulhavam, a um mergulho geral, de uma vez só, ficou livre. Uma gaivota pousou nela, sacudiu as asas e voou, uma vez que a senhora Isotta se agarrava na beirada. Ia se afogar, caso não conseguisse se segurar a tempo. Mas nem mesmo a morte era possível, nem mesmo esse remédio injustificável, desproporcional lhe restava; pois já estava para desmaiar e não conseguia levantar o queixo da água, quando tinha visto um rápido erguer-se de homens nas embarcações ao redor, prontos a mergulhar em seu socorro: estavam lá só para salvá-la, para levá-la nua e desmaiada entre as perguntas e olhares de um público curioso, e seu perigo de morte só resultaria no final ridículo e miserável a que ela em vão tentava fugir.

Da boia, observando os nadadores e os remadores que pareciam ser pouco a pouco reabsorvidos pela costa, lembrava-se do delicioso cansaço daquelas voltas; e os chamados que ouvia de uma embarcação para outra: "A gente se vê na praia!" ou "Vamos ver quem chega primeiro!", enchiam-na de uma inveja sem limites. Mas bastou notar um homem magro, com um calção comprido, o único que sobrou no mar, em pé num barco a motor parado, firme, olhando sabe-se lá o que na água, que logo aquela vontade de voltar se camuflou no medo de ser vista, na ansiedade de se esconder atrás da boia.

Estava ali já não sabia mais há quanto tempo: agora a praia ia se esvaziando, e a fila dos pedalinhos estava outra vez disposta na areia, e dos guarda-sóis arriados um a um só restava um cemitério de varas cotós, e as gaivotas voavam à flor da água, e na lancha parada desaparecera o homem magro, e em seu lugar uma cabeça perplexa de garoto, os cabelos encaracolados, sobressaía da borda; e por sobre o sol passou uma nuvem empurrada por um vento que acabava de acordar de encontro a um cúmulo adensado acima dos montes. A senhora Isotta pensava naquela hora vista de terra, nas tardes cerimoniosas, no destino de modesto decoro e alegrias respeitosas que julgava estar preparado para ela e na incongruência vergonhosa que sobrevinha a contradizê-lo, como o castigo de um pecado não cometido. Não cometido? Mas será que aquele seu abandono balneário, aquela sua vontade de nadar sozinha, aquela alegria do próprio corpo no maiô de duas peças escolhido com excessiva presunção não eram os sinais de uma fuga iniciada fazia tempo, o desafio a uma inclinação para o pecado, as etapas de uma corrida louca para aquele estado de nudez que agora lhe aparecia em toda a sua mísera palidez? E o *front* dos homens, por entre os quais ela pensava estar passando intacta como uma grande borboleta, fingindo uma desenvoltura cúmplice de boneca, aí estava revelando suas crueldades fundamentais, sua dupla essência diabólica, como presença de um mal contra o qual ela não se precavera o bastante, e ao mesmo tempo como instrumento de execução da pena.

Agarrada às válvulas da boia com as pontas dos dedos exangues a que o tempo prolongado na água dava relevos ondulados, a senhora Isotta se sentia desterrada pelo mundo inteiro, e não entendia por que essa nudez, que todos trazem consigo desde sempre, agora desterrava só a ela, como se fosse a única a estar nua, a única criatura que pudesse ficar nua sob o céu. Levantando os olhos, viu então homem e garoto juntos no barco a motor, ambos em pé, fazendo-lhe gestos como para dizer que ficasse onde estava, que não adiantava se esforçar. Estavam sérios e compenetrados, os dois, ao contrário de todos os outros, como se lhe anunciassem um veredicto: tinha do que se conformar, era ela a escolhida para pagar por todos; e se, gesticulando, tentavam uma espécie de sorriso, era sem sombra de malícia: talvez um convite para que aceitasse sua pena de bom grado.

O barco foi logo embora, mais veloz do que se podia supor, e os dois cuidavam do motor e do rumo, e não se voltaram mais em direção à senhora, que por sua vez tentava sorrir para eles, como para demonstrar que, se de mais nada era acusada exceto de ser feita desse modo caro e de provocar inveja a qualquer um, se lhe cabia expiar só essa nossa um pouco desajeitada maciez de formas, pois bem, ela aceitaria todo o peso para si, satisfeita.

O barco, com seus movimentos misteriosos, e aquele confuso emaranhado de raciocínio a tinham mantido em um tal assombro que demorou para se dar conta do frio. Uma leve gordurinha permitia à senhora Isotta certos banhos longos e gelados que enchiam de admiração marido e familiares, gente magra. Mas tempo demais permanecera imersa, e o sol estava encoberto, e sua pele lisa se levantava em grãos puntiformes, e um lento enregelamento tomava conta de seu sangue. Pronto, naqueles estremecimentos que a sacudiam, Isotta se reconheceu viva, e em perigo de morte, e inocente. Pois aquela nudez que de repente tinha como que crescido nela, ela sempre a aceitara não como uma culpa sua mas como sua inocência ansiosa, como a fraternidade secreta com os outros, como carne e raiz de seu estar no mundo; enquanto eles, os maliciosos dos botes e os impávidos dos guarda-sóis, que não a aceitavam, que insinuavam que ela era um delito, um pecado, só eles eram culpados. Não queria pagar por eles, e se contorceu agarrada à boia, batendo os dentes e com as faces em lágrimas... E lá de baixo do porto a lancha estava voltando, ainda mais rápida que antes, e na proa o garoto levantava uma estreita vela verde: uma saia!

Quando o barco parou perto dela, e o homem magro lhe estendeu uma das mãos para que ela subisse a bordo, e com a outra tapou os olhos sorrindo, a senhora Isotta já estava tão distante da esperança de que alguém a salvasse, e o curso de seus pensamentos havia chegado tão longe, que por um momento ela não conseguiu ligar os sentidos ao raciocínio e aos gestos, e alçou a mão em direção à que o homem lhe estendia antes até de entender que não era imaginação sua, mas que aquela lancha existia de verdade, e tinha vindo mesmo em seu socorro. Entendeu, e de repente tudo se tornou perfeito e inevitável, e os pensamentos, o frio, o medo estavam esquecidos. De pálida, ficou vermelha como fogo, e agora, em pé no barco, se metia naquela roupa enquanto o homem e o garoto voltados para o horizonte olhavam as gaivotas.

Puseram o motor em marcha, e ela, sentada na proa com uma saia verde de flores laranja, viu no fundo do barco a máscara de pesca submarina e ficou sabendo como os dois haviam descoberto seu segredo. O menino, nadando debaixo da água com a máscara e o arpão, a vira e avisara o homem, que também descera para ver. Depois lhe fizeram sinal para esperá-los, sem serem entendidos, e tinham corrido ao porto para arranjar uma roupa com a mulher de algum pescador.

Os dois estavam sentados à popa com as mãos sobre os joelhos e sorriam: o garoto, os cabelos cacheados, cerca de oito anos, era todo olhos, com um sorriso espantado de potrinho; o homem, uma cara áspera e cinzenta, um corpo vermelho-tijolo com músculos longos, tinha o sorriso levemente triste, com um cigarro apagado pendurado no lábio. Passou pela cabeça da senhora Isotta que talvez os dois, olhando-a vestida, tentassem se lembrar dela como a viram debaixo da água; mas não se sentiu constrangida. No fundo, já que alguém tinha que vê-la, estava satisfeita que tivessem sido logo aqueles dois; e também que isso lhes tivesse dado curiosidade e prazer. Para chegar à praia o homem dirigia a lancha indo ao longo do quebra-mar e dos bairros do porto e das hortas à beira da água; e quem olhasse da terra com certeza pensaria que aqueles três eram uma pequena família que voltava de barco da pesca, como toda tarde. No cais se viam as fachadas das casas cinzentas dos pescadores, com redes vermelhas estendidas por sobre varas curtas, e dos barcos atracados alguns rapazinhos levantavam peixes cor de chumbo e os passavam a moças paradas com cestas de bordas baixas presas ao quadril, e homens com minúsculos brincos de ouro sentados no chão com as pernas esticadas costuravam redes intermináveis, e em alguns fogareiros ferviam caldeirões de tanino para tingi-las, e muretas de pedra dividiam pequenas hortas sobre o mar onde os barcos jaziam ao lado das varetas das sementeiras, e mulheres com a boca cheia de pregos ajudavam os maridos estirados debaixo da quilha a consertar fendas, ou sobre cada casa rosa um telheiro cobria os tomates cortados em dois e postos para secar com sal em cima de uma grade, e junto dos pés de aspargos os filhos procuravam minhocas, e alguns velhos com uma bombinha punham inseticida em suas nêsperas, e os melões amarelos cresciam debaixo de folhas que se arrastavam, e as mulheres idosas fritavam nas frigideiras lulas e polvos ou então flores de abóbora envoltas em farinha, e se erguiam proas de pesqueiros em canteiros cheirosos da madeira recém-saída da plaina, e uma briga entre jovens calafates acabava com ameaças de pincéis negros de alcatrão, e ali começava a praia com castelinhos e vulcões de areia abandonados pelas crianças.

A senhora Isotta, sentada na lancha com aqueles dois, naquela exagerada roupa verde e laranja, até teria gostado que a viagem continuasse. Mas o barco já apontava a proa em direção à margem, e os salva-vidas estavam levando embora as espreguiçadeiras, e o homem se inclinara em cima do motor voltando-lhe as costas: as costas vermelho-tijolo, atravessadas pelos nós da espinha dorsal, sobre a qual a pele dura e salgada escorria como que movida por um suspiro.

A AVENTURA DE UM
EMPREGADO DE ESCRITÓRIO

A ENRICO GNEI, empregado de escritório, aconteceu passar uma noite com uma bela senhora. Saindo da casa dela, cedo, o ar e as cores da manhã primaveril se abriram diante dele, frescos, tonificantes e novos, e ele tinha a impressão de estar caminhando ao som de música.

Seja dito que Enrico Gnei só devia aquela aventura a um conjunto feliz de circunstâncias: uma festa de amigos, uma disposição particular e passageira da senhora — mulher por outro lado controlada e de abandonos pouco fáceis —, uma conversa na qual ele se encontrara insolitamente à vontade, a ajuda — de um lado e de outro — de uma leve exaltação alcoólica, verdadeira ou simulada que fosse, e depois uma combinação logística ligeiramente favorável na hora das despedidas: tudo isso, e não algum fascínio pessoal de Gnei — ou no máximo apenas sua aparência discreta e um pouco anônima que podia indicá-lo como companheiro não comprometedor ou vistoso —, havia determinado o final inesperado daquela noite. Ele tinha bastante consciência disso e, de índole modesta, ainda mais preciosa considerava sua sorte. Sabia bem que o fato não teria nenhum seguimento; nem se queixava disso, pois uma relação continuada comportaria problemas embaraçosos demais para seu tipo de vida habitual. A perfeição da aventura estava em haver ela começado e terminado no espaço de uma noite. Portanto, Enrico Gnei era naquela manhã um homem que tivera o que de melhor podia desejar no mundo.

A casa da senhora ficava numa colina. Gnei descia uma ladeira verde e perfumada. Era mais cedo do que a hora em que costumava sair de casa para o escritório. A senhora o fizera escapulir para que a criadagem não o visse. A noite sem dormir não lhe pesava, até lhe dava como que uma lucidez fora do natural, uma excitação não mais dos sentidos mas do intelecto. Um movimento do vento, um zumbido, um odor das árvores lhe pareciam coisas das quais devesse de algum modo se apossar e fruir; e não se readaptava a modos mais discretos de saborear a beleza.

Já que, homem metódico que era, ter se levantado em casa alheia, ter se vestido às pressas, sem se barbear, deixavam-lhe uma impressão de descarrilhamento de hábitos, pensou por um instante em dar um pulo em casa, antes de ir para o escritório, para fazer a barba e se arrumar. Daria tempo, mas Gnei logo repeliu a ideia, preferiu se convencer de que era tarde, porque o assaltou o temor de que a casa, a repetição dos gestos cotidianos dissolvessem a atmosfera extraordinária e rica em que se movia no momento.

Resolveu que seu dia seguiria uma curva calma e generosa, para conservar o mais possível a herança daquela noite. A memória, sabendo reconstruir com paciência as horas passadas, segundo por segundo, abria-lhe paraísos sem limites. Assim vagando com o pensamento, sem pressa, Enrico Gnei se encaminhava para o ponto final do bonde.

O bonde esperava, quase vazio, a hora da partida. Os condutores estavam do lado de fora, fumando. Gnei subiu assobiando, com as fraldas do sobretudo balançando, e se sentou, de início um pouco descomposto, mas logo tomou uma posição mais correta, satisfeito de ter sabido se corrigir de imediato, mas não insatisfeito com o jeito descontraído que lhe viera naturalmente.

A zona não era populosa nem madrugadora. No bonde estavam uma dona de casa de idade, dois trabalhadores que conversavam, e ele, homem satisfeito. Gente boa da manhã. Tinha simpatia por eles; ele, Enrico Gnei, era um senhor misterioso, para eles, misterioso e satisfeito, nunca visto antes naquele bonde àquela hora. De onde será que vinha?, eles talvez se perguntassem agora. E ele não deixava ver nada: estava olhando as glicínias. Era um homem que olha as glicínias como homem que sabe olhar as glicínias: tinha consciência disso, Enrico Gnei. Era um passageiro que dá o dinheiro da passagem ao trocador,

37

e entre ele e o trocador havia uma perfeita relação entre passageiro e trocador, não podia ir melhor do que estava indo. O bonde ia descendo em direção ao rio; era bom viver. Enrico Gnei saltou no centro e foi a um café. Não o de costume. Um café todo de azulejos. Mal tinha aberto; a caixa ainda não estava; o balconista punha a máquina para funcionar. Gnei deu passos de grande senhor para o centro do recinto, abancou-se, pediu um café, escolheu um biscoito na vitrine dos doces e o mordeu, primeiro com avidez, depois com a expressão de quem está com a boca alterada por uma noitada irregular.

No banco havia um jornal aberto, Gnei o percorreu. Não tinha comprado o jornal, aquela manhã, e dizer que ao sair de casa aquela era sempre a primeira coisa que fazia. Era um leitor habitual, minucioso; acompanhava até os menores fatos, e não havia página que passasse sem ler. Mas naquele dia seu olhar corria por sobre as manchetes sem provocar nenhuma associação de pensamento. Gnei não conseguia ler: talvez despertada pela comida, pelo café quente ou pelo atenuar-se do efeito do ar matutino, voltou a assaltá-lo uma onda de sensações da noite. Fechou os olhos, levantou o queixo e sorriu.

Atribuindo aquela expressão de prazer a uma notícia esportiva do jornal, o balconista lhe disse:

— Ah, está satisfeito que Boccadasse volta domingo? — E indicou a manchete que anunciava a recuperação de um centro-médio.

Gnei leu, recompôs-se e, em vez de exclamar como gostaria: "Nada a ver com Boccadasse, nada a ver com Boccadasse, meu amigo!", limitou-se a dizer:

— ... Pois é, pois é... — E, não querendo que uma conversa sobre a próxima partida desviasse a enxurrada de seus sentimentos, virou-se para a caixa, onde, nesse meio-tempo, instalara-se uma caixeira jovem e de ar desiludido. — Então — falou Gnei, confidencial —, estou pagando um café e um biscoito.
— A moça da caixa bocejou. — Sono, de manhã cedo? — disse Gnei. A moça aquiesceu sem sorrir. Gnei fez um ar cúmplice:

38

— Ah, ah! Esta noite dormiu pouco, hein? — Refletiu um momento, depois, convencido de estar com uma pessoa que o compreenderia, acrescentou: — Eu ainda tenho que ir dormir. — Depois se calou, enigmático, discreto. Pagou, cumprimentou a todos, saiu. Foi ao barbeiro.

— Bom dia, cavalheiro, sente-se, cavalheiro — disse o barbeiro num falsete profissional que a Enrico Gnei soou como uma piscadela de olhos.

— Que é isso, que é isso! Vamos fazer a barba! — respondeu com cética condescendência olhando-se no espelho.

Seu rosto, com a toalha amarrada no pescoço, aparecia como um objeto que existe por si mesmo, e alguns sinais de cansaço, não corrigidos pela atitude geral da pessoa, destacavam-se; mas continuava sendo um rosto basicamente normal, como o de um viajante que desembarcou do trem de madrugada, ou de um jogador que passou a noite em cima das cartas; se não fosse, para distinguir a natureza peculiar de sua fadiga, certo ar, observou agradavelmente Gnei, relaxado e indulgente, de homem que agora já teve sua parte, e está pronto para o pior como para o melhor.

"A carícias bem diferentes", pareciam dizer as bochechas de Gnei ao pincel que as recobria de espuma quente, "a carícias bem diferentes das tuas estamos habituadas!"

"Raspa, navalha", parecia dizer sua pele, "não rasparás o que senti e sei!"

Era, para Gnei, como se uma conversa cheia de alusões se desenrolasse entre ele e o barbeiro, que, pelo contrário, estava calado também, manobrando com empenho seus instrumentos. Era um barbeiro jovem, pouco loquaz mais por falta de imaginação que por reserva de temperamento; tanto é verdade que, querendo puxar conversa, disse:

— Este ano, hein? O tempo já está bonito, hein? A primavera...

A frase alcançou Gnei bem no meio de sua conversa imaginária, e a palavra *primavera* se carregou de significados e subentendidos.

39

— Aaah! A primavera... — disse, ficando com um sorriso cúmplice nos lábios ensaboados. E nisso se esgotou a conversa. Mas Gnei estava sentindo necessidade de falar, de se exprimir, de se comunicar. E o barbeiro não dizia mais nada. Gnei esteve duas ou três vezes para abrir a boca enquanto aquele levantava a navalha, mas não achava palavras, e a navalha tornava a pousar-lhe no lábio e no queixo.

— Como disse? — falou o barbeiro, que vira os lábios de Gnei se moverem sem que deles saísse som.

E Gnei, com todo o seu entusiasmo:

— Domingo, Boccadasse volta ao time!

Tinha quase gritado; os outros clientes voltaram em direção a ele as faces meio ensaboadas; o barbeiro ficara com a navalha suspensa.

— Ah, o senhor torce pelo ***? — disse, um tanto vexado.

— Sabe, eu sou *** — e deu o nome do outro time da cidade.

— Oh, o ***, domingo vocês têm uma partida fácil, tranquila... — Mas seu entusiasmo já se extinguira.

Barbeado, saiu. A cidade estava animada e sonora, as vidraças eram percorridas por clarões de ouro, a água voava nos chafarizes, as hastes do bonde soltavam faíscas em cima dos fios. Enrico Gnei andava como na crista de uma onda, alternando no coração ímpetos e langores.

— Mas você é o Gnei!

— Mas você é o Bardetta!

Encontrara um antigo colega de escola, que não via fazia dez anos. Trocaram as frases que se usam, sobre quanto tempo tinha passado, sobre como não haviam mudado. Na verdade Bardetta estava bastante grisalho, e a expressão astuta e um pouco viciosa de seu rosto se acentuara. Gnei sabia que Bardetta fazia negócios, mas cometera deslizes pouco claros e havia algum tempo estava no exterior.

— Continua em Paris?

— Venezuela. Estou voltando para lá. E você?

— Sempre aqui. — E lhe veio à sua revelia um sorriso encabulado, como se tivesse vergonha de sua vida sedentária, e ao mesmo tempo ficou irritado porque não conseguia dar a entender à primeira vista que sua existência era na realidade a mais plena e satisfeita que se pudesse imaginar.

— E você, casou? — perguntou Bardetta.

A Gnei pareceu que esta era a oportunidade para retificar aquela primeira impressão.

— Solteirão! — disse. — Continuo solteirão, eh, eh! Aguentamos firme! — Era isso: Bardetta, homem sem preconceitos, prestes a ir novamente para a América, sem mais vínculos com a cidade e seus mexericos, era a pessoa ideal com quem Gnei poderia dar livre curso à sua euforia, o único a quem podia confiar seu segredo. Com ele até poderia exagerar um pouco, falar de sua aventura daquela noite como de um fato que fosse costumeiro para ele. — Isso mesmo — insistiu —, velha-guarda dos solteirões, nós, não é? —, pretendendo atribuir a si a fama de frequentador de dançarinas que Bardetta tivera em certa época. E já estudava a frase com que entraria no assunto, alguma coisa como: "Sabe, esta noite mesmo, por exemplo...".

— Eu, na verdade, agora — falou Bardetta com um sorriso um pouco tímido —, sabe, sou pai de família, tenho quatro filhos...

Gnei pegou a frase enquanto estava criando novamente em torno de si a atmosfera de um mundo totalmente sem preconceitos e epicurista; e ficou um pouco desorientado com isso. Encarou Bardetta; só então reparou em seu aspecto amarrotado, malvestido, em seu ar preocupado e cansado.

— Ah, quatro filhos... — disse em tom sombrio. — Parabéns! E como vai indo, por lá?

— Pois é... Não dá para fazer muita coisa... É igual em toda parte... Ir levando... manter a família... — E abriu os braços com ar de vencido.

Gnei, por sua humildade instintiva, sentiu compaixão e remorso: como podia ter pensado em se vangloriar da própria sorte para ferir um farrapo de homem como aquele?

— Oh, mas aqui também, se você soubesse — apressou-se em dizer tornando a mudar de tom —, a gente vai levando, desse jeito, um dia depois do outro...

— Pois bem, vamos esperar que algum dia a coisa melhore...

— É sim, vamos esperar...

Cumprimentaram-se, despediram-se, e cada um tomou uma direção. E logo Gnei se sentiu invadido de saudade: a possibilidade de confidenciar com Bardetta, com aquele Bardetta que ele estava imaginando antes, pareceu-lhe um bem imenso, agora perdido para sempre. Entre eles dois, pensava Gnei, poderia ter se desenrolado uma conversa de homem para homem, cordata, um pouco irônica, sem exibicionismos, sem gabolices, o amigo partiria para a América conservando uma recordação já então imutável; e Gnei confusamente se via projetado nos pensamentos daquele Bardetta imaginário, quando, lá na sua Venezuela, lembrando-se da velha Europa — pobre mas sempre fiel ao culto da beleza e do prazer — pensaria instintivamente nele, o colega de escola reencontrado depois de tantos anos, sempre com aquele ar prudente e no entanto bem seguro de si: o homem que não se desprendera da Europa e quase encarnava a antiga sabedoria de vida dela, as paixões cautelosas... Gnei ia se exaltando: pois a aventura da noite poderia ter deixado um sinal, assumido um significado definitivo, em vez de desaparecer como areia num mar de dias vazios e iguais.

Talvez devesse ter falado do assunto de qualquer modo, com Bardetta, ainda que Bardetta fosse um pobre coitado com outros pensamentos na cabeça, mesmo à custa de humilhá-lo. E, depois, quem lhe garantia que Bardetta fosse realmente um fracassado? Vai ver que dizia isso por dizer e continuava sendo a velha raposa de outros tempos... "Vou alcançá-lo", pensou, "retomo a conversa, digo para ele." Correu adiante pela calçada, dobrou a praça, circulou por baixo dos pórticos. Bardetta havia desaparecido. Gnei olhou a hora; estava atrasado; apressou-se para o trabalho. Para se tranquilizar, pensou que aquela história de ficar como um rapaz a contar aos outros suas proezas era coisa por demais estranha a seu temperamento, a seus hábitos; e por isso se abstivera de fazê-lo. Assim, reconciliado consigo mesmo, reafirmado em seu orgulho, marcou o cartão no relógio do escritório.

Em relação a seu trabalho, Gnei nutria aquele ímpeto amoroso que, mesmo inconfesso, acende o coração dos empregados de escritório, por pouco que saibam com que doçuras secretas e com que fanatismo furioso se pode carregar a mais corriqueira prática burocrática, o despacho de indiferente correspondência, a manutenção pontual de um registro. Talvez sua esperança inconsciente daquela manhã fosse que a exaltação amorosa e a paixão empregatícia fizessem um todo único, pudessem se fundir, para continuar a arder sem apagar. Mas bastou a vista de sua escrivaninha, o aspecto usual de uma pasta esverdeada com a etiqueta "Pendentes" para fazê-lo sentir vivo o contraste entre a beleza vertiginosa de que mal acabara de se separar e seus dias de sempre.

Girou muitas vezes em torno da escrivaninha, sem se sentar. Fora colhido por uma paixão súbita, urgente pela bela senhora. E não podia sossegar. Entrou no escritório vizinho, onde os contadores batiam, com atenção e descontentamento, nas teclas.

Pôs-se a passar na frente de cada um deles, cumprimentando-os, nervosamente risonho, sombrio, aquecendo-se na recordação, sem esperança no presente, louco de amor entre os contadores. "Como agora estou me mexendo no meio de vocês em seu escritório", pensava, "assim me virava entre os lençóis dela, agora há pouco."

— Sim senhor, é assim, Marinotti! — disse batendo com o punho nos papéis de um colega.

Marinotti levantou os óculos e perguntou lentamente:

— Escuta, mas de você também, Gnei, descontaram no salário deste mês quatro mil liras a mais?

— Não, meu caro, já em fevereiro — começou a dizer Gnei, e entretanto lhe veio à mente uma atitude da senhora, já tarde, nas horas da madrugada, que a ele parecera uma revelação nova e havia aberto imensas possibilidades desconhecidas de amor —, não, a mim já tinham descontado — continuou com voz suavíssima, e mexia a mão diante de si docemente no ar e estendia os lábios —, tinham me descontado a quantia toda no salário de fevereiro, Marinotti.

43

Queria acrescentar ainda detalhes e explicações, para continuar a falar, mas não foi capaz.

"Este é o segredo", decidiu, voltando para sua sala: "que a cada momento, em cada coisa que faço ou digo, esteja implícito tudo o que vivi." Mas era roído por uma ânsia, por não poder nunca ser igual àquele que havia sido, por não conseguir exprimir, nem com alusões e menos ainda com palavras explícitas, e talvez nem mesmo com o pensamento, a plenitude que sabia ter alcançado.

Tocou o telefone. Era o diretor. Pedia os antecedentes da reclamação Giuseppieri.

— Veja, senhor diretor — explicou Gnei ao telefone —, a firma Giuseppieri na data de seis de março... — E queria dizer: "E aí, quando ela disse lentamente: 'Vai embora...?', eu entendi que não era para largar sua mão...". — Sim, senhor diretor, a reclamação era por mercadoria já faturada... — E pensava dizer: "Até que a porta se fechasse atrás de nós, eu ainda estava duvidando...". — Não — explicava —, a reclamação não foi feita por intermédio da agência... — E pretendia: "Mas só então entendi que era inteiramente diferente de como eu a tinha imaginado, fria e altiva...".

Pôs o fone no gancho. Estava com a testa perlada de suor. Sentia-se cansado, agora, cheio de sono. Fizera mal em não passar em casa para se refrescar e se trocar: até as roupas que usava o incomodavam.

Chegou perto da janela. Havia um grande pátio cercado de paredes altas e repletas de varandas, mas era como estar num deserto. Via-se o céu por cima dos telhados não mais límpido mas esbranquiçado, invadido por uma pátina opaca, assim como na memória de Gnei uma brancura opaca ia apagando qualquer lembrança de sensações, e a presença do sol era assinalada por uma mancha de luz indistinta, parada, como uma surda pontada de dor.

A AVENTURA DE UM FOTÓGRAFO

COM A CHEGADA DA PRIMAVERA, os habitantes das cidades, às centenas de milhares, saem aos domingos levando o estojo a tiracolo. E se fotografam. Voltam satisfeitos como caçadores com o emborcal repleto, passam os dias esperando com doce ansiedade para ver as fotos reveladas (ansiedade a que alguns acrescentam o prazer sutil das manipulações alquímicas na câmara escura, vedada às intrusões dos familiares, exalando um cheiro acre dos ácidos), e somente quando põem os olhos nas fotos parecem tomar posse tangível do dia passado, somente então aquele riacho alpino, aquele jeito do menino com o baldinho, aquele reflexo de sol nas pernas da mulher adquirem a irrevogabilidade daquilo que já ocorreu e não pode mais ser posto em dúvida. O resto pode se afogar na sombra incerta da lembrança.

Convivendo com os amigos e colegas, Antonino Paraggi, não fotógrafo, percebia um crescente isolamento. A cada semana descobria que às conversas daqueles que glorificam a sensibilidade de um diafragma ou discorrem sobre o número de *dins* se unia a voz de alguém a quem até ontem ele havia confidenciado, certo de que os partilhasse, seus sarcasmos em relação a uma atividade para ele tão pouco excitante e tão desprovida de imprevistos.

Como profissão, Antonino Paraggi exercia funções administrativas nos serviços de distribuição de uma empresa produtiva, mas sua verdadeira paixão era a de comentar com amigos os acontecimentos pequenos e grandes desenredando o fio das razões gerais de dentro dos emaranhados particulares; ele era, em suma, por atitude mental, um filósofo, e punha toda a sua obstinação em conseguir explanar até os fatos mais afastados de

45

sua experiência. Agora sentia que alguma coisa na essência do homem fotográfico lhe escapava, o apelo secreto que fazia com que novos adeptos continuassem a se alistar sob a bandeira dos diletantes da objetiva, alguns gabando os progressos de suas habilidades técnicas e artísticas, outros ao contrário atribuindo todo o mérito à excelência do aparelho que haviam adquirido, capaz (a ouvir-se o que diziam) de produzir obras-primas mesmo se entregue a mãos ineptas (assim eram declaradas as deles, pois, quando o orgulho era forte em exaltar as virtudes dos engenhos mecânicos, o talento subjetivo aceitava ser humilhado na mesma proporção). Antonino Paraggi entendia que nem um nem outro motivo de prazer eram decisivos: o segredo estava em outra coisa.

É preciso dizer que essa busca na fotografia das razões de uma insatisfação sua — como quem se sente excluído de alguma coisa — era em parte também um truque de Antonino consigo mesmo, para evitar levar em consideração outro, e mais visível, processo que o andava separando dos amigos. O que estava acontecendo era que os conhecidos de sua idade estavam todos se casando, constituindo família, enquanto Antonino ia ficando solteiro. Entre os dois fenômenos ocorria também um vínculo indubitável, na medida em que muitas vezes a paixão pela objetiva nasce de modo natural e quase fisiológico como efeito secundário da paternidade. Um dos primeiros instintos dos pais, depois de pôr um filho no mundo, é o de fotografá-lo; e dada a rapidez do crescimento torna-se necessário fotografá-lo com frequência, pois nada é mais transitório e irrecordável do que uma criança de seis meses, rapidamente apagada e substituída pela de oito meses e, depois, pela de um ano; e toda a perfeição que aos olhos dos pais um filho de três anos pode ter atingido não é suficiente para impedir que suceda a ela, destruindo-a, a nova perfeição dos quatro, só restando o álbum fotográfico como lugar onde todas essas perfeições fugazes se salvam e se justapõem, cada uma aspirando a um absoluto próprio incomparável. Na mania dos pais novatos de enquadrar a prole na mira para reduzi-la à imobilidade do preto e branco ou do diapositivo

colorido, o não fotógrafo e não procriador Antonino via principalmente uma fase da corrida para a loucura que aquele instrumento preto abrigava. Mas suas reflexões sobre a ligação ico-
noteca-família-loucura eram rápidas e reticentes; senão ele
compreenderia que na realidade quem corria o perigo maior
era ele, o solteirão.

No círculo de amizades de Antonino se costumava passar os
fins de semana fora da cidade, em bando, seguindo um hábito que
para muitos deles vinha desde os anos de estudante, e que se es-
tendera até às noivas e depois às esposas e à filharada, assim como
às babás e governantes, e em alguns casos aos parentes por alian-
ça e aos novos conhecidos de ambos os sexos. Mas, como a continuidade da convivência e dos hábitos nunca havia cessado, Antonino podia fingir que nada tinha mudado com o passar dos
anos e que aquele ainda era o bando de rapazes e moças de outra
época, em vez de um conglomerado de famílias em que ele permanecia o único solteiro sobrevivente.

Cada vez com mais frequência, nessas saídas para as montanhas ou para o mar, no momento da foto de grupo familiar ou
interfamiliar, pedia-se a intervenção de um operador de fora,
até mesmo de um passante que se prestasse a apertar o botão do
aparelho já posto em foco e apontado para a direção desejada.
Nesses casos Antonino não podia recusar seus préstimos: recolhia a máquina das mãos de um pai ou de uma mãe que corriam
para se colocar na segunda fila enfiando o pescoço entre duas
cabeças ou para se acocorar entre os menores; e concentrando
todas as suas forças no dedo indicado para o uso apertava o ga-
tilho. Nas primeiras vezes um irrefletido enrijecimento dos
braços desviava a mira, que pegava mastros de embarcações ou
agulhas de campanários, ou decapitava vovôs e titios. Foi acusa-
do de fazer de propósito, censurado por um gênero desagradável de brincadeira. Não era verdade: sua intenção era emprestar
o dedo como dócil instrumento da vontade coletiva, mas ao
mesmo tempo de se utilizar da posição momentânea de privilé-
gio para advertir fotógrafos e fotografados do significado de
seus atos. Assim que a ponta do dedo alcançou a condição dese-

47

jada de destaque em relação ao resto de sua pessoa e individualidade, ele ficou livre para comunicar suas teorias em alocuções argumentadas, enquadrando nesse meio-tempo pequenas cenas de conjunto bem-sucedidas. (Alguns sucessos casuais tinham bastado para lhe dar desenvoltura e confiança com as objetivas e os fotômetros.)

— ... Porque, uma vez que você começou — perorava —, não há nenhuma razão para parar. O passo entre a realidade que é fotografada na medida em que nos parece bonita e a realidade que nos parece bonita na medida em que foi fotografada é curtíssimo. Se você fotografa Pierluca enquanto ele está fazendo o castelo de areia, não há razão para não fotografá-lo enquanto está chorando porque o castelo desmoronou, e depois enquanto a ama o consola fazendo-o encontrar no meio da areia uma casquinha de concha. É só você começar a dizer a respeito de alguma coisa: "Ah, que bonito, tinha era que tirar uma foto!", e já está no terreno de quem pensa que tudo o que não é fotografado é perdido, que é como se não tivesse existido, e que então para viver de verdade é preciso fotografar o mais que se possa, e para fotografar o mais que se possa é preciso: ou viver de um modo o mais fotografável possível, ou então considerar fotografáveis todos os momentos da própria vida. O primeiro caminho leva à estupidez, o segundo, à loucura.

— Você vai ficar louco e estúpido — diziam-lhe os amigos —, e ainda por cima chato.

— Para quem quer aproveitar tudo o que passa na sua frente — explicava Antonino mesmo se ninguém o estivesse mais ouvindo —, o único modo de agir com coerência é tirar pelo menos uma foto por minuto desde quando abre os olhos de manhã até quando vai dormir. Só assim os rolos de filme constituirão um diário fiel de nossas jornadas, sem que nada fique excluído. Se eu fosse me meter a fotografar, iria até o fim nesse caminho, à custa de perder a razão com isso. Já vocês ainda pretendem estar fazendo uma escolha. Mas qual? Uma escolha no sentido idílico, apologético, de consolação, de paz com a natureza, a nação, os parentes. Não é apenas uma escolha foto-

48

gráfica, a de vocês; é uma escolha de vida, que os leva a excluir os contrastes dramáticos, os cernes das contradições, as grandes tensões da vontade, da paixão, da aversão. Acham assim que estão se salvando da loucura, mas caem na mediocridade, no estupor.

Uma certa Bice, ex-cunhada de alguém, e uma certa Lydia, ex-secretária de outro, pediram-lhe se, por favor, batia um instantâneo delas enquanto jogavam bola entre as ondas. Acedeu, mas, como nesse meio-tempo havia elaborado uma teoria contra os instantâneos, apressou-se em comunicá-la às duas amigas:

— O que é que leva vocês, moças, a retirar da movimentada continuidade de sua jornada essas fatias temporais da espessura de um segundo? Jogando a bola uma para a outra estão vivendo no presente, mas mal a divisão dos fotogramas se insinua entre os gestos de vocês já não é o prazer do jogo que as impulsiona e sim o de se reverem no futuro, de se encontrarem novamente daqui a vinte anos num cartãozinho amarelado (sentimentalmente amarelado, mesmo se os processos modernos de fixação o preservarem inalterado). O gosto pela foto espontânea natural colhida ao vivo mata a espontaneidade, afasta o presente. A realidade fotografada assume logo um caráter saudoso, de alegria sumida na asa do tempo, um caráter comemorativo, mesmo se é uma foto de anteontem. E a vida que você vive para fotografar já é desde o princípio comemoração de si mesma. Achar que o instantâneo é mais *verdadeiro* que o retrato posado é um preconceito...

Assim dizendo Antonino saltitava no mar em volta das duas amigas para pôr em foco os movimentos do jogo e excluir do enquadramento os reflexos ofuscantes do sol na água. Numa disputa pela bola Bice, que se lançava sobre a outra já submersa, foi apanhada com o traseiro em primeiro plano voando por sobre as ondas. Antonino, para não perder esse ângulo, jogara-se na água de través mantendo a máquina erguida e por pouco não se afogara.

— Saíram todas muito boas, e essa então está sensacional — elas comentaram alguns dias depois, arrancando as provas uma das mãos da outra. Haviam marcado encontro com ele na loja do fotógrafo. — Você é ótimo, tem que fazer outras para nós.

Antonino havia chegado à conclusão de que era preciso voltar às personagens em pose, com atitudes representativas de sua situação social e de seu caráter, como no século XIX. Sua polêmica antifotográfica só podia ser levada adiante do interior da caixa preta, contrapondo fotografia a fotografia.

— Eu gostaria de ter uma daquelas velhas máquinas de sanfona — disse ele às amigas —, montada num tripé. Vocês acham que ainda se encontra alguma?

— Bom, quem sabe se em algum ferro-velho...

— Vamos procurar.

As amigas acharam divertida a caça ao objeto curioso: juntos vasculharam mercados de bugigangas, interpelaram velhos fotógrafos ambulantes, seguiram-nos até seus quartinhos escuros. Naqueles cemitérios de material fora de uso jaziam colunatas, biombos, fundos pintados com paisagens esfumadas; tudo o que evocava um velho estúdio de fotógrafo Antonino comprava. No fim conseguiu pôr a mão numa máquina-caixão, com disparador de pera. Parecia funcionar perfeitamente. Antonino a comprou com um sortimento de chapas. Ajudado pelas amigas, instalou, num cômodo de sua casa, o estúdio, todo de objetos antiquados, fora dois refletores modernos.

Agora estava satisfeito.

— Tem que partir novamente desse ponto — explicou às amigas. — No modo como nossos avós posavam, na convenção segundo a qual se dispunham os grupos, havia um significado social, um costume, um gosto, uma cultura. Uma fotografia oficial ou matrimonial ou familiar ou escolar dava o sentido do quanto cada papel ou instituição tinha em si de sério e importante, mas também de falso e forçado, de autoritário, hierárquico. Este é o ponto: tornar explícitas as relações com o mundo que cada um de nós traz consigo, e que hoje se tende a esconder, a tornar inconscientes, achando que desse modo vão desaparecer, enquanto, ao contrário...

— Mas quem é que você vai mandar posar?

— Venham amanhã e vou começar a fazer fotos de vocês como estou dizendo.

— Mas me diga: aonde é que você quer chegar? — falou Lydia tomada de uma desconfiança súbita. Só agora, no estúdio instalado, via que naquilo tudo havia um ar sinistro, ameaçador.

— Nem por sonhos vamos servir de modelo para você!

Bice soltou risadinhas com ela, mas no dia seguinte voltou à casa de Antonino, sozinha.

Estava vestida de linho branco, com bordados coloridos nas beiradas das mangas e dos bolsos. Trazia os cabelos divididos por uma risca e puxados sobre as têmporas. Ria um pouco de soslaio, inclinando a cabeça para o lado. Antonino, fazendo-a entrar, estudava, naqueles seus modos um pouco afetados, um pouco irônicos, quais eram os traços que definiam seu verdadeiro caráter.

Mandou-a sentar numa poltrona grande e meteu a cabeça debaixo do pano preto que guarnecia o aparelho. Era uma daquelas caixas com a parede posterior de vidro, onde a imagem se espelha já quase como numa chapa, espectral, um pouco leitosa, separada de qualquer contingência no espaço e no tempo. Antonino teve a impressão de estar vendo Bice pela primeira vez. Tinha uma docilidade, em seu modo um pouco pesado de baixar as pálpebras, no jeito de estender o pescoço para a frente, que prometia alguma coisa de oculto, assim como seu sorriso parecia se ocultar por trás do próprio ato de sorrir.

— Pronto, assim, não, a cabeça mais para lá, levanta os olhos, não abaixa. — Antonino estava perseguindo dentro daquela caixa alguma coisa de Bice que subitamente lhe parecia preciosíssima, absoluta. — Agora está fazendo sombra, vem mais para a luz, não, estava melhor antes.

Havia muitas fotografias possíveis de Bice e muitas Bices impossíveis de fotografar, mas aquilo que ele buscava era a fotografia única, que contivesse tanto umas quanto outras.

— Não estou pegando você. — Sua voz saía sufocada e lamentosa de sob a capa preta. — Não estou mais pegando você, não consigo pegar.

Liberou-se do pano e se levantou. Estava errando tudo desde o princípio. Aquela expressão, aquele acento, aquele segredo que lhe parecia estar ali a ponto de colher no rosto dela era algo que o estava arrastando para as areias movediças dos estados de ânimo, dos humores, da psicologia: ele também era um daqueles que vão atrás da vida que foge, um caçador do inalcançável, como os disparadores de instantâneos.

Tinha que seguir o caminho oposto: visar um retrato todo em superfície, patente, unívoco, que não se furtasse à aparência convencional, estereotipada, à máscara. A máscara, sendo antes de mais nada um produto social, histórico, contém mais verdade do que qualquer imagem que se pretenda "verdadeira"; traz consigo uma quantidade de significados que se revelarão pouco a pouco. Não era exatamente com essa intenção que Antonino tinha construído o circo daquele estúdio?

Observou Bice. Tinha que partir dos elementos exteriores de seu aspecto. No modo de se vestir e de se arrumar de Bice, pensou, era reconhecível a intenção um pouco nostálgica, um pouco irônica, difundida no gosto daquele momento, de evocar a moda de trinta anos antes. A fotografia deveria acentuar essa intenção; como é que não tinha pensado nisso?

Antonino foi procurar uma raquete de tênis; Bice tinha que ficar em pé, de três quartos, com a raquete embaixo do braço, compondo o rosto com uma expressão de cartão sentimental. Para Antonino, de sob o manto preto, a imagem de Bice — no que tinha de ágil e adequado àquela pose e no que tinha de inadaptado e quase incongruente e que a pose acentuava — pareceu muito interessante. Fez com que mudasse várias vezes de posição, estudando a geometria das pernas e dos braços em relação à raquete e a um elemento do fundo. (No cartão-postal ideal que ele tinha em mente devia haver a rede da quadra de tênis, mas não se podia pretender demais, e Antonino se contentou com uma mesa de pingue-pongue.)

Mas ainda não se sentia em terreno seguro: será que não estava procurando fotografar lembranças ou, até, vagos ecos de lembrança que afloravam da memória? Sua recusa em viver o presente como lembrança futura, à maneira dos fotógrafos de domingo, não o estava levando a tentar uma operação igualmente irreal, ou seja, a dar um corpo à lembrança para que esta substituísse o presente diante de seus olhos?

— Mexa-se, por que fica aí parada? Levante essa raquete, que diabo! Faça como se estivesse jogando tênis! — Enfureceu--se de repente. Havia compreendido que só exasperando as poses se podia atingir uma estranheza objetiva; só fingindo um movimento capturado pela metade se podia dar a impressão do parado, do não vivo.

Bice se prestava docilmente a executar suas ordens mesmo quando se tornavam imprecisas e contraditórias, com uma passividade que era também um declarar-se fora do jogo, e, contudo, de certo modo insinuando, nesse jogo não seu, os movimentos imprevisíveis de uma sua misteriosa partida. Aquilo que Antonino agora esperava de Bice dizendo-lhe para pôr as pernas e os braços assim e assado, não era tanto a simples execução de um plano quanto a resposta dela à violência que ele estava lhe fazendo com seus pedidos, uma imprevisível resposta agressiva a essa violência que ele estava cada vez mais inclinado a exercer sobre ela.

Era como nos sonhos, pensou Antonino, contemplando mergulhado na escuridão aquela improvável tenista filtrada no retângulo de vidro: como nos sonhos quando uma presença vinda da profundidade da memória se adianta, dá-se a reconhecer, e logo depois se transforma em algo inesperado, em alguma coisa que mesmo antes da transformação já assusta porque não se sabe em que poderá se transformar.

Estava querendo tirar fotos de sonhos? Essa suspeita o fez calar, escondido naquele refúgio de avestruz, a pera do disparador na mão, como um idiota; e enquanto isso Bice, deixada por sua própria conta, continuava uma espécie de dança grotesca, imobilizando-se em exagerados gestos tenísticos, esquerda, *drive*, levantando alto a raquete ou abaixando-a até o chão como se o olhar que saía daquele olho de vidro fosse a bola que ela continua a rechaçar.

— Chega, que palhaçada é essa? Não é assim que eu estava pensando. — E Antonino cobriu a máquina com o pano, começou a passear pelo cômodo.

Era daquela roupa a culpa de tudo, com suas evocações tenísticas e pré-bélicas... Era preciso admitir que em roupa de passeio uma foto como ele descrevia não podia ser feita. Tinha que haver uma certa solenidade, uma certa pompa, como as fotos oficiais das rainhas. Só com um vestido de noite Bice se tornaria um tema fotográfico, com o decote que assinala uma fronteira nítida entre o branco da pele e o escuro do tecido sublinhado pelo reluzir das joias, uma fronteira entre uma essência de mulher atemporal e quase impessoal em sua nudez e a outra abstração, esta social, do vestido, símbolo de um papel igualmente impessoal, como o drapeado de uma estátua alegórica.

Aproximou-se de Bice, começou a desabotoá-la no pescoço, no peito, a fazer o vestido escorregar por sobre os ombros. Vieram-lhe à lembrança certas fotografias de mulher do século XIX, em que do branco do cartão emerge o rosto, o pescoço, a linha dos ombros descobertos e todo o resto se esvai no branco.

Aquele era o retrato fora do tempo e do espaço que ele agora ele estava querendo: não sabia muito bem como fazer, mas estava decidido a consegui-lo. Colocou o refletor por cima de Bice, aproximou a máquina, manobrou por baixo do pano para regular a abertura da objetiva. Olhou. Bice estava nua.

Fizera o vestido deslizar até os pés; por baixo não trazia nada; dera um passo para a frente; não, um passo para trás que era como um avançar inteirinha dentro do quadro; estava reta, alta diante da máquina, tranquila, olhando para a frente, como se estivesse sozinha.

Antonino sentiu a visão dela lhe entrar pelos olhos e ocupar todo o campo visual, tirá-lo fora do fluxo das imagens causais e fragmentárias, concentrar tempo e espaço numa forma finita. E, como se essa surpresa da visão e impressionar a chapa fossem dois reflexos ligados entre si, apertou imediatamente o disparador, recarregou a máquina, disparou, pôs outra chapa, disparou, continuou a trocar chapa e disparar, tartamudeando, sufocado pelo pano:

— Pronto, agora sim, agora está bom, pronto, de novo, agora estou pegando você, de novo.

Não tinha mais chapas. Saiu de sob o pano. Estava contente. Bice estava diante dele, nua, como que esperando.

— Agora pode se vestir — disse ele eufórico, mas já com pressa —, vamos sair.

Ela olhou para ele desnorteada.

— Agora peguei você — disse ele.

Bice desandou a chorar.

Antonino descobriu no mesmo dia que estava apaixonado por ela. Começaram a viver juntos, e ele comprou aparelhos dos mais modernos, teleobjetivas, acessórios aperfeiçoados, instalou um laboratório. Tinha até dispositivos para poder fotografá-la à noite enquanto dormia. Bice despertava debaixo do flash, contrariada; Antonino continuava a tirar instantâneos dela que se desenredava do sono, dela que se irritava com ele, dela que tentava inutilmente voltar a dormir afundando o rosto no travesseiro, dela que se reconciliava, dela que reconhecia como atos de amor essas violências fotográficas.

No laboratório de Antonino, coberto de películas e provas, Bice surgia de todos os fotogramas, como na retícula de uma colmeia surgem milhares de abelhas que são sempre a mesma abelha; Bice em todas as atitudes, ângulos, maneiras. Bice posando ou colhida à revelia, uma identidade esmigalhada numa poeira de imagens.

— Mas que obsessão é essa por Bice? Não pode fotografar outra coisa? — era a pergunta que continuamente ouvia dos amigos, e dela também.

— Não se trata simplesmente de Bice — respondia. — É uma questão de método. Qualquer pessoa que você resolva fotografar, ou qualquer coisa, você tem que continuar a fotografá-la sempre, só ela, a todas as horas do dia e da noite. A fotografia só tem sentido se esgotar todas as imagens possíveis.

Mas não dizia o que realmente importava para ele: colher

55

Bice no caminho quando ela não sabia que estava sendo vista por ele, tê-la sob o disparo de objetivas escondidas, fotografá-la não só sem ser visto, mas sem vê-la, surpreendê-la como era na ausência de seu olhar, de qualquer olhar. Não que quisesse descobrir qualquer coisa em particular; não era um ciumento no sentido corrente da palavra. Era uma Bice invisível que queria possuir, uma Bice absolutamente sozinha, uma Bice cuja presença pressupunha a ausência dele e de todos os outros.

Pudesse ou não ser definida como ciúme, era em suma uma paixão difícil de suportar. Bice logo o largou.

Antonino caiu numa crise depressiva. Começou a fazer um diário: fotográfico, claro. Com a máquina pendurada no pescoço, afundado numa poltrona, disparava compulsivamente com o olhar no vazio. Fotografava a ausência de Bice.

Recolhia as fotos num álbum: viam-se cinzeiros cheios de tocos de cigarros, uma cama desfeita, uma mancha de umidade na parede. Veio-lhe a ideia de compor um catálogo de tudo o que no mundo existe de refratário à fotografia, de deixado sistematicamente fora do campo visual não só das máquinas mas dos homens. Em cima de cada objeto passava dias inteiros, gastando rolos completos, a intervalos de horas, de maneira a acompanhar as mudanças de luz e sombra. Um dia se fixou num canto do quarto totalmente vazio, com um tubo de calefação e mais nada: teve a tentação de continuar a fotografar aquele ponto e só aquele até o fim de seus dias.

O apartamento estava largado ao abandono, papéis e jornais velhos jaziam amarfanhados pelo chão, e ele os fotografava. As fotos nos jornais também eram fotografadas, e uma ligação indireta se estabelecia entre sua objetiva e a de longínquos repórteres fotográficos. Para produzir aquelas manchas negras, a lente de outras objetivas havia focalizado batidas policiais, carros carbonizados, atletas em corrida, ministros, acusados.

Antonino agora sentia um prazer particular em retratar os objetos domésticos enquadrados por um mosaico de telefotos, violentas manchas de tinta nas folhas brancas. Do interior de sua imobilidade se pilhou a invejar a vida do repórter fotográfico que se mexe seguindo os movimentos das multidões, o sangue derramado, as lágrimas, as festas, o delito, as convenções da moda, a falsidade das cerimônias oficiais; o repórter fotográfico que documenta os extremos da sociedade, os mais ricos e os mais pobres, os momentos excepcionais que, no entanto, ocorrem a qualquer momento em qualquer lugar.

"Quer dizer que só o estado de exceção tem algum sentido?", perguntava Antonino a si mesmo. "Será o repórter fotográfico o verdadeiro antagonista do fotógrafo dominical? Seus respectivos mundos se excluem? Ou então um dá sentido ao outro?" E assim pensando se pôs a reduzir a pedaços as fotos com Bice ou sem Bice acumuladas nos meses de sua paixão, a arrancar as tiras de provas presas nas paredes, a despedaçar o celuloide dos negativos, a furar os diapositivos, e amontoava os resíduos dessa metódica destruição sobre jornais estendidos no chão.

"Talvez a verdadeira fotografia total", pensou, "seja um monte de fragmentos de imagens privadas, sobre o fundo amarrotado dos massacres e das coroações."

Dobrou as pontas dos jornais num enorme embrulho para jogá-lo no lixo, mas primeiro quis fotografá-lo. Dispôs as pontas de modo que se vissem bem duas metades de fotos de jornais diferentes que por acaso no embrulho estavam se encaixando. Até abriu mais um pouco o pacote para destacar um pedaço de papel brilhante de uma ampliação rasgada. Acendeu um refletor; queria que em sua foto se pudessem reconhecer as imagens meio emboladas e despedaçadas e ao mesmo tempo se sentisse sua irrealidade de sombras casuais de tinta, e ao mesmo tempo ainda sua concretude de objetos carregados de significado, a força com que se agarravam à atenção que tentava expulsá-las.

Para conseguir colocar tudo isso numa fotografia era preciso conquistar uma habilidade técnica extraordinária, mas só então Antonino poderia parar de fotografar. Esgotadas todas as possibilidades, no momento em que o círculo se fechava sobre si mesmo, Antonino entendeu que fotografar fotografias era o único caminho que lhe restava, aliás, o único caminho que ele havia obscuramente procurado até então.

A AVENTURA DE UM VIAJANTE

FEDERICO V., habitante de uma cidade da Itália setentrional, amava Cinzia U., residente em Roma. Cada vez que suas ocupações o permitiam, tomava o trem para a capital. Habituado a uma estrita economia de seu tempo, tanto no trabalho como no prazer, viajava sempre à noite: havia um trem, o último, pouco frequentado — a não ser em época de feriados —, e Federico podia se esticar e dormir.

Os dias de Federico em sua cidade corriam nervosos, como as horas de quem está esperando a conexão entre dois trens e, enquanto usa o tempo em certas coisas que precisa fazer, sempre tem em mente o quadro do horário. Mas quando finalmente chegava a noite da partida, e todos os compromissos estavam cumpridos e ele se encontrava com a maleta de viagem a caminhar para a estação, então começava a se sentir invadido, ainda que com pressa para não perder o trem, por uma sensação de calma interior. Era como se toda aquela azáfama em volta da estação — agora em seus últimos estertores, dada a hora — entrasse num movimento natural, de que ele fosse parte. Cada coisa parecia estar ali para assisti-lo, para dar impulso a seus passos como o revestimento de borracha da estação, e até os obstáculos, a espera com os minutos contados no último guichê de bilhetes ainda aberto, a dificuldade em trocar uma nota grande, a falta de trocado na banca de jornais, pareciam existir para seu prazer de lutar contra eles e superá-los.

Não que ele deixasse transparecer algo desse estado de espírito: homem composto, gostava de não se distinguir dos muitos viajantes que chegavam e partiam, todos iguais a ele de sobretudo e com uma maleta na mão, e, contudo, sentia-se como que carregado na crista de uma onda, porque estava correndo para Cinzia.

A mão no bolso do sobretudo brincava com uma ficha de telefone. Na manhã seguinte, assim que desembarcasse na estação de Roma, correria com a ficha na mão para o telefone público mais próximo, discaria, diria: "Alô, meu bem, cheguei...". E apertava a ficha como se fosse um objeto preciosíssimo, a única existente no mundo, a única prova tangível daquilo que o esperava à chegada.

A viagem era cara, e Federico não era rico. Se houvesse compartimentos vazios em algum vagão de segunda classe com bancos acolchoados, Federico comprava o bilhete de segunda. Ou seja, comprava sempre o bilhete de segunda, reservando-se, se houvesse gente demais, o direito de passar para a primeira pagando a diferença ao fiscal. Nessa operação, gozava o prazer da economia (até o preço da primeira classe, pago em duas vezes e com a consciência de ser por uma força maior, pesava-lhe menos), a satisfação de desfrutar da própria experiência, e um sentido de liberdade e largueza nos gestos e nos pensamentos.

Como às vezes ocorria com os homens cuja vida é muito condicionada pelos outros, muito dispersa para o exterior, Federico tendia incessantemente a defender um estado próprio de concentração interior, e na verdade lhe bastava pouquíssimo, um quarto de hotel, um compartimento de trem só para ele, e já o mundo se recompunha em harmonia com sua vida, parecia criado especialmente para ele, e as estradas de ferro que envolviam a península pareciam construídas especialmente para levá-lo triunfalmente até Cinzia. Naquela noite também a segunda estava quase deserta. Todos os sinais eram propícios.

Federico V. escolheu um compartimento vazio, não em cima das rodas, mas tampouco muito para dentro do vagão, sabendo que geralmente quem sobe com pressa no trem tende a deixar de lado os primeiros compartimentos. A defesa do espaço necessário para viajar deitado é feita de truques psicológicos mínimos; Federico conhecia e utilizava todos eles.

Por exemplo, fechou as cortinas da porta, gesto que realiza-

59

do naquele momento podia parecer excessivo, mas visava justamente um efeito psicológico. Diante das cortinas puxadas, o viajante que chega depois é quase sempre tomado por um escrúpulo instintivo, e prefere, se encontrar, um compartimento talvez já com duas ou três pessoas, mas aberto. A maleta, o sobretudo, os jornais, Federico os espalhou pelos lugares na frente e ao lado dele. Outra manobra elementar, usadíssima e aparentemente inútil; mas até isso funciona. Não que ele quisesse dar a entender que aqueles lugares estavam ocupados; um subterfúgio como esse iria contra sua consciência cívica e seu caráter sincero. Bastava-lhe criar uma rápida impressão de compartimento cheio de coisas e pouco acolhedor, uma simples rápida impressão.

Jogou-se no banco e deu um suspiro de alívio. Havia aprendido que encontrar-se em um ambiente onde cada coisa só podia estar em seu lugar, igual a sempre, anônima, sem surpresas possíveis infundia-lhe calma, consciência de si mesmo, liberdade de pensamentos. Toda a sua vida estava lançada em desordem, mas agora encontrava um equilíbrio perfeito entre impulso interno e impassível neutralidade das coisas.

Durava um instante (se estava na segunda; um minuto, se estava na primeira), e logo o assaltava uma aflição: a esqualidez do compartimento, o veludo estragado aqui e acolá, a suspeita da poeira passeando, a consistência consumida das cortinas nos vagões de tipo antigo comunicavam-lhe uma sensação de tristeza, o desagrado da ideia de dormir vestido, numa cama que não era sua, sem familiaridade possível com o que estava tocando. Mas logo se lembrava do motivo por que viajava, e novamente se sentia preso por aquele ritmo natural, como de mar ou de vento, por aquele ímpeto festivo e leve; bastava procurá-lo dentro de si, fechando os olhos, ou apertando na mão a ficha do telefone, e aquela impressão de esqualidez se desmanchava, só havia ele diante da aventura de sua viagem.

Mas alguma coisa ainda estava lhe faltando: o que era? Pronto: ouviu a voz de baixo que se aproximava sob a marquise: "Travesseiros!", e ele já se levantava, abaixava o vidro, avançava a mão com as duas moedas de cem, gritava: "Um aqui!". Era o homem dos travesseiros que sempre dava o sinal de partida da viagem. Passava debaixo das janelas um minuto antes da partida, empurrando na frente de si o carrinho com rodinhas e os travesseiros pendurados: um velho de estatura alta, magro, de bigodes brancos e mãos grandes, com dedos longos e grossos, mãos que dão confiança. Vestia-se todo de preto: boné militar, farda, capote, echarpe amarrada no pescoço. Um tipo do tempo do rei Humberto: algo assim como um velho coronel, ou apenas um fiel cavalariço. Ou então um carteiro, um velho estafeta: com aquelas mãos grandes, quando estendia a Federico o travesseiro magro, segurando-o com a ponta dos dedos, parecia entregar uma carta, ou querer enfiá-la pela janela. O travesseiro agora estava entre os braços de Federico, quadrado, chato, exatamente como um envelope, e além do mais cheio de carimbos, era a carta cotidiana para Cinzia que também esta noite estava partindo, e em vez da página de escrita ansiosa era Federico em pessoa que tomava o caminho invisível do correio noturno, pela mão do velho estafeta invernal, última encarnação do Norte racional e disciplinado antes da incursão pelas incontroláveis paixões meridionais.

Mas continuava sendo sobretudo um travesseiro, ou seja, um objeto macio (embora achatado e compacto) e alvo (se bem que constelado de carimbos) do sabão do esterilizador. Continha em si, como um conceito está dentro de um signo ideográfico, a ideia de cama, aquecimento, intimidade, e Federico já estava antegozando a ilha de frescor que lhe chegaria aquela noite, entre os veludos ásperos e traiçoeiros. Não só, mas aquele exíguo retângulo de comodidade prefigurava outras comodidades, outras intimidades, outras suavidades, e para delas desfrutar ele estava saindo de viagem; aliás, já o fato de sair de viagem, já o aluguel do travesseiro era um desfrutar delas, um entrar na dimensão onde reinava Cinzia, no círculo fechado de seus braços macios.

E era com um movimento amoroso, de carícia, que o trem começava a deslizar por entre as colunas das marquises, serpenteava entre as clareiras férreas das agulhas de desvio, lançava-se na escuridão, e se tornava a mesma coisa que o ímpeto que Federico vinha sentindo até então dentro de si. E, como se o liberar-se de sua tensão na corrida do trem o tivesse tornado mais leve, ele se pôs a acompanhar o impulso dele entoando o motivo de uma canção que justamente aquele impulso lhe trazia à mente: "J'ai deux amours... Mon pays et Paris... Paris toujours...".

Entrou um senhor, Federico emudeceu. "Livre?" Sentou-se. Federico já havia feito mentalmente um cálculo rápido: a rigor, quando se quer fazer a viagem recostado é melhor haver duas pessoas no compartimento: um se recosta daqui, o outro de lá, e ninguém mais se atreve a perturbar; se, ao contrário, meio compartimento fica livre, quando menos você espera sobe uma família de seis pessoas, com crianças, direto até Siracusa, e você é obrigado a levantar. Federico sabia muito bem, então, que a coisa mais sábia, entrando num trem com pouca gente, seria tomar lugar não num compartimento vazio, mas em um onde já houvesse um viajante. Porém, nunca fazia isso: preferia arriscar a solidão completa, e quando, não por sua escolha, acontecia-lhe ter um companheiro de viagem, podia sempre se consolar com as vantagens da nova situação.

Desta vez também fez assim. "Vai até Roma?", perguntou ao recém-chegado, para poder acrescentar: "Bom, então vamos fechar as cortinas, apagar a luz e não deixar mais ninguém entrar". Em vez disso o outro respondeu: "Não. Para Gênova". Ótimo que saltasse em Gênova e deixasse Federico sozinho de novo, mas, para uma viagem de poucas horas, o outro não se recostaria, provavelmente ficaria acordado, não deixaria apagar a luz, outras pessoas poderiam entrar nas estações intermediárias. Federico tinha assim as desvantagens da viagem acompanhado sem as vantagens correspondentes.

Mas não se deteve em pensar nisso. O seu forte sempre fora expelir da área de seus pensamentos qualquer aspecto da realidade que o perturbasse ou que não lhe fosse útil. Apagou o homem sentado no canto oposto ao seu até reduzi-lo a uma sombra, uma mancha cinzenta. Os jornais que os dois tinham abertos diante de si ajudavam a impermeabilidade recíproca. Federico podia continuar a se sentir suspenso em seu voo amoroso. "Paris toujours..." Ninguém podia imaginar que, daquele esquálido cenário de andanças impelidas pela necessidade e pela paciência, ele estivesse voando para os braços de uma mulher como Cinzia U. E, para alimentar essa sensação de orgulho, Federico sentiu a necessidade de avaliar seu companheiro de viagem (no qual até então não havia sequer pousado os olhos) para confrontar — com a crueldade do novo-rico — a própria condição afortunada com o cinzento da existência alheia.

O desconhecido, entretanto, não tinha na verdade um ar abatido. Era um homem ainda jovem, robusto, encorpado; com ar satisfeito e ativo, lia um jornal esportivo, e tinha ao lado uma maleta volumosa: o aspecto, em suma, de um representante de alguma firma, um caixeiro-viajante. Por um instante, Federico foi colhido pelo sentimento de inveja que sempre lhe inspiraram as pessoas que pareciam mais práticas e vitais que ele; mas foi uma impressão passageira, que logo apagou pensando: "Esse é um que viaja com lâminas, ou com vernizes, enquanto eu...", e foi de novo tomado por aquele desejo de cantar, num desabafo de euforia e ausência de pensamentos. "Je voyage en amour!", modulou mentalmente, em cima daquele ritmo de antes que lhe parecia combinar com a corrida do trem, adaptando palavras inventadas de propósito para dar raiva no representante, se este pudesse ouvi-lo, "Je voyage en volupté!", enfatizando o mais que podia os ímpetos e os abandonos do motivo, "Je voyage toujours... l'hiver et l'été...". Assim ia se exaltando cada vez mais, "l'hiver et... l'été!", até o ponto em que em seus lábios deve ter surgido um sorriso de absoluto bem-estar mental. Naquele momento reparou que o representante o encarava.

Recompôs logo o rosto, concentrou-se na leitura dos jornais, negando até a si mesmo ter se encontrado um segundo antes num estado de ânimo tão pueril. Pueril: por que isso? Não havia nada de pueril: a viagem o deixava numa condição de espírito favorável, uma condição, aliás, própria para o homem maduro, o homem que conhece o bem e o mal da vida, e agora se prepara para desfrutar, merecidamente, o bem. Tranquilo, em perfeita paz de consciência, folheava as revistas semanais ilustradas, imagens fragmentadas de uma vida veloz, frenética, onde procurava algo daquilo que o levava para diante. Depressa descobriu que as revistas na verdade não o interessavam, meros vestígios da imediateza, da vida que corre pela superfície. Em céus bem mais altos navegava sua impaciência. "L'hiver et... l'été!" Agora estava na hora de tratar de dormir.

Teve uma satisfação inesperada: o representante adormecera sentado, sem mudar de posição, com o jornal no colo. Federico considerava as pessoas capazes de adormecer sentadas com uma sensação de estranheza que não conseguia nem mesmo ser inveja: para ele, adormecer no trem pressupunha um laborioso procedimento, um ritual minucioso, mas nisso mesmo, justamente, consistia o árduo prazer de suas viagens.

Primeiro, tinha que trocar as calças boas por outras surradas, para não chegar todo amarrotado. A operação tinha que se realizar no toalete; mas antes — para ter maior liberdade de movimentos — era melhor substituir os sapatos pelos chinelos. Federico tirou da maleta as calças surradas, o saco dos chinelos, tirou os sapatos, calçou os chinelos, escondeu os sapatos embaixo do banco, foi ao toalete para trocar de calças. "Je voyage toujours!" Voltou, arrumou as calças boas no porta-valise de modo que não perdessem o vinco. "Tra-lá-lá-lá-lá!" Colocou o travesseiro na cabeceira do banco do lado do corredor, pois as bruscas aberturas da porta, era melhor ouvi-las por cima da cabeça a ser visivelmente apanhado por elas ao abrir súbito dos olhos. "Du voyage, je sais tout!" Na outra cabeceira do banco pôs um jornal, pois não se deitava descalço, mas de chinelos. Num gancho acima da almofada pendurou o casaco, e num bolso do casaco pôs o porta-moedas e o grampo que segurava as notas de dinheiro, que, deixados no bolso da calça, machucariam seu quadril. Mas o bilhete ficou no bolsinho embaixo do cinto. "Je sais bien voyager..." Trocou o suéter bom, para não amarrotá-lo, por um suéter surrado; já a camisa, trocaria no dia seguinte. O representante, desperto desde quando Federico voltara para o compartimento, acompanhava suas manobras como se não entendesse muito bem o que estava acontecendo. "Jusqu'à mon amour..." Tirou a gravata e a pendurou, tirou as barbatanas da gola da camisa e as pôs num bolso do casaco, junto com o dinheiro. "... j'arrive avec le train!" Tirou os suspensórios (como todos os homens fiéis a uma elegância não exterior, usava suspensórios) e as ligas; soltou o botão mais alto das calças para que não lhe apertasse a barriga. "Tra-lá-lá-lá-lá!" Por cima do suéter não tornou a vestir o casaco, mas o sobretudo, depois de liberar os bolsos das chaves de casa; porém, ficou com a preciosíssima ficha, com o mesmo fetichismo ardente com que as crianças põem o brinquedo preferido embaixo do travesseiro. O sobretudo, abotoou completamente, erguendo a gola; com alguma atenção, sabia dormir dentro dele sem deixar uma ruga. "Maintenant voilà!" Dormir no trem queria dizer acordar com os cabelos todos em pé e talvez se encontrar na estação sem nem ter tempo para dar uma penteada; por isso, enfiou uma boina na cabeça. "Je suis prêt, alors!" Vagou pelo compartimento dentro do sobretudo, que, envergado sem casaco, ficava pendente em seu corpo como um traje sacerdotal, puxou as cortinas por cima da porta esticando-as até prender os ilhoses de couro aos botões metálicos. Acenou um gesto em direção ao companheiro de viagem como a pedir-lhe permissão para apagar a luz: o representante dormia. Apagou: na penumbra azul da luzinha de segurança, mexeu-se ainda para fechar as cortinas da janela, ou melhor, para semicerrá-las, pois deixava sempre uma fresta: gostava de ter um raio de sol no quarto de manhã. Faltava ainda uma operação: dar corda no relógio. Pronto, podia se deitar. De um salto, jogara-se horizontal no banco, em cima de um flanco, com o sobretudo liso, as pernas dobradas dentro dele, as mãos no bolso, a ficha na mão, os pés — sempre nos chinelos — em cima do jornal, o nariz no travesseiro, a boina em cima dos olhos. Agora, com um sábio relaxamento de toda a sua febril atividade interior, um vago projetar-se para o dia seguinte, adormeceria.

A brusca irrupção do fiscal (abria a porta de chofre, e com uma das mãos desabotoava num só gesto decidido as duas cortinas enquanto erguia a outra mão para acender a luz) estava prevista. Federico, porém, preferia não esperar por ele: se chegasse antes que pegasse no sono, muito bem; se o primeiro sono já tivesse começado, uma aparição costumeira e anônima como a do fiscal não o interrompia senão por poucos segundos, assim como quem dorme no campo desperta com o guincho de um pássaro noturno mas depois se vira para o outro lado e é como se de fato não tivesse acordado. Federico trazia o bilhete pronto no bolsinho e o estendia sem se erguer, quase sem abrir os olhos, ficando com a mão aberta até não o sentir mais entre os dedos; punha-o de volta no bolso e pegaria no sono de novo imediatamente, se não tivesse que proceder a uma operação que tornava vão todo o seu esforço de imobilidade anterior, isto é, levantar-se para abotoar outra vez as cortinas. Desta vez ainda estava acordado, e a fiscalização durou um pouco mais que de costume, porque o representante, apanhado no meio do sono, demorou a cair em si, a achar o bilhete. "Não tem minha rapidez de reflexos", pensou Federico, e aproveitou para sobrepujá-lo com novas variantes de sua canção imaginária. "Je voyage l'amour...", modulou. A ideia de usar transitivamente o verbo *voyager* lhe deu a sensação de plenitude poética que dão as intuições poéticas ainda que mínimas, e a satisfação de ter finalmente encontrado uma expressão adequada para seu estado de espírito. "Je voyage amour! Je voyage liberté! Jour et nuit je cours... par les chemins-de-fer..."

O compartimento voltou a ficar na escuridão. O trem mastigava sua estrada invisível. Podia Federico pedir mais da vida? De tal beatitude ao sono, o passo é breve. Federico adormeceu como se afundasse num poço de plumas. Cinco ou seis minutos, apenas, e acordou. Estava com calor, todo suado. Os vagões já estavam aquecidos, sendo outono avançado, mas ele, com a lembrança do frio sentido em sua última viagem, quis se deitar de sobretudo. Levantou-se, tirou-o, colocou-o por cima como um cobertor, deixando livres os ombros e o peito, mas sempre procurando fazê-lo cair de modo que não fizesse pregas feias. Voltou-se para o outro lado. O suor havia despertado em seu corpo um serpentear de pruridos. Desabotoou a camisa, coçou o peito, coçou uma perna. O estado de constrangimento em que sentia o corpo naquele momento lhe trazia pensamentos de liberdade física, de mar, de nudez, de nado, de corrida, e tudo isso culminava no abraço de Cinzia, soma de todo o bem da existência. E ali, no torpor, já nem distinguia mais os desconfortos presentes do bem almejado, tinha tudo a um só tempo, acalentava-se num mal-estar que pressupunha e quase continha em si todo bem-estar possível. Adormeceu de novo.

Os alto-falantes das estações que volta e meia o despertavam não são tão completamente desagradáveis como muitos supõem. Despertar e saber imediatamente onde se está dá duas possibilidades de satisfação diversas: de pensar, se é uma estação mais adiante do que se imaginava: "Como dormi! Não estou nem sentindo esta viagem!", ou, ao contrário, se ainda é uma estação anterior: "Bom, tenho bastante tempo para dormir de novo e continuar meu sono sem preocupação". Desta vez se encontrava ainda no segundo caso. O representante continuava ali, agora ele também dormia estendido, com um leve ressonar. Federico ainda estava com calor. Ergueu-se meio dormindo, tateando procurou o regulador da calefação elétrica, encontrou-o na parede oposta à sua, bem por cima da cabeça do companheiro de viagem, avançou a mão mantendo-se em equilíbrio com um pé só porque um chinelo tinha escapulido, virou raivosamente a manivela para o "mínimo". O representante deve ter aberto os olhos naquele momento e visto aquela mão inclinada por cima de sua cabeça: teve um soluço, um remoer de saliva, depois mergulhou de novo no indistinto. Federico se jogou em seu banco, o regulador elétrico emitiu um zumbido, acendeu uma luzinha vermelha, como se estivesse tentando uma explicação, um entendimento. Federico esperou impaciente que o calor amainasse, ergueu-se para abrir um pouco a janela, depois como o trem tinha começado a correr velozmente sentiu frio e fechou de novo, deslocou um tanto o regulador para o "automático".

Com o rosto sobre o amoroso travesseiro ficou um pouco a ouvir os zumbidos do regulador como mensagens misteriosas de mundos extraterrenos. O trem percorria a terra, encimada por espaços intermináveis, e em todo o universo ele e só ele era o homem que corria para Cinzia U.

O despertar seguinte foi com o grito do vendedor de café da estação Príncipe. O representante havia desaparecido. Federico tapou com cuidado as falhas de sua muralha de cortinas, e ficou a escutar com apreensão qualquer passo que se aproximasse pelo corredor, qualquer deslizar de porta. Não, não entrou ninguém. Mas em Gênova-Brignole uma mão abriu caminho, gesticulou, tentou soltar as cortinas, não conseguiu, uma forma humana apareceu de gatinhas, gritou em dialeto para o corredor: "Venham! Aqui está vazio!". Respondeu um pesado tropel, vozes entrecortadas, e quatro soldados dos Alpes entraram no escuro do compartimento e por pouco não se sentaram em cima de Federico. Enquanto se inclinavam sobre ele como sobre um animal desconhecido: "Oh! Quem é que está aqui?", ele se ergueu de um salto em cima dos braços e os agrediu: "Não tem outros compartimentos?". "Não, tudo cheio", responderam, "mas nós ficamos do lado de cá, fique à vontade." Pareciam intimidados, mas ao contrário só estavam acostumados com modos bruscos, e não ligavam para nada; tomaram assento fazendo barulho. "Vocês vão para longe?", perguntou Federico, agora mais brando, de seu travesseiro. Não, saltavam numa das primeiras estações. "E o senhor para onde é que vai?" "Para Roma." "Nossa Senhora! Até Roma!" O tom de estupefata compaixão se transformou, no coração de Federico, em um sentimento de orgulho heroico.

Assim continuou a viagem. "Podem apagar a luz?" Apagam, e permanecem sem rosto no escuro, ruidosos, volumosos, ombro a ombro. Um levanta uma cortina da janela e olha para fora: a noite é clara. Federico, deitado, vê apenas o céu e de vez em quando uma fileira de lâmpadas de uma estaçãozinha que lhe ofuscam os olhos e fazem um leque de sombras no teto. Os alpinos são rudes camponeses, estão indo para casa de licença, não param de falar alto e se interpelar, e às vezes no escuro trocam tapas e socos, menos um que dorme e um que tosse. Falam um dialeto cerrado, Federico capta uma palavra aqui e ali, histórias de quartel, de bordel. Sabe-se lá por que, sentia que não os odiava. Agora estava com eles, era quase um deles, e se identificava com eles pelo prazer de se imaginar amanhã ao lado de Cinzia U. e experimentar as vertigens da súbita mudança de destino. Mas isso não para sobrepujá-los, como com o desconhecido de antes; era com a inconsciente investidura deles que ia para Cinzia; estava em tudo aquilo que é mais afastado dela o valor de tê-la, a sensação de ser ele a tê-la.

Agora é um braço de Federico que está formigando. Ergue-o, sacode-o, o formigamento não passa, transforma-se em dor, a dor em lento bem-estar, e ele fica girando o braço torcido no ar. Os alpinos estão ali todos os quatro a perscrutá-lo de boca aberta. "O que é que deu nele?... Está sonhando... Mas o que é que está fazendo? Escuta..." Depois, com labilidade juvenil, passam a cantarolar entre eles. Federico agora tenta reativar a circulação em uma perna, pondo o pé no chão e pisando forte.

Entre cochiladas e vozerios passou uma hora. E ele não se sentia inimigo deles; talvez não fosse inimigo de ninguém; talvez tivesse se tornado um homem bom. Não os odiou nem mesmo quando, pouco antes de sua estação, saíram deixando escancaradas porta e cortinas. Levantou-se, refez sua barricada, tornou a saborear o prazer da solidão, mas sem rancor de ninguém.

Agora estava com frio nas pernas. Enfiou a bainha das calças dentro das meias, mas continuava com frio. Enrolou em torno das pernas as fraldas do sobretudo. Então ficou com frio no estômago e nas costas. Levou outra vez o regulador quase ao "máximo", aconchegou-se de novo, fingiu não perceber que o sobretudo fazia pregas feias, embora as sentisse debaixo de si, agora estava pronto a renunciar a tudo pelo seu bem-estar imediato, a consciência de ser bom com o próximo o levava a ser bom consigo mesmo e, dentro dessa indulgência geral, a encontrar novamente os caminhos do sono.

69

Os despertares daí em diante foram intermitentes e mecânicos. As entradas do fiscal, com seu gesto decidido ao abrir as cortinas, distinguiam-se bem das incertas tentativas dos viajantes noturnos que subiam numa estação intermediária e ficavam perdidos diante de uma série de compartimentos com as cortinas cerradas. Igualmente profissional porém mais brusco e sombrio, o surgimento do agente de polícia, que acendia de chofre a luz na cara de quem dormia, examinava-o, apagava e ia embora silenciosamente, deixando atrás de si numa lufada de prisão.

Depois entrou um homem, numa estação qualquer sepultada na noite, Federico se deu conta quando ele já estava aninhado num canto, e pelo cheiro de molhado que trazia no capote entendeu que do lado de fora estava chovendo. Quando tornou a despertar ele já havia desaparecido, sabe-se lá em que outra estação invisível, e para ele não passara de uma sombra com cheiro de chuva e respiração pesada.

Sentiu frio; girou o regulador para o "máximo", depois baixou a mão por sob o banco para sentir aumentar o calor. Não se sentia nada; sacudiu a mão lá por baixo: parecia que estava tudo apagado. Tornou a envergar o sobretudo, depois o tirou, procurou o suéter bom, tirou o suéter surrado, pôs o bom, enfiou por cima o surrado, tornou a vestir o sobretudo, meteu-se mais uma vez no canto e tentou atingir de novo a sensação de plenitude que antes o levara ao sono e não conseguia recordar nada, e quando a canção lhe voltou à mente já tinha adormecido e aquele ritmo continuou a embalá-lo triunfalmente no sono.

A primeira luz da manhã entrou pelas frestas, bem como o grito "café quente!" e "jornais!" de uma estação, talvez ainda a última da Toscana ou a primeira do Lácio. Não estava chovendo, por trás dos vidros molhados o céu ostentava uma sua indiferença já meridional pelo outono. O desejo de alguma coisa quente e também o automatismo do homem de cidade que inicia todas as suas manhãs percorrendo os jornais agiram sobre os reflexos de Federico, e ele sentiu que deveria se precipitar sobre a janela e comprar o café ou o jornal ou ambos. Mas foi tão bem-sucedido em se convencer de estar ainda dormindo e não ter ouvido nada que essa persuasão durou até o compartimento ser invadido pela gente costumeira de Civitavecchia que toma os trens matutinos para Roma. E a parte melhor de seu sono, aquela das primeiras horas de luz, quase não teve paradas.

Quando realmente acordou, ficou ofuscado pela luz que entrava por todos os vidros já sem cortinas. No banco em frente estava alinhada uma fila de pessoas que lhe pareceram muitas mais do que poderiam caber ali, e na verdade havia até um menino no colo de uma mulher gorda, e um homem estava sentado em seu próprio banco, no lugar deixado livre por suas pernas dobradas. Os homens tinham caras diversas, mas todas com algo de vagamente ministerial, com a única possível variante de um oficial de aviação com a divisa cheia de fitinhas; e também as mulheres, percebia-se que estavam indo encontrar parentes que trabalhavam em algum ministério, ou de qualquer modo eram todos pessoas que estavam indo a Roma para cuidar de trâmites burocráticos para si ou para outros. E todos eles, alguns erguendo os olhos do jornal *Il Tempo*, observavam Federico estirado ali embaixo na altura dos joelhos deles, informe, empacotado naquele sobretudo, sem pés como uma foca, que ia se despegando do travesseiro manchado de saliva e, despenteado, com a boina no cocuruto, uma bochecha sulcada pelas pregas da fronha, levantava-se, esticava-se com movimentos informes, de foca, e ia encontrando de novo o uso das pernas, e metia os chinelos se enganando de pé, e agora se desabotoava e se coçava entre os suéteres superpostos e a camisa amarfanhada, e fazia correr por cima deles os olhos ainda remelentos, e sorria.

Pelas janelas, alargava-se o campo romano. Federico ficou um pouco ali com as mãos sobre os joelhos, sempre com seu sorriso, depois com um gesto pediu licença para pegar o jornal do colo de seu vizinho da frente. Percorreu as manchetes, percebeu como sempre a sensação de se encontrar num país remoto, olhou olímpico os arcos do aqueduto que corriam do lado de fora da janela, restituiu o jornal, ergueu-se para procurar na maleta o nécessaire.

Na estação Termini, o primeiro a pular fora do vagão, fresco como uma rosa, era ele. Segurava a ficha na mão. Nas cabines entre as pilastras e as bancas, os telefones cinzentos só esperavam por ele. Enfiou a ficha, discou, escutou com o coração batendo a campainha longínqua, ouviu o "Alô..." de Cinzia emergir ainda perfumado de sono e de suave tepidez, e ele já estava na tensão dos dias que passariam juntos, na guerra árdua contra as horas, e compreendia que não conseguiria dizer a ela nada do que tinha sido para ele aquela noite, que já estava sentindo se esvair, como toda noite perfeita de amor, ao romper cruel dos dias.

A AVENTURA DE UM LEITOR

A ESTRADA LITORÂNEA PASSAVA LÁ EM CIMA, no cabo; embaixo, inclinava-se o mar, esparramado por todos os lados, até o horizonte alto e enevoado. Também o sol estava em toda a parte, como se o céu e o mar fossem duas lentes que o aumentavam. Lá embaixo, contra os recortes irregulares dos penhascos do promontório, a água batia calma, sem espuma. Amedeo Oliva desceu uma ladeira de degraus toscos com a bicicleta ao ombro, e a deixou num lugar à sombra, depois de colocar a tranca antirroubo. Continuou a descer a escadinha no meio de torrões de terra amarela e seca e iúcas penduradas no vazio, e já procurava com o olhar o trecho mais cômodo do penhasco para nele se estender. Trazia debaixo do braço uma toalha enrolada, e, no meio da toalha, o calção de banho e um livro.

O promontório era um lugar solitário: poucos grupos de banhistas mergulhavam ou tomavam sol escondidos uns dos outros pelas irregularidades do terreno. Entre duas rochas que o protegiam da vista, Amedeo se despiu e vestiu o calção, depois começou a saltar do topo de uma pedra para o outro. Atravessou assim, saltando com suas pernas magras, metade dos rochedos, às vezes quase voando por cima do nariz de casais meio escondidos estendidos sobre toalhas de praia. Ultrapassado um maciço de pedra arenosa, de superfície porosa e acidentada, começavam rochedos lisos, de contornos suaves; Amedeo tirou as sandálias, segurou-as na mão e continuou a correr descalço, com a segurança de quem tem olho para as distâncias entre uma rocha e outra, e uma sola do pé que aguenta qualquer coisa. Chegou a um ponto perpendicular ao mar; no paredão, havia uma espécie de degrau, a meia altura. Amedeo parou ali. Em cima de uma saliência plana estendeu suas peças de roupa, bem

73

dobradinhas, e sobre elas colocou, com a sola para cima, as sandálias, para que nenhum golpe de vento carregasse tudo (na realidade soprava apenas uma aragem, do mar, mas aquele devia ser um gesto costumeiro seu de precaução). Uma sacolinha que trazia consigo se transformava numa almofada de borracha; soprou dentro dela até enchê-la, depositou-a num ponto, e dali para baixo, num trecho que descia levemente daquele lado da pedra, estendeu a toalha. Deitou-se ali de barriga para cima, e suas mãos já abriam o livro na página marcada. Permaneceu assim esticado, deitado na rocha, naquele sol que refletia por todo lado, a pele seca (tinha um bronzeado opaco, irregular, como quem toma sol sem método, mas é refratário às queimaduras), pousou na almofada de borracha a cabeça coberta por um chapeuzinho branco de pano, molhado (sim, tinha descido também até uma pedra baixa para mergulhar o chapeuzinho na água), imóvel, exceto os olhos (invisíveis por trás dos óculos escuros) que acompanhavam pelas linhas brancas e pretas o cavalo de Fabrizio del Dongo. Abaixo dele se abria uma pequena enseada de água verde-azul, transparente quase até o fundo. As pedras, dependendo da exposição ao sol, eram brancas calcinadas ou recobertas de algas. No fundo ficava uma prainha de pedregulhos. Amedeo de vez em quando levantava os olhos para aquela vista ao redor, pousava-os num brilho da superfície e na corrida oblíqua de um caranguejo; depois voltava absorto para a página onde Raskolnikov contava os degraus que o separavam da porta da velha ou Lucien de Rubempré, antes de meter a cabeça no laço corrediço, contemplava as torres e os telhados da Conciergerie.

Havia muito tempo que Amedeo procurava reduzir ao mínimo sua participação na vida ativa. Não que não gostasse de ação, ao contrário, o amor pela ação alimentava todo o seu caráter, seus gostos; no entanto, de um ano para o outro, a vontade de ele mesmo fazer ia minguando, minguando, tanto que ele chegava a se perguntar se algum dia realmente tivera tal vontade. O interesse pela ação sobrevivia, porém, no prazer de ler; sua paixão eram sempre as narrativas de fatos, as histórias, o enredo de vidas humanas. Romances do século XIX, antes de tudo, mas também memórias e biografias; e por aí, até chegar aos policiais e à ficção científica, que não desdenhava, mas que lhe davam menor satisfação também porque eram livrinhos curtos; Amedeo gostava dos volumes grossos, e enfrentá-los lhe dava o prazer físico de enfrentar uma grande trabalheira. Sopesá-los na mão, densos, espessos, volumosos, considerar com um pouco de apreensão o número de páginas, a extensão dos capítulos; depois entrar neles: de início um pouco relutante, sem vontade de vencer a primeira tarefa de ter em mente os nomes, de colher o fio da história; depois, ganhando confiança, correndo pelas linhas, atravessando o muro da página uniforme, e para além dos caracteres de chumbo aparecia a chama e o fogo da batalha e a bala que assobiando pelo céu se abatia aos pés do príncipe Andrei, e a loja apinhada de gravuras, de estátuas onde, com o coração aos saltos, Frédéric Moreau fazia sua entrada em casa dos Arnoux. Do outro lado da superfície da página se entrava num mundo no qual a vida era mais vida do que aqui, deste lado: como a superfície do mar que nos separa daquele mundo azul e verde, gretas a perder de vista, extensões de fina areia ondulada, seres meio animal e meio planta.

O sol batia forte, o rochedo estava escaldante, e Amedeo em pouco tempo se sentia uma só coisa com o rochedo. Chegava ao fim do capítulo, fechava o livro marcando a página com um folheto publicitário, tirava o chapéu de pano e os óculos, punha-se de pé meio zonzo, e a grandes saltos ia até a ponta extrema do rochedo, onde um grupo de rapazinhos mergulhava e escalava a pedra sem parar. Amedeo se punha reto em cima de um degrau a pique por sobre o mar, não muito alto, um par de metros da água, contemplava com olhos ainda ofuscados a transparência luminosa abaixo dele, e de uma vez só se jogava. Seu mergulho era sempre igual, tipo peixe, bastante correto, mas com certa rigidez. A passagem do ar ensolarado para a água morna seria quase despercebida, se não fosse súbita. Não voltava logo à tona, gostava de nadar debaixo da água, bem embaixo, quase com a barriga no chão, enquanto o fôlego aguentasse.

Tinha muito prazer no esforço físico, em se impor tarefas difíceis (por isso, ele vinha ler seu livro no promontório, subindo de bicicleta, pedalando furiosamente debaixo do sol meridiano): tentava a cada vez, nadando sob a água, alcançar uma parede de rochedos que emergia a certo ponto da areia do fundo, recoberta de uma charneca de ervas marinhas. Voltava à tona entre aquelas rochas e nadava um pouco nas imediações; começava a "bater o crawl" com método, mas gastando mais forças do que o necessário; em breve, cansado de ficar com a cara na água como cego, passava a uma braçada mais livre, "cachorrinho"; a visão lhe dava mais satisfação que o movimento, e dali a pouco do "cachorrinho" passava a nadar de costas, cada vez de maneira mais irregular e interrompida, até que parava e ficava boiando. Assim ia se virando e revirando naquele mar como numa cama sem bordas, e ora se punha o objetivo de uma ilhota a atingir, ora de certo número de braçadas, e não sossegava enquanto não tivesse liquidado essa tarefa; um pouco se demorava preguiçosamente, um pouco se dirigia ao largo tomado do desejo de não ter ao redor de si senão céu e água, um pouco se encostava nos rochedos espalhados em torno do promontório para não perder nenhum dos itinerários possíveis daquele pequeno arquipélago. Mas, nadando, notava que a curiosidade que ia ocupando mais lugar dentro dele era a de saber a continuação, digamos, da história de Albertine. Será que Marcel a encontrara ou não? Nadava furiosamente ou boiava, mas seu coração estava entre as páginas do livro deixado na margem. E já ganhava de volta seu rochedo em rápidas braçadas, procurava o ponto onde escalá-lo, e sem quase se dar conta já se encontrava lá em cima, a esfregar nas costas a toalha de praia. Enfiava de novo na cabeça o chapeuzinho de pano, estirava-se mais uma vez no sol, e começava o novo capítulo.

Não era, porém, um leitor apressado, faminto. Chegara à idade em que as segundas ou terceiras ou quartas leituras dão mais prazer que as primeiras. E, no entanto, ainda tinha muitos continentes para descobrir. Cada verão, os preparativos mais trabalhosos antes da partida para o mar eram os da pesada maleta de livros: conforme as inspirações e as conversas dos meses de vida citadina, Amedeo escolhia cada ano certos livros famosos para reler e certos autores para enfrentar pela primeira vez. E ali no rochedo os liquidava, detendo-se nas frases, erguendo frequentemente os olhos da página para refletir, juntar as ideias. A certo ponto, assim erguendo os olhos, viu que na prainha de seixos do fundo da enseada viera se estender uma mulher.

Era bem bronzeada, magra, não muito jovem, nem de grande beleza, mas lhe favorecia estar nua (usava um maiô de duas peças exíguo e bem enrolado nas cavas para tomar o máximo de sol que podia), e o olho de Amedeo estava atraído por ela. Reparou que, ao ler, cada vez com mais frequência suspendia o olhar do livro e o pousava no ar; e esse ar era aquele que estava no meio entre aquela mulher e ele. O rosto (estava estendida na borda em declive, num colchãozinho de borracha, e Amedeo a cada virada de pupila lhe via as pernas não fornidas mas harmoniosas, o ventre perfeitamente liso, o seio pequeno de modo talvez não desagradável mas provavelmente um pouco caído, nos ombros um pouco de ossos demais e também no pescoço e nos braços, e o rosto mascarado pelos óculos escuros e pela aba do chapéu de palha) era levemente marcado, vivo, cúmplice e irônico. Amedeo classificou o tipo: mulher independente, em férias sozinha, que em vez dos lugares cheios de gente prefere o rochedo mais deserto, e gosta de deixar-se estar ali a ficar preta como carvão; avaliou a porção de preguiçosa sensualidade e de insatisfação crônica que havia nela; pensou de raspão nas probabilidades que se ofereciam para uma aventura de final rápido, sopesou-as com a perspectiva de uma conversa convencional, de um programa noturno, de prováveis dificuldades logísticas, do esforço de atenção que sempre exige travar conhecimento mesmo superficialmente com uma pessoa, e continuou a ler, convencido de que aquela mulher realmente não podia lhe interessar.

Mas fazia tempo demais que estava estendido naquele ponto da pedra, ou então aqueles rápidos pensamentos lhe deixaram um rastro de inquietação: o fato é que se sentia entorpecido; as asperezas do rochedo, por baixo da toalha que lhe servia de colchão, começavam a incomodá-lo. Ergueu-se para encontrar outro lugar onde se deitar. Por um momento, ficou indeciso entre dois lugares que pareciam igualmente cômodos: um mais distante da prainha onde estava a senhora bronzeada (aliás, para além de um contraforte de rochedo que impedia a visão dela), o outro mais perto. A ideia de se aproximar e depois quem sabe ser levado por alguma circunstância imprevisível a puxar conversa e assim ter de interromper a leitura logo o fez preferir o lugar mais distante, mas, pensando bem, parecia até que, mal a senhora chegara, ele queria escapar dali, e isso podia parecer um pouco indelicado; assim escolheu o lugar mais perto, tanto a leitura o absorvia de tal modo que não havia de ser a vista daquela senhora — nem sequer particularmente bonita, de resto — que poderia distraí-lo. Estendeu-se de lado segurando o livro de modo a cobrir a visão dela, mas cansava manter o braço àquela altura e acabou abaixando-o. Agora o mesmo olhar que percorria as linhas encontrava, cada vez que era para voltar ao começo, um pouquinho depois da margem da página, as pernas da veranista solitária. Ela também se deslocara um pouco, procurando uma posição mais cômoda, e o fato de haver erguido os joelhos e posto uma perna sobre a outra bem na direção de Amedeo permitia que este avaliasse melhor algumas proporções dela, realmente nada desagradáveis. Em suma, Amedeo (se bem que uma ponta de rochedo estivesse lhe cortando um quadril) não poderia ter encontrado posição melhor: o prazer que podia tirar da visão da senhora bronzeada — um prazer marginal, algo a mais, mas nem por isso de se jogar fora, podendo ser desfrutado sem esforço — não atrapalhava o prazer da leitura, mas se inseria em seu curso normal, de modo que agora ele estava tranquilo de poder continuar a ler sem ficar tentado a desviar o olhar.

Tudo estava calmo, só corria o fluxo da leitura, cuja paisagem imóvel lhe servia de moldura, e a senhora bronzeada se tornara parte necessária dessa paisagem. Amedeo naturalmente contava com a própria capacidade de permanecer por longo tempo absolutamente parado: mas não levava em conta a agitação da mulher, que agora já se levantava, estava em pé, avançava pelo meio dos pedregulhos em direção à borda. Mexera-se, compreendeu logo Amedeo, para ver de perto uma grande água-viva que um grupo de rapazinhos estava puxando para a borda, suspendendo-a com pedaços de bambu. A senhora bronzeada se inclinava em direção ao corpo revirado da água-viva e interrogava os rapazes: suas pernas se alçavam em cima de tamanquinhos de madeira de salto muito alto, inadequados para aqueles rochedos; seu corpo, visto por trás como Amedeo agora o via, era o de uma mulher mais agradável e mais jovem do que lhe parecera antes. Pensou que, para um homem à cata de aventuras, aquele diálogo dela com os rapazinhos pescadores seria uma oportunidade "clássica": aproximar-se, comentar ele também a captura da água-viva e assim puxar conversa. Exatamente a coisa que ele não faria por todo o ouro do mundo!, acrescentou para si mesmo, mergulhando de novo na leitura. Verdade, essa sua norma de conduta o impedia também de satisfazer uma curiosidade natural a respeito da água-viva, que era, ao que se via, de dimensões insólitas, e também de um estranho colorido entre o rosa e o violeta. Curiosidade, essa pelos animais marinhos, em nada dispersiva, coerente com a mesma ordem de paixões da leitura; naquele momento, também, a atenção pela página que estava lendo — um longo trecho descritivo — estava afrouxando; em suma, era absurdo que para se defender do perigo de puxar conversa com aquela veranista ele se proibisse também impulsos espontâneos e bem justificáveis como o de se distrair por poucos minutos observando de perto uma água-viva. Fechou o livro com o marcador e se levantou; sua decisão não podia vir em melhor hora: exatamente naquele momento a senhora se separava do grupinho de rapazes, dispondo-se a voltar para seu colchão. Amedeo se deu conta disso enquanto já chegava perto e sentiu necessidade de dizer logo alguma frase em voz alta. Gritou para os rapazes:

— Cuidado! Pode ser perigosa!

Os rapazes, acocorados em volta do bicho, nem sequer ergueram os olhos: continuaram, com os pedaços de bambu que tinham na mão, a tentar levantá-la e virá-la ao contrário; mas a senhora se voltou vivamente e tornou a se aproximar da borda, com um ar entre interrogativo e assustado:

— Ih, que medo, morde?

— Se encostar queima a pele — explicou ele e reparou que se dirigira não para a água-viva mas para a veranista, que sabe-se lá por que cobria o seio com os braços num estremecimento inútil e lançava olhadelas quase furtivas ora para o animal virado, ora para Amedeo.

Ele a tranquilizou, e assim, como era de se prever, tinham começado a conversar, mas não importava, porque Amedeo ia logo voltar para o livro que o estava esperando; bastava-lhe dar uma olhada na água-viva, e por isso reconduziu a senhora bronzeada, para que avançasse pelo meio do círculo dos rapazinhos. A senhora agora observava com aversão, os nós dos dedos encostados nos dentes, e a um dado momento, estando eles lado a lado, seus braços se acharam em contato e demoraram um pouco para se separar. Amedeo começou então a falar de águas-vivas: sua competência direta não era muita, mas havia lido alguns livros de pescadores famosos e exploradores submarinos, de modo que — passando por cima da fauna miúda — começou logo a falar da famosa *raia*. A veranista o escutava demonstrando grande interesse e de vez em quando intervinha, sempre fora de propósito, como costumam fazer as mulheres.

— Está vendo essa vermelhidão que tenho no braço? Será que não foi uma água-viva?

Amedeo apalpou o ponto, um pouco acima do cotovelo, e disse que não. Estava um pouco avermelhado porque ela se apoiara em cima dele quando estava deitada.

Com isso, tinha terminado tudo. Despediram-se, ela voltou para seu lugar, ele para o dele, e recomeçou a ler. Havia sido um interlúdio que durara o tempo certo, nem mais nem menos, uma relação humana não antipática (a senhora era cortês, discreta, dócil) justamente porque apenas esboçada. Agora no livro encontrava uma adesão à realidade muito mais plena e concreta, onde tudo tinha um significado, uma importância, um ritmo.

Amedeo estava se sentindo numa condição perfeita: a página escrita lhe abria a verdadeira vida, profunda e apaixonante, e levantando os olhos encontrava uma casual mas aprazível aproximação de cores e sensações, um mundo acessório e decorativo, que não podia comprometê-lo em nada. A senhora bronzeada, de seu colchãozinho, deu-lhe um sorriso e um aceno, ele respondeu então com um sorriso e um vago aceno, e logo tornou a baixar o olhar. Mas a senhora havia dito alguma coisa.

— Hein?

— Você lê, lê sempre?

— Bom...

— É interessante?

— É.

— Boa leitura!

— Obrigado.

Era preciso que não levantasse mais os olhos. Pelo menos até o fim do capítulo. Leu-o de um fôlego. A senhora agora estava com um cigarro na boca e o indicava com um sinal. Amedeo teve a impressão de que ela estava tentando chamar a atenção dele já havia algum tempo.

— Fósforo, desculpe...

— Ah, não tenho, não fumo...

O capítulo estava terminado, Amedeo rapidamente leu as primeiras linhas do seguinte, que achou surpreendentemente pouco atrativo, mas para atacar um novo capítulo sem preocupação era preciso acertar a questão do fósforo o mais rápido possível.

— Espere! — Ergueu-se, começou a saltar pelo meio dos rochedos, um pouco atordoado de sol, até encontrar um grupo de gente que fumava. Pegou emprestada uma caixinha, correu até a senhora, acendeu o cigarro dela, voltou correndo para devolver a caixa, disseram-lhe: "Fique, fique com ela", correu de novo para a senhora a fim de lhe deixar os fósforos, ela lhe agradeceu, ele esperou um momento antes de se despedir, mas entendeu que depois daquela demora tinha que dizer mais alguma coisa, e disse:

81

— Você não vai para a água?

— Daqui a pouco — disse a senhora —, e você?

— Eu já fui.

— E não vai mergulhar de novo?

— Vou, leio mais um capítulo e depois dou outra nadada.

— Eu também, fumo o cigarro e mergulho.

— Então, até já.

— Até já.

Essa espécie de encontro marcado devolveu a Amedeo uma calma que, agora ele se dava conta disso, ele não conhecera mais desde que reparara na presença da veranista solitária: agora não tinha mais na consciência o peso de ter que manter com aquela senhora qualquer relação que fosse; estava tudo adiado para a hora do mergulho — mergulho que ele daria de qualquer modo, mesmo que não houvesse a senhora —, e então podia se abandonar sem remorsos ao prazer da leitura. A ponto de não notar que a certa altura — quando ainda não tinha chegado ao final do capítulo — a veranista, terminado o cigarro, levantara-se e se aproximara dele, para convidá-lo a ir para a água. Viu os tamancos e as pernas retas um pouco para lá do livro, levantou os olhos, voltou a abaixá-los para a página — o sol estava ofuscante — e leu depressa algumas linhas, tornou a olhar para cima e ouviu:

— Não está com a cabeça estourando? Eu vou mergulhar!

No entanto, era bom ficar ali, continuando a ler, e de quando em quando levantar os olhos. Mas, não podendo adiar mais, Amedeo fez uma coisa que nunca fazia: saltou quase meia página, até o final do capítulo, que leu, ao contrário, com muita atenção, e depois se ergueu.

— Vamos! Mergulha da ponta?

Depois de tanto falar de mergulho, a senhora desceu com cautela por um degrau à superfície da água. Amedeo se jogou de cabeça de uma pedra, mais alto do que de costume. Era a hora do ainda lento inclinar-se do sol. O mar estava dourado. Nadaram naquele ouro, um pouco apartados: Amedeo de vez em quando imergia para algumas braçadas debaixo da água e se divertia em pregar sustos na senhora passando por baixo dela. Digamos que se divertia: era coisa de criança, claro, mas, de resto, o que havia para fazer? Banhar-se a dois era ligeiramente mais aborrecido que sozinho; mas uma diferença mínima, de qualquer jeito. Fora dos reflexos de ouro, a água escurecia seu azul, como se lá embaixo, do fundo, aflorasse uma obscuridade de tinta. Não adiantava, nada igualava o sabor de vida que está nos livros. Amedeo, passando por cima de certas pedras barbudas no meio da água e orientando a mulher assustada (para fazê-la subir numa ilhota, segurou-lhe os quadris e o peito, mas suas mãos, por estarem na água, tinham ficado quase insensíveis, com as pontas dos dedos brancas e onduladas), voltava cada vez com mais frequência o olhar para a toalha, onde se destacava a capa colorida do volume. Não havia outra história, outra espera possível além daquela que ele deixara em suspenso entre as páginas onde estava o marcador, e todo o resto era um intervalo vazio.

Mas o retorno, ajudá-la a subir, enxugar-se, esfregar as costas um do outro, acabou criando uma espécie de intimidade, de modo que Amedeo julgou indelicado voltar a ficar por conta própria.

— Bom — disse —, fico por aqui lendo; vou buscar o livro e a almofada. — *Lendo*, tinha tomado o cuidado de avisar.

E ela:

— É, ótimo, eu também vou fumar um cigarro e ler um pouco *Annabella*. — Tinha consigo uma daquelas revistinhas femininas, e assim ambos puderam ficar lendo, cada um de seu lado.

A voz dela o atingiu como uma gota fria na nuca, mas dizia apenas:

— Por que fica aí no duro? Venha para o colchão, cabemos os dois.

A proposta era gentil, o colchãozinho era confortável, e Amedeo aceitou de bom grado. Estenderam-se cada um num sentido. Ela não falava mais, folheava aquelas páginas ilustradas, e Amedeo conseguiu mergulhar inteiro na leitura. O sol era o de um crepúsculo demorado, quando o calor e a luz quase não diminuem, apenas permanecem suavemente atenuados. O romance que Amedeo lia estava naquele ponto em que os maiores segredos das personagens e do ambiente são revelados, e tudo se move num mundo familiar, e se chegou a uma espécie de igualdade, de confiança entre o autor e o leitor, e se vai em frente juntos, e não se quer mais parar.

No colchãozinho de borracha dava até para fazer aqueles pequenos movimentos de que as articulações precisam para não ficarem entorpecidas, e uma perna dele, de um lado, veio a encostar em uma perna dela, de outro. A ele isso não desagradava, e deixou ficar; a ela provavelmente também não, pois tampouco se mexeu. A suavidade do contato se somava à leitura e, no que toca a Amedeo, tornava-a mais completa; já para a veranista devia ser diferente, porque se ergueu, sentou-se e disse:

— Afinal...

Amedeo foi obrigado a levantar a cabeça do livro. A mulher o estava encarando, e seus olhos eram amargos.

— Alguma coisa errada? — perguntou ele.

— Afinal, você nunca se cansa de ler? — disse a mulher. — Não se pode dizer que seja uma boa companhia! Não sabe que com as senhoras se deve conversar? — acrescentou com um meio sorriso que talvez quisesse ser apenas irônico, mas que para Amedeo, que naquele momento pagaria qualquer coisa para não se separar do romance, pareceu até ameaçador.

"Onde foi que me meti, vindo para cá!", pensou. Agora estava claro que com aquela mulher ao lado não leria mais uma linha.

"Teria que fazê-la entender que está enganada", pensou, "que sou o tipo menos indicado para bancar o namorador de praia, sou um sujeito a quem é melhor não dar confiança nenhuma."

— Conversar? — disse em voz alta. — Conversar como?

— E estendeu uma das mãos na direção dela. "Pronto, se agora lhe ponho a mão em cima, ela com certeza se sentirá ofendida por uma atitude tão despropositada, quem sabe me dá uma bofetada e vai embora."

Mas, fosse alguma reserva natural sua, fosse um desejo diferente, mais suave, aquele que na realidade ele estava seguindo, o fato é que a carícia, mais do que brutal e provocante, foi tímida, melancólica, quase suplicante: roçou-lhe o pescoço com os dedos, levantou uma correntinha que ela trazia e a deixou cair de novo. A resposta da mulher consistiu num movimento primeiro lento, como que resignado e um pouco irônico — abaixou o queixo de lado, segurando a mão dele —, depois rápido, como num calculado ímpeto agressivo, mordiscou-lhe o dorso da mão.

— Ai! — falou Amedeo. Separaram-se.

— É assim que você conversa? — disse a senhora.

"Pronto", raciocinou velozmente Amedeo, "este meu modo de conversar não lhe agrada, então não se conversa, e eu leio", e já se lançava num novo parágrafo. Mas estava tentando enganar a si mesmo: compreendia muito bem que já tinham ido longe demais, que entre ele e a senhora bronzeada se criara uma tensão que não podia mais ser interrompida; compreendia também que ele era o primeiro a não querer interrompê-la, pois não conseguiria mais voltar só para a tensão da leitura, toda recolhida e interior. O que podia tentar, ao contrário, era fazer com que essa tensão externa tivesse por assim dizer um curso paralelo ao da outra, de modo a não ter de renunciar nem à senhora nem ao livro.

Como a senhora se sentara apoiando as costas a uma pedra, ele se sentou a seu lado e lhe passou um braço em volta das costas, mantendo o livro sobre os joelhos. Virou-se para ela e a beijou. Separaram-se e se beijaram de novo. Depois ele tornou a baixar a cabeça em cima do livro e recomeçou a ler.

Enquanto pudesse, queria avançar na leitura. Seu receio era de que não conseguisse terminar o romance: o início de uma relação balneária podia significar o fim de suas calmas horas de solidão, um ritmo completamente diverso que tomava conta de seus dias de férias; e sabe-se que, quando se está todo mergulhado na leitura de um livro, ter que interrompê-la para retomá-la algum tempo depois faz perder o melhor do sabor: esquecem-se muitos detalhes, não se consegue mais entrar na coisa como antes.

O sol se punha sucessivamente atrás do próximo promontório, e atrás do seguinte, e atrás do seguinte ainda, deixando neles restos de cor, a contraluz. Todos os banhistas tinham ido embora das reentrâncias do cabo. Agora estavam sozinhos. Amedeo cingia as costas da veranista com um braço, lia, dava-lhe beijos no pescoço e nas orelhas — o que lhe parecia agradar a ela —, e volta e meia, quando ela se virava, na boca; depois tornava a ler. Talvez agora tivessem encontrado o equilíbrio ideal: continuaria assim por umas cem páginas. Mas foi novamente ela que quis mudar a situação. Começou a endurecer-se, quase a repeli-lo, e depois disse:

— Está tarde. Vamos embora. Vou me vestir.

Essa brusca decisão abria perspectivas inteiramente diferentes. Amedeo ficou um pouco desorientado, mas não permaneceu considerando os prós e os contras. Chegara a um ponto culminante do livro, e a frase dela: "Vou me vestir", assim que foi ouvida, traduzira-se logo em sua mente por esta outra: "Enquanto se veste, tenho tempo para ler algumas páginas sem interrupção".

Mas ela:

— Segure a toalha, por favor — disse-lhe, talvez tratando-o pela primeira vez com intimidade —, para ninguém me ver.

A precaução era inútil, pois o rochedo agora estava deserto, mas Amedeo acedeu de bom grado, dado que podia segurar a toalha ficando sentado e continuando a ler o livro que mantinha sobre os joelhos.

Do outro lado da toalha a senhora tinha soltado o sutiã sem se importar de que ele a olhasse ou não. Amedeo não sabia se a olhava fingindo que lia ou se lia fingindo que a olhava. Sentia interesse por uma e outra coisa, mas se a olhava parecia mostrar-se indiscreto demais, se continuava a ler, indiferente demais. A senhora não praticava o costumeiro sistema das banhistas que se vestem ao ar livre, de primeiro pôr a roupa e depois

86

tirar o maiô; não: agora que ficara com os seios à mostra tirava também a calcinha. Foi então que pela primeira vez ela voltou o rosto para ele: e era um rosto triste, com uma ruga amarga na boca, e balançava a cabeça, balançava a cabeça, e olhava para ele.

"Já que tem que acontecer, que aconteça logo!", pensou Amedeo se lançando para a frente com o livro na mão, um dedo entre as páginas, mas o que leu naquele olhar — reprovação, comiseração, desalento, como se quisesse lhe dizer: "Estúpido, então vamos fazer assim se é só assim que dá para fazer, mas você não entende nada, como de resto os outros..." —, ou melhor, aquilo que *não* leu porque não sabia ler nos olhares, mas apenas indistintamente notou, provocou nele um momento de tal enlevo em relação à mulher que, abraçando-a e caindo junto com ela em cima do colchão, mal voltou a cabeça para o livro para controlar que não acabasse dentro da água.

Tinha caído, em vez disso, bem ao lado do colchãozinho, aberto, mas algumas páginas se viraram, e Amedeo, embora sempre no enlevo de seus abraços, tentou ter uma mão livre para pôr o marcador na página certa: nada mais aborrecido, quando se quer recomeçar a ler com pressa, do que ter que ficar folheando sem encontrar novamente o fio.

O entendimento amoroso era perfeito. Talvez pudesse ser prolongado por mais tempo; mas também as coisas não tinham sido fulminantes, naquele encontro deles?

Anoitecia. Abaixo os rochedos se abriam, em declive, numa pequena enseada. Ela agora tinha descido para lá e estava no meio da água.

— Vem também, vamos dar um último mergulho...

Amedeo, mordendo o lábio, contava quantas páginas faltavam para o fim.

A AVENTURA DE UM MÍOPE

AMILCARE CARRUGA ERA AINDA JOVEM, não desprovido de recursos, sem ambições materiais ou espirituais exageradas: nada o impedia, portanto, de gozar a vida. E, no entanto, reparou que de uns tempos para cá essa vida para ele andava, imperceptivelmente, perdendo o gosto. Coisas à toa, como, por exemplo, olhar as mulheres na rua; antigamente costumava lançar os olhos em cima delas, ávido; agora até procurava instintivamente olhar para elas, mas logo tinha a impressão de que passavam correndo como um vento, sem lhe dar nenhuma sensação, e então baixava as pálpebras indiferente. Antigamente as cidades novas o exaltavam — viajava com frequência, pois trabalhava no comércio —, agora só percebia nelas o aborrecimento, a confusão, a desorientação. À noite, antes, costumava — vivendo sozinho — ir sempre ao cinema: divertia-se nisso, com qualquer coisa que levassem; quem vai todas as noites é como se estivesse vendo um único grande filme em série: conhece todos os atores, até os figurantes e os extras, e já esse reconhecer a cada vez é divertido. Pois bem: até no cinema, agora, todas essas caras lhe pareciam ter se tornado desbotadas, sem relevo, anônimas; entediava-se.

Por fim, entendeu. Ele estava míope. O oculista lhe receitou um par de óculos. A partir daquele momento sua vida mudou, tornou-se cem vezes mais rica em interesse do que antes.

Cada vez que punha os óculos no nariz era uma emoção. Encontrava-se, digamos, num ponto de bonde, e era tomado pela tristeza de que tudo, pessoas e objetos ao redor, fosse tão genérico, banal, desgastado em ser do jeito que era, e ele ali se debatendo em um mundo de formas frouxas e cores esmaecidas. Punha os óculos para ler o número de um bonde que chegava, e então tudo mudava; as coisas mais corriqueiras, até um sarrafo de andaime, desenhavam-se com tantos detalhes mínimos, com linhas tão nítidas, e os rostos, os rostos desconhecidos, cada um deles se cobria de sinaizinhos, pontinhos de barba, espinhas, matizes de expressão antes insuspeitos; e as roupas, discernia-se de que pano eram feitas, adivinhava-se o tecido, observava-se o puído das costuras. Olhar se tornava um divertimento, um espetáculo; não o olhar uma coisa ou outra: olhar. E assim Amilcare Carruga se esquecia de verificar o número do bonde, perdia um depois do outro, ou então subia num bonde errado. Via tal quantidade de coisas que era como se não visse mais nada. Teve que se acostumar pouco a pouco, aprender desde o começo o que era inútil olhar e o que era necessário.

E então as mulheres com quem cruzava pela rua e que uma vez se tinham reduzido para ele a impalpáveis sombras fora de foco, agora o poder vê-las com o exato jogo de côncavos e convexos que o corpo delas faz se mexendo dentro da roupa, e avaliar o frescor da pele, e o calor contido no olhar, não mais lhe parecia apenas vê-las, mas já até possuí-las. Estava às vezes andando sem óculos (não os colocava sempre, para não se cansar inutilmente, mas só se precisava olhar para longe), e pronto: mais adiante na calçada despontava uma roupa de cor viva. Com um gesto já automático Amilcare imediatamente retirava os óculos do bolso e os metia no nariz. Essa indiscriminada cupidez de sensações frequentemente era punida: às vezes era uma velha. Amilcare Carruga se tornou mais cauteloso. E, às vezes, uma mulher que estava avançando lhe parecia, pelas cores, pelo porte, demasiadamente modesta, insignificante, para não se levar em consideração; não punha os óculos; mas depois, se ocorria de se roçarem, notava que pelo contrário havia nela alguma coisa que o atraía fortemente, sabe-se lá o que, e tinha a impressão de captar naquele instante um olhar dela como que de expectativa, talvez o olhar que ela já em seu primeiro aparecimento lhe enviara e ele não se dera conta; mas agora era tarde, ela desaparecera no cruzamento, subira no ônibus, estava longe depois do sinal, e ele não saberia mais reconhecê-la. Assim,

89

devido à necessidade dos óculos, ia lentamente aprendendo a viver.

Mas o mundo mais novo que os óculos abriam para ele era o da noite. A cidade noturna, já envolta em nuvens informes de escuridão e de clarões coloridos, agora revelava divisões nítidas, relevos, perspectivas; as luzes tinham contornos precisos, os escritos em néon antes imersos num halo indistinto agora escandiam letra por letra. O bonito da noite, porém, era aquela margem de indeterminação que as lentes afugentavam à luz do dia, e que permanecia: Amilcare Carruga sentia o desejo de pôr os óculos e depois reparava que já estava com eles; a sensação de plenitude nunca emparelhava com o impulso da insatisfação; a obscuridade era o depósito de húmus sem fundo onde ele nunca se cansava de cavar. De sobre as ruas, acima das casas manchadas de janelas amarelas finalmente quadradas, erguia os olhos para o céu estrelado: e descobria que as estrelas não estavam esmigalhadas no fundo do céu como ovos quebrados, mas eram espetadelas agudíssimas de luz que abriam em torno de si lonjuras infinitas.

Essas novas preocupações quanto à realidade do mundo externo não se separavam das preocupações quanto ao que era ele mesmo, ainda devidas ao uso dos óculos. Amilcare Carruga não dava muita importância a si mesmo, porém, como às vezes acontece exatamente com as pessoas mais modestas, era extremamente afeiçoado à sua maneira de ser. Ora, a passagem da categoria dos homens sem óculos à dos homens de óculos pode não parecer nada, mas é um salto muito grande. Pense que, quando alguém que não o conhece tenta definir você, a primeira coisa que diz é: "um de óculos"; assim aquele acessório particular, que quinze dias atrás lhe era completamente estranho, torna-se seu primeiro atributo, identifica-se com sua própria essência. Para Amilcare, talvez até tolamente, tornar-se assim de repente "um de óculos" chateava um pouco. Mas não é tanto por isso: é que basta que comece a se insinuar em você a dúvida de que tudo o que lhe diz respeito é puramente acidental, passível de transformação, e que você poderia ser comple-

90

tamente diferente e isso não teria importância nenhuma, e eis que por esse caminho se chega a pensar que existir ou deixar de existir seria tudo a mesma coisa, e daí o passo que leva ao desespero é curto. Então Amilcare, tendo que escolher um tipo de armação, instintivamente optou por uma daquelas mais finas, minimizadoras, nada além de um par de delgadas hastes prateadas que seguram por cima as lentes nuas e com um cavalete as unem por cima do septo nasal. Assim continuou por um tempo; depois se deu conta de que não estava feliz: se inadvertidamente lhe acontecia se ver ao espelho com os óculos, experimentava uma viva antipatia pela sua cara, como se fosse a cara típica de uma categoria de pessoas estranhas a ele. Eram exatamente aqueles óculos tão discretos, leves, quase femininos que o faziam parecer mais do que nunca "um de óculos", um que nunca tivesse feito outra coisa na vida a não ser usar óculos, tanto que agora nem repara mais que está com eles. Passavam, aqueles óculos, a fazer parte de sua fisionomia, amalgamavam-se com seus contornos, e assim ficava atenuado qualquer contraste natural entre aquilo que era a sua cara — uma cara qualquer, mas sempre uma cara — e aquilo que era um objeto estranho, um produto da indústria.

Não gostava deles, e então não demoraram a cair e se quebrar. Comprou outro par. Dessa vez orientou sua escolha no sentido contrário: ficou com uma armação de plástico preto, uma moldura de dois dedos de largura, uns espigões com dobradiças que se destacavam dos zigomas como antolhos de cavalo, umas hastes pesadas de dobrar as orelhas. Era uma espécie de meia-máscara que lhe escondia metade da cara, mas ali debaixo ele se sentia ele mesmo: não havia dúvida de que ele era uma coisa e os óculos outra, completamente separada; era claro que só ocasionalmente ele usava os óculos e que, sem óculos, era um homem completamente diferente. Voltou — tanto quanto sua natureza consentia nisso — feliz.

Aconteceu-lhe naquela época se deslocar, para certos negócios, até V. Era V. a cidade natal de Amilcare Carruga, e lá ele passara toda a juventude. Já a deixara, porém, havia dez anos, e seus retornos a V. sempre foram passageiros e esporádicos, e agora vários anos tinham passado sem que ele lá pusesse os pés. Já se sabe como é quando alguém se separa de um ambiente onde viveu por muito tempo: quando se volta a longos intervalos se estranha o lugar, parece que aquelas calçadas, aqueles amigos, aquelas conversas de café ou são tudo ou não podem mais ser nada, ou se acompanha tudo isso dia a dia ou não se consegue mais entrar, e a ideia de dar sinal de vida depois de muito tempo dá como que um remorso, e é afastada. Assim, pouco a pouco Amilcare não mais procurara as oportunidades de voltar a V., pois se houvera oportunidades ele as deixara passar, e por fim até as evitara. Mas nos últimos tempos, nessa atitude negativa para com sua cidade natal, entrava, além do estado de espírito definido agora mesmo, também aquela sensação de desamor geral que tomara conta dele, e que depois ele identificara com o progredir da miopia. Tanto é verdade que então, encontrando-se graças aos óculos em novas condições de ânimo, assim que surgiu uma oportunidade de ele ir até V., aceitou-a prontamente.

V. lhe apareceu de um ponto de vista totalmente diverso de quando lá estivera pela última vez. Mas não pelas transformações: claro, a cidade estava muito mudada, construções novas por todo lado, lojas e cafés e cinemas muito diferentes de antes, os jovens, todos desconhecidos, e um trânsito duas vezes pior do que antigamente. Mas toda essa novidade só fazia acentuar e tornar mais reconhecível o velho, em suma Amilcare Carruga pela primeira vez conseguia rever a cidade com os olhos de quando era rapaz, como se a tivesse deixado no dia anterior. Com os óculos via uma infinidade de detalhes insignificantes, por exemplo, certa janela, certo balaústre, ou seja, tinha a consciência de vê-los, de escolhê-los no meio de todo o resto, enquanto antigamente os via e pronto. Para não falar dos rostos: um jornaleiro, um advogado, alguns envelhecidos, outros tal·e qual. Parentes mesmo de verdade em V. Amilcare Carruga não tinha mais; e o grupo de amigos mais próximos também este se dispersara havia muito tempo; mas tinha conhecidos que não acabavam mais, e não poderia ser de outro modo numa cidadezinha tão pequena — como fora até a época em que ele morava lá —, onde se pode dizer que todos se conheciam, pelo menos de vista. Agora a população estava muito aumentada, houvera lá também — como em toda parte nos centros privilegiados do Norte — certa imigração de meridionais, a maioria das caras que Amilcare encontrava eram de desconhecidos: mas justamente por isso tinha a satisfação de distinguir na primeira olhadela os velhos habitantes, e lhe vinham à mente episódios, relações, apelidos.

V. era uma dessas cidades de província onde persistia o costume do passeio à noite pela rua principal, e quanto a isso nada havia mudado dos tempos de Amilcare até hoje. Das duas calçadas, como sempre acontece nesses casos, uma estava lotada com um fluxo ininterrupto de pessoas, a outra menos. No tempo deles, Amilcare e seus amigos, por uma espécie de anticonformismo, passeavam sempre pela calçada menos frequentada, e de lá lançavam olhadelas e saudações e piadas às moças que passavam na outra. Ele agora estava se sentindo como então, até com uma excitação maior, e começou a andar pela sua velha calçada olhando toda a gente que passava. Encontrar pessoas conhecidas desta vez não lhe trazia constrangimento mas divertimento, e se apressava em saudá-las. Com alguns bem que gostaria de parar para trocar duas palavras, mas a rua principal de V. era feita de um modo, com as calçadas tão estreitas, densas de gente que empurrava para a frente, e além do mais com a circulação de veículos tão aumentada, que não se podia mais como antigamente caminhar também um pouco pelo meio da rua e atravessar onde se quisesse. Em suma, o passeio se desenrolava ou depressa demais ou devagar demais, sem liberdade de movimentos, Amilcare precisava seguir a corrente ou subi-la ao contrário com dificuldade, e quando entrevia uma cara conhecida mal tinha tempo de lhe lançar um aceno de cumprimento antes que desaparecesse, e nem sequer conseguia entender se fora visto ou não.

Então esbarrou com Corrado Strazza, seu companheiro de escola e de bilhar por muitos anos. Amilcare sorriu para ele e fez também um amplo aceno com a mão. Corrado Strazza vinha em frente com o olhar em cima dele, mas era como um olhar que o atravessasse de lado a lado sem parar, e continuou seu caminho. Seria possível que não o tivesse reconhecido? Havia passado algum tempo, mas Amilcare Carruga sabia bem que não mudara muito; até então se mantivera ao abrigo tanto da obesidade como da calvície, e sua fisionomia não sofrera grandes alterações. Lá vem o professor Cavanna. Amilcare lhe fez uma saudação respeitosa, com uma pequena inclinação. O professor primeiramente acenou para responder, instintivamente, depois parou e olhou em torno de si, como que procurando alguma outra pessoa. O professor Cavanna!, que era famoso como fisionomista porque de todos os seus numerosos alunos recordava caras e nomes e sobrenomes e até as notas trimestrais! Finalmente Ciccio Corba, o treinador do time de futebol, respondeu à saudação de Amilcare. Porém, logo depois piscou os olhos e começou a assobiar, como se dando conta de ter interceptado por engano a saudação de um desconhecido, destinada sabe-se lá a quem.

Amilcare compreendeu que ninguém o reconhecera. Os óculos que lhe tornavam visível o resto do mundo, aqueles óculos com a enorme armação preta, tornavam-no invisível. Quem alguma vez pensaria que por trás daquela espécie de máscara estava exatamente Amilcare Carruga, havia tanto tempo longe de V., que ninguém esperava encontrar de um momento para outro? Mal tinha chegado a formular mentalmente essas conclusões quando apareceu Isa Maria Bietti. Estava com uma amiga, passeavam olhando as vitrines, Amilcare parou bem na frente delas, estava para dizer: "Isa Maria!", mas lhe faltou a voz na garganta, Isa Maria Bietti deu-lhe uma cotovelada, disse à amiga: "Mas é assim que eles fazem agora...", e foi em frente.

Nem Isa Maria Bietti o reconhecera. Entendeu de repente que era só por Isa Maria Bietti que voltara, que só por Isa Maria Bietti quisera se afastar de V. e passara tantos anos longe, que tudo, tudo em sua vida e tudo no mundo era somente por Isa Maria Bietti, e agora finalmente ele a revia, seus olhares se encontravam de novo, e Isa Maria Bietti não o reconhecia. Sua emoção havia sido tanta que não reparara se ela estava mudada, gorda, envelhecida, se tinha o fascínio de antigamente, menos ou mais, não vira nada senão que aquela era Isa Maria Bietti e que Isa Maria Bietti não o vira.

Havia chegado ao fim do trecho de rua frequentado para o passeio. Ali as pessoas, na esquina da sorveteria ou um quarteirão mais adiante, na banca, viravam e percorriam de volta a calçada no sentido contrário. Também Amilcare Carruga virou. Tinha tirado os óculos. Agora o mundo era novamente aquela nuvem insípida e ele se debatia se debatia com os olhos fixos e não puxava nada para a tona. Não que não conseguisse reconhecer ninguém: nos pontos mais bem iluminados estava sempre a um passo de identificar algumas caras, mas uma margem de dúvida de que não fosse quem pensava sempre permanecia, e depois, afinal, que fosse ou que não fosse não lhe importava tanto. Alguém fez um aceno, uma saudação, podia acontecer que o estivesse cumprimentando, mas Amilcare não entendeu bem quem era. Também outros dois, passando, o cumprimentaram; fez menção de responder, mas não tinha ideia de quem fossem. Um, da outra calçada, lhe lançou um: "Olá, Carrù!". Pela voz, podia ser um certo Stelvi. Com satisfação Amilcare notou que o reconheciam, que se lembravam dele. Uma satisfação relativa porque ele nem sequer os via, ou então não conseguia reconhecê-los, eram pessoas que se confundiam em sua memória umas com as outras, pessoas que no fundo lhe eram bastante indiferentes. "Boa noite!", dizia de vez em quando, ao reparar num aceno, num movimento de cabeça. Está aí, aquele que o cumprimentara agora devia ser ou Bellintusi, ou Carretti, ou Strazza. Se era Strazza gostaria até de parar um pouco para falar com ele. Mas agora tinha respondido à sua saudação com tanta pressa, e pensando bem era natural que suas relações fossem apenas assim, de convencionais e apressadas saudações.

Seu girar de olhos em torno, porém, era claro que tinha um objetivo: descobrir Isa Maria Bietti. Estava com um casaco vermelho, por isso podia ser vista de longe. Por um tempo Amilcare seguiu um casaco vermelho, mas quando conseguiu ultrapassá-lo viu que não era ela, e enquanto isso dois casacos vermelhos passaram no sentido contrário. Naquele ano estava na moda casaco vermelho de meia-estação. Primeiro, com um casaco igual, por exemplo, tinha visto Gigina, aquela da tabacaria. Uma de casaco vermelho agora o cumprimentou, e Amilcare respondeu bem frio, porque era certamente Gigina, aquela da tabacaria. Depois lhe veio a dúvida de que não se tratava de Gigina, aquela da tabacaria, mas justamente de Isa Maria Bietti! Mas como era possível confundir Isa Maria com Gigina? Amilcare voltou sobre seus passos para verificar. Encontrou Gigina, essa era ela, não havia dúvida; mas, se estava vindo por aqui agora, não podia ser ela que dera a volta toda; ou então dera uma volta mais curta? Não estava entendendo mais nada. Se Isa Maria o cumprimentara e ele lhe respondera bem frio, toda aquela viagem, toda aquela espera, todos aqueles anos passados tinham sido inúteis. Amilcare ia para a frente e para trás por aquelas calçadas, um pouco pondo os óculos e um pouco tirando-os, um pouco saudando a todos e um pouco recebendo saudações de nebulosos e anônimos fantasmas.

Depois da outra ponta do passeio, a rua se prolongava e depressa se estava fora da cidade. Havia uma fileira de árvores, um fosso, para lá uma sebe, e os campos. No tempo dele, à noite, chegava-se lá de braço dado com a namorada, quem tinha uma namorada, ou então quando se estava sozinho se ia lá para estar mais sozinho, para se sentar num banco e ouvir os grilos cantarem. Amilcare Carruga continuou por aquele lado; agora a cidade se estendia um pouco mais além, mas nem tanto. Lá estavam o banco, o fosso, os grilos, como antes. Amilcare Carruga se sentou. De toda a paisagem a noite só deixava de pé grandes faixas de sombra. Os óculos, pô-los ou tirá-los ali dava exatamente no mesmo. Amilcare Carruga compreendia que talvez aquela exaltação dos óculos novos tivesse sido a última de sua vida, e agora havia acabado.

96

A AVENTURA DE UMA ESPOSA

A SENHORA STEFANIA R. ESTAVA chegando em casa às seis da manhã. Era a primeira vez.

O carro não parara em frente ao portão mas um pouco antes, na esquina. Ela tinha pedido a Fornero para deixá-la ali, porque não queria que a zeladora visse que enquanto o marido estava viajando ela chegava em casa ao amanhecer acompanhada por um rapazinho. Fornero, mal desligou o motor, fez menção de abraçá-la. Stefania R. se afastou para trás, como se a proximidade da casa tornasse tudo diferente. Saltou fora do carro com uma pressa súbita, inclinou-se fazendo sinal a Fornero para dar a partida, para ir embora, e se pôs a caminho a pé, com seus passinhos rápidos, o rosto afundado na gola. Era uma adúltera?

Mas o portão ainda estava fechado. Stefania R. não esperava por essa. Não tinha a chave. Era porque não tinha a chave que passara a noite fora. Toda a história estava aí: haveria mil maneiras de conseguir que abrissem para ela, até certa hora; ou melhor: deveria ter pensado nisso antes, que não tinha a chave; mas não, agiu como se fosse de caso pensado. Saíra à tarde sem a chave porque achava que voltaria para jantar, em vez disso se deixara arrastar por aquelas amigas que não via fazia tanto tempo, e aqueles rapazes amigos delas, todo um bando, primeiro foram jantar e depois beber e dançar em casa de um e de outro. Às duas da madrugada era tarde demais para se lembrar de que estava sem chave. Tudo porque se encantara um pouco por aquele rapaz, Fornero. Apaixonara-se? Apaixonara-se *um pouco*. Era preciso ver as coisas em seus termos justos: nem de mais nem de menos. Havia passado a noite com ele, é verdade: mas aquela era uma expressão muito forte, não era bem o caso de usar; na companhia daquele rapaz tinha esperado que chegasse a hora em que o portão se abria novamente. Só isso. Ela pensava que abrissem às seis, e às seis se apressara em voltar. Até para que a faxineira que chegava a sua casa às sete não reparasse que ela havia passado a noite fora. Além do que, seu marido voltaria aquele dia.

Agora encontrara o portão fechado, estava sozinha ali, a rua deserta, aquela luz da manhãzinha, mais transparente que a qualquer outra hora do dia, através da qual tudo parecia visto por uma lente. Sentiu uma ponta de ansiedade, e o desejo de estar adormecida em sua cama há muitas horas, no sono profundo de todas as manhãs, o desejo da proximidade do marido, também, de sua proteção. Mas foi questão de um instante, talvez nem isso: talvez apenas tivesse esperado sentir aquela ansiedade e na realidade não a sentira. Que a zeladora ainda não houvesse aberto era uma coisa chata, muito chata, mas existia algo naquele ar da manhãzinha, naquele encontrar-se sozinha ali àquela hora que lhe deu uma oxigenada no sangue nada desagradável. Nem sequer lamentou haver mandado Fornero embora: com ele teria ficado um pouco nervosa; já sozinha sentia em si mesma uma trepidação diferente, um pouco como quando era moça, mas de maneira inteiramente diversa.

Na verdade, com todas as palavras: não sentia nenhum remorso de haver passado a noite fora. Estava com a consciência tranquila. Mas estava tranquila justamente porque agora dera o salto, porque finalmente deixara de lado seus deveres conjugais, ou, ao contrário, porque resistira, porque se mantivera, apesar de tudo, ainda fiel? Stefania perguntava a si mesma, e era essa incerteza, essa insegurança de como estariam realmente as coisas, junto com o frescor da manhã, que lhe dava um ligeiro arrepio. Em suma: a partir de agora devia se considerar uma adúltera ou não? Deu alguns passos para a frente e para trás, com as mãos metidas nas mangas do casaco longo. Stefania R. estava casada fazia uns dois anos, e nunca pensara em trair o marido. Verdade que havia nessa sua vida de esposa como que uma expectativa, a consciência de que ainda estava faltando alguma coisa. Era quase uma continuação de sua expectativa de moça, como se para ela a saída completa da menoridade ainda não tivesse acontecido, aliás, como se agora lhe coubesse sair de uma menoridade nova, a menoridade diante do marido, e ficarem finalmente no mesmo nível, diante do mundo. Era o adultério que estava esperando? E o adultério era Fornero?

Viu que alguns quarteirões mais adiante, na outra calçada, um bar tinha levantado as portas metálicas. Precisava de um café quente, imediatamente. Seguiu para lá. Fornero era um garoto. Não se podia pensar nele em termos grosseiros. Passeara com ela em seu carrinho a noite inteira, percorreram a colina para a frente e para trás, a beira do rio, até verem a madrugada apontar. Em certo momento ficaram sem gasolina, tiveram que empurrar o carro, acordar um frentista adormecido. Havia sido uma noite de molecadas. Três ou quatro vezes as tentativas de Fornero foram mais perigosas, e uma vez a levara até embaixo da pensão onde morava e ali ficara teimando, obstinado: "Agora para de criar caso e sobe comigo". Stefania não tinha subido. Fizera bem? E depois? Agora não queria pensar nisso, passara a noite em claro, estava com sono. Ou melhor: ainda não percebia que estava com sono porque se encontrava naquele estado de espírito particular, mas mal se deitasse dormiria instantaneamente. Escreveria no quadro da cozinha, para a faxineira, que não a acordasse. Talvez o marido a acordasse, mais tarde, ao chegar. Ainda gostava do marido? Claro, gostava dele. E daí? Não perguntava nada a si mesma. Apaixonara-se um pouco por aquele Fornero. Um pouco. Mas quando é que abriam aquele maldito portão?

No bar as cadeiras estavam empilhadas, havia serragem no chão. Só um empregado atendia no balcão. Stefania entrou; não sentia constrangimento algum em estar ali naquela hora insólita. Quem é que tinha de saber de alguma coisa? Podia ter se levantado naquele momento, podia estar indo para a estação, ou então ter chegado naquele instante. E, depois, não tinha que dar satisfação a ninguém ali. Percebeu que lhe agradava se sentir assim.

— Um café preto, xícara grande, quentíssimo — disse ao garçom. Viera-lhe um tom de confiança, como se estivesse acostumada com aquele homem, aquele bar onde nunca entrava.

— Sim, senhora, um momento que estamos esquentando a máquina e já fica pronto — disse o empregado. E acrescentou: — Demora mais tempo para me esquentar do que para esquentar a máquina, de manhã.

Stefania sorriu, escondeu-se na gola e fez:

— Brrr...

Havia outro homem no bar, um freguês, que estava apartado, em pé, olhando para fora da vitrine. Voltou-se ao calafrio de Stefania, e só então ela reparou nele, e, como se a presença de dois homens lhe desse subitamente consciência de si, examinou-se com atenção no espelho por trás do bar. Não, não dava para ver que havia passado a noite rodando; estava apenas um pouco pálida. Pegou o pó de arroz na bolsa, empoou-se.

O homem aproximou-se do balcão. Usava um sobretudo escuro, com uma echarpe branca de seda e por baixo vestia um terno azul.

— A esta hora — disse sem se dirigir a ninguém —, os acordados se dividem em duas categorias: os ainda e os já.

Stefania deu um pequeno sorriso, sem fixar o olhar nele. Entretanto, já o observara o bastante: tinha uma cara um pouco patética e um pouco banal, desses homens que de tanta indulgência para consigo mesmos e para com o mundo chegaram, sem estar velhos, a um estado entre a sabedoria e a imbecilidade.

— ... E quando se vê uma mulher graciosa, depois de lhe ter dado o: "Bom dia!"... — E se inclinou para Stefania tirando o cigarro da boca.

— Bom dia — disse Stefania um pouco irônica, mas não azeda.

— ... a gente fica pensando: ainda? já? já? ainda? Eis o mistério.

— Como? — disse Stefania com ar de quem entendeu mas não quer entrar no jogo.

100

O homem a examinava, indiscreto, mas Stefania não se incomodava nem um pouco se dava para perceber que ela era uma acordada "ainda".

— E o senhor? — falou, maliciosa; havia compreendido que aquele homem era alguém com a retórica do notívago e que não reconhecê-lo como tal logo de início o incomodava.

— Eu: ainda! Sempre ainda! — Depois pensou bem: — Por quê? Não tinha percebido? — E sorriu para ela, mas agora queria apenas zombar de si mesmo. Ficou um pouco ali, engolindo, como se a saliva tivesse um gosto ruim. — A luz do dia me enxota, me faz ir para a toca como um morcego — disse distraído, como se recitasse um texto.

— Olha aí seu leite, o expresso da senhora — falou o empregado.

O homem começou a soprar no copo, a sorver devagarinho.

— Bom? — falou Stefania.

— Um asco — ele disse. E depois: — Desintoxica, dizem. Mas agora como é que me desintoxico? Se uma cobra venenosa me morde ela é que fica seca.

— O importante é a saúde... — disse Stefania. Talvez estivesse brincando um pouco demais.

De fato, ele continuou:

— O único antídoto, eu sei, se quer que lhe diga... — Sabe-se lá onde é que ia parar.

— Quanto é? — perguntou Stefania ao garçom.

— ... Aquela mulher que sempre procurei... — continuava o notívago.

Stefania saiu para ver se haviam aberto o portão. Caminhou um pouco pela calçada. Não, continuava fechado. Entretanto, o homem também saíra do bar com cara de querer segui-la. Stefania voltou sobre seus passos, entrou novamente no bar. O homem, que não esperava por isso, ficou um pouco inseguro, fez menção de voltar também, foi tomado por uma lufada de resignação, prosseguiu seu caminho, tossicando, foi embora.

— Tem cigarro? — perguntou Stefania ao empregado. Tinha ficado sem e queria fumar um assim que chegasse em casa. As tabacarias ainda estavam fechadas.

O empregado pegou um maço. Stefania o apanhou e pagou. Voltou à entrada do bar. Um cão quase lhe veio em cima, num impulso, preso a uma trela e puxando atrás de si um caçador, com fuzil, cartucheira, bolsa.

— Anda, Frisette, deitada! — exclamou o caçador. E para o empregado: — Um café!

— Bonito! — falou Stefania, acariciando o cão. — É um setter?

— Cocker spaniel — disse o caçador. — Fêmea. — Era jovem, um pouco brusco, porém mais por timidez que por outra coisa.

— Quantos anos?

— Vai fazer dez meses. Deita, Frisette, bonitinha.

— E aí, e as perdizes? — perguntou o empregado.

— Oh, eu vou para botar o cão para correr um pouco... — disse o caçador.

— Longe? — falou Stefania.

O caçador deu o nome de um lugar não muito distante.

— De carro é um pulo. Assim às dez estou de volta. O trabalho...

— É bonito, por lá — disse Stefania. Deu-lhe vontade de não deixar morrer a conversa, mesmo se não estavam falando de nada.

— Tem o vale descampado, limpo, só com moitas baixas, de urzes, e de manhã não tem neblina nenhuma, se vê bem... Se o cão levanta um voo...

— Se eu pudesse ir trabalhar às dez horas, dormia até quinze para as dez — disse o empregado.

— Pois é, eu também gosto de dormir — falou o caçador —, e mesmo assim, estar por lá quando está todo mundo dormindo ainda, não sei, me atrai, é paixão...

Stefania sentia que, por trás desse ar de estar se justificando, aquele jovem trazia oculto um orgulho dilacerante, uma hostilidade contra a cidade adormecida ali em torno, a obstinação em se sentir diferente.

102

— Não fique ofendido, mas para mim vocês, caçadores, são malucos — disse o empregado. — Não é por nada não, mas essa história de se levantar a certas horas...

— Já eu o entendo — falou Stefania.

— Pois é — dizia o caçador. — Uma paixão como qualquer outra. — Agora começara a olhar para Stefania e aquela fraca convicção que pusera antes no discurso da caça parecia já que desaparecera, e que a presença de Stefania o fizesse desconfiar de que todo o seu modo de pensar estivesse errado, que talvez a felicidade fosse uma coisa diversa da que andava procurando.

— Verdade, eu o entendo, numa manhã como a de hoje... — disse Stefania.

O caçador ficou um tempo como quem está com vontade de falar mas não sabe o que dizer.

— Quando o tempo está assim, seco, e fresco, o cão pode trabalhar bem — disse. Havia tomado o café, havia pago, o cão estava puxando para ir para fora e ele ainda permanecia ali, hesitante. Disse, encabulado: — Por que a senhora não vem também?

Stefania sorriu.

— Quer dizer que outra vez que nos encontrarmos, combinamos, não é isso?

O caçador falou:

— É... — Rodou ainda um pouco em torno para ver se encontrava outro pretexto para conversar. Depois falou: — Bom, vou embora. Um bom dia. — Despediram-se e ele deixou que o cão o puxasse para fora.

Havia entrado um operário. Pediu uma branquinha.

— À saúde de todos os que acordam cedo — disse levantando o copo —, principalmente das senhoras bonitas. — Era um homem não muito moço, de ar alegre.

— À sua saúde — disse Stefania, gentil.

— De manhã cedo a gente se sente dono do mundo — disse o operário.

— E de noite, não? — perguntou Stefania.

— De noite se tem muito sono — disse ele —, e não se pensa em nada. Senão, ai de nós...

— Eu de manhã penso em tanta coisa ruim, uma atrás da outra — disse o empregado.

— É que antes de trabalhar precisa de uma boa corrida. Se fizesse como eu, que vou para a fábrica de bicicleta motorizada, com o vento frio correndo na minha cara...

— O vento expulsa os pensamentos — disse Stefania.

— Estou vendo que a senhora me entende — falou o operário. — E se me entende tem que tomar uma bagaceira comigo.

— Não, obrigada, não bebo, de verdade.

— De manhã é o que se precisa. Duas bagaceiras, mestre.

— Não bebo, é sério, beba o senhor à minha saúde e fico contente.

— Não bebe nunca?

— Quer dizer, às vezes de noite.

— Está vendo? Isso é que está errado.

— A gente faz tanta coisa errada...

— À sua saúde. — E o operário mandou para dentro um copinho e depois outro. — Um e um dois. Veja, estou lhe explicando...

Stefania estava sozinha, ali no meio daqueles homens, daqueles homens diferentes, e conversava com eles. Estava tranquila, segura de si, não havia nada que a perturbasse. Esse era o fato novo daquela manhã.

Saiu do bar para ver se tinham aberto o portão. O operário também saiu, montou na bicicleta, calçou as luvas.

— Não está com frio? — perguntou Stefania.

O operário bateu no peito; ouviu-se um ruído de jornais.

— Estou com a couraça. — E depois, em dialeto: — Adeus, senhora. — Stefania também se despediu em dialeto, e ele se foi.

Stefania compreendeu que acontecera algo e ela não podia mais voltar atrás. Esse seu novo modo de ficar no meio dos homens, o notívago, o caçador, o operário, a tornava diferente.

Tinha sido este o seu adultério, esse ficar sozinha no meio deles, assim, em pé de igualdade. De Fornero já nem se lembrava mais.

O portão estava aberto. Stefania R. entrou em casa bem ligeirinho. A zeladora não a viu.

A AVENTURA DE UM
ESPOSO E UMA ESPOSA

O OPERÁRIO ARTURO MASSOLARI FAZIA o turno da noite, aquele que termina às seis. Para voltar para casa percorria um longo trajeto, de bicicleta na estação boa, de bonde nos meses chuvosos e frios. Chegava entre as seis e quarenta e cinco e as sete, ou seja, às vezes um pouco antes, às vezes um pouco depois de tocar o despertador da mulher, Elide.

Frequentemente os dois ruídos, o toque do despertador e o passo dele entrando, se superpunham na mente de Elide, alcançando-a no fundo do sono, o sono compacto da manhãzinha que ela ainda tentava espremer por alguns segundos com o rosto enfiado no travesseiro. Depois pulava fora da cama de uma vez só e já ia metendo os braços às cegas no roupão, com os cabelos por cima dos olhos. Aparecia assim para ele, na cozinha, onde Arturo tirava os recipientes vazios da bolsa que levava consigo para o trabalho — a marmita, a garrafa térmica — e os punha em cima da pia. Já havia acendido o fogão e posto o café no fogo. Mal ele a olhava, Elide sentia vontade de passar a mão pelos cabelos, de arregalar à força os olhos, como se a cada vez se envergonhasse um pouco dessa primeira imagem que o marido tinha dela ao entrar em casa, sempre assim desarrumada, com a cara meio adormecida. Quando dois dormem juntos é outra coisa, encontram-se de manhã a emergirem juntos do mesmo sono, estão em pé de igualdade.

Já às vezes era ele que entrava no quarto para despertá-la, com a xicarazinha de café, um minuto antes que tocasse o despertador; então tudo era mais natural, a careta para sair do sono ganhava uma espécie de suavidade preguiçosa, os braços que se erguiam para se estirar, nus, acabavam cingindo o pescoço dele. Abraçavam-se. Arturo trazia no corpo a jaqueta im-

106

permeável; sentindo-o próximo, ela percebia o tempo que estava fazendo: se chovia ou havia bruma ou neve, dependendo de como ele estava úmido e frio. Mas assim mesmo dizia: "Que tempo está fazendo?", e ele iniciava seu costumeiro resmungo meio irônico, passando em revista os incômodos que tinha atravessado, começando pelo fim: o percurso de bicicleta, o tempo que encontrara ao sair da fábrica, diferente daquele de quando lá entrara na noite anterior, e as encrencas no serviço, os boatos que corriam na seção, e assim por diante.

Àquela hora, a casa estava sempre pouco aquecida, mas Elide se despia toda, um pouco arrepiada, e se lavava, no pequeno banheiro. Atrás vinha ele, com mais calma, também se despia e se lavava, lentamente, tirava de cima a poeira e a graxa da oficina. Assim, estando ambos em torno da mesma pia, meio nus, um pouco enregelados, de vez em quando se dando esbarrões, tirando um da mão do outro o sabonete, o dentifrício, e continuando a dizer as coisas que tinham para se dizer, era o momento da intimidade, e às vezes, acontecendo de se ajudarem mutuamente a esfregar as costas, insinuava-se uma carícia, e se encontravam abraçados.

Mas de repente Elide: "Meu Deus! Que horas já são!", e corria para meter as ligas, a saia, tudo com pressa, em pé, escovava os cabelos para cima e para baixo, e debruçava o rosto para o espelho da cômoda, com os grampos seguros entre os lábios. Arturo vinha atrás dela, havia acendido um cigarro, e olhava para ela em pé, fumando, e a cada vez parecia um pouco embaraçado, de ter que ficar ali sem poder fazer nada. Elide estava pronta, enfiava o casaco no corredor, davam-se um beijo, abria a porta e já se ouviam seus passos que desciam a escada correndo.

Arturo ficava sozinho. Acompanhava o ruído dos saltos de Elide degraus abaixo, e quando não a ouvia mais continuava a acompanhá-la em pensamento, aquele passo miúdo, rápido pelo pátio, o portão, a calçada, até o ponto do bonde. Já o bonde se ouvia bem: guinchar, parar, e o bater do estribo a cada pessoa que subia. "Pronto, tomou", pensava, e via a mulher se segurando no meio da multidão de operários e operárias no "Onze" que a levava para a fábrica como todos os dias. Apagava o cigarro, fechava os postigos das janelas, ficava escuro, metia-se na cama.

A cama estava como Elide a deixara ao se levantar, mas do lado dele, Arturo, estava quase intacta, como se tivesse sido arrumada naquele momento. Ele se deitava de seu próprio lado, como devia, mas depois esticava uma perna para lá, onde havia ficado o calor da mulher, em seguida esticava também a outra perna, e assim pouco a pouco se deslocava todo para o lado de Elide, naquele nicho de tepidez que ainda conservava a forma do corpo dela, e afundava o rosto em seu travesseiro, em seu perfume, e adormecia.

Quando Elide voltava, à noite, Arturo já havia um tempo rodava pela casa: tinha acendido a estufa, posto alguma coisa para cozinhar. Certos trabalhos ele é que fazia, naquelas horas antes do jantar, como arrumar a cama, limpar um pouco a casa, até pôr de molho as roupas para lavar. Elide depois achava tudo malfeito, mas ele para dizer a verdade não se empenhava muito: o que fazia era apenas uma espécie de ritual para esperar por ela, quase um vir a seu encontro permanecendo entre as paredes da casa, enquanto lá fora se acendiam as luzes e ela passava pelas vendas no meio daquele movimento fora de hora dos bairros onde há tantas mulheres que fazem compras à noite.

Afinal ouvia o passo pela escada, bem diferente daquele da manhã, agora mais pesado, pois Elide subia cansada do dia de trabalho e carregada de compras. Arturo saía no patamar, tirava da mão dela a sacola, entravam conversando. Ela se jogava numa cadeira na cozinha, sem tirar o casaco, enquanto ele ia tirando as coisas da sacola. Depois: "Coragem, um pouco de ordem", ela dizia, e se erguia, tirava o casaco, punha uma roupa de casa. Começavam a preparar a comida: jantar para os dois, depois a marmita que ele levava para a fábrica para o intervalo da uma da madrugada, o lanche que ela devia levar para a fábrica no dia seguinte, e o que era para deixar pronto para quando ele acordasse no dia seguinte.

Ela um pouco se atarefava, um pouco se sentava na cadeirinha de palha e dizia a ele o que tinha de fazer. Já ele, era a hora em que estava descansado, agitava-se, aliás, queria fazer tudo, mas sempre um pouco distraído, com a cabeça já em outra coisa. Naqueles momentos ali, chegavam por vezes a ponto de se magoarem, de se dizerem palavras pesadas, porque ela queria que ele estivesse mais atento ao que estava fazendo, que se empenhasse mais, ou então que fosse mais ligado a ela, ficasse mais perto, que a consolasse mais. Enquanto ele, passado o primeiro entusiasmo da volta dela, já estava com a cabeça fora de casa, fixado no pensamento de fazer tudo com pressa porque tinha que ir.

Arrumada a mesa, postas todas as coisas prontas ao alcance da mão para não precisarem mais se levantar, então era o momento da angústia que tomava conta dos dois por terem tão pouco tempo para estarem juntos, e quase não conseguiam levar a colher à boca, da vontade que sentiam de ficar ali segurando a mão um do outro.

Mas o café ainda não havia acabado de passar e já ele estava atrás da bicicleta vendo se estava tudo em ordem. Abraçavam-se. Arturo parecia que só então reparava como era macia e tépida sua esposa. Mas punha no ombro o quadro da bicicleta e descia atento as escadas.

Elide lavava os pratos, examinava a casa de cima a baixo, as coisas que o marido tinha feito, sacudindo a cabeça. Agora ele estava correndo pelas ruas escuras, entre os raros faróis, talvez já estivesse depois do gasômetro. Elide ia para a cama, apagava a luz. De seu próprio lado, deitava, espichava um pé em direção ao lugar do marido, para procurar o calor dele, mas toda vez reparava que onde ela dormia era mais quente, sinal de que Arturo também havia dormido ali, e isso despertava nela uma grande ternura.

A AVENTURA DE UM POETA

A ILHOTA TINHA A COSTA ALTA, de rocha. Em cima crescia a mancha cerrada e baixa da vegetação que resiste junto ao mar. No céu voavam as gaivotas. Era uma pequena ilha junto ao litoral, deserta, inculta: em meia hora se podia dar a volta de barco por ela, ou até num bote de borracha, como o daqueles dois que se aproximavam, o homem remando tranquilo, a mulher deitada tomando sol. Chegando perto o homem aguçou o ouvido.

— O que você escutou? — perguntou ela.

— Silêncio — ele disse. — As ilhas têm um silêncio que se ouve.

De fato, todo silêncio consiste na rede de rumores miúdos que o envolve: o silêncio da ilha se destacava daquele do mar calmo em torno porque era percorrido por um roçar de plantas, por cantos de pássaros ou por um súbito alçar de asas.

Lá abaixo das rochas a água, naqueles dias sem uma onda, era de um azul agudo, límpida, atravessada até o fundo por raios de sol. No penhasco se abriam bocas de caverna, e os dois no bote iam preguiçosamente explorá-las.

Era uma costa meridional, ainda pouco tocada pelo turismo, e aqueles dois eram banhistas que vinham de fora. Ele era um certo Usnelli, poeta bastante conhecido; ela, Delia H., mulher muito bonita.

Delia era uma admiradora do Sul, apaixonada, fanática até, e estendida no bote falava com enlevo contínuo de tudo o que estava vendo, e também talvez levemente provocatória em relação a Usnelli, que, novo naquelas paragens, parecia-lhe participar menos do que devia de seu entusiasmo.

— Espere — dizia Usnelli. — Espere.

— Esperar o quê? — ela falava. — O que é que você quer mais bonito do que isto?

Ele, desconfiado (por natureza e por educação literária) em relação às emoções e às palavras de que outros já se apropriaram, acostumado a descobrir mais as belezas escondidas e espúrias do que as óbvias e indiscutíveis, estava, contudo, com os nervos tensos. A felicidade era para Usnelli um estado suspenso, para ser vivido com a respiração presa. Desde quando amava Delia ele via perigar sua relação cautelosa, avara com o mundo, mas não queria renunciar a nada nem de si mesmo nem da felicidade que se abria para ele. Agora estava alerta, como se cada grau de perfeição que a natureza em volta deles atingia — um decantar-se do azul na água, um desmaiar do verde da costa em cinzento, o salto de uma barbatana de peixe exatamente no ponto em que a extensão do mar era mais lisa — só fizesse preceder outro grau mais alto, e assim por diante, até o ponto em que a linha invisível do horizonte se abriria como uma ostra revelando de súbito um planeta diferente ou uma nova palavra.

Entraram numa gruta. Começava espaçosa, quase um lago interno de um verde-claro, sob uma alta abóbada de pedra. Mais adiante se estrangulava em uma passagem escura. O homem do remo fazia o bote girar sobre si mesmo para desfrutar dos diversos efeitos da luz. A de fora, pela fenda retalhada da abertura, ofuscava com as cores que se tornavam mais vívidas pelo contraste. A água, ali, refulgia, e as lâminas de luz ricocheteavam para o alto, contrastando com as sombras suaves que se alongavam do fundo. Reflexos e raios luminosos comunicavam a instabilidade da água até às pedras das paredes e das curvas.

— Quem entende os deuses — disse a mulher.

— Hum — fez Usnelli. Estava nervoso. Seu pensamento, acostumado a traduzir as sensações em palavras, agora nada, não conseguia formular uma sequer.

Entraram. O bote passou por um baixio: o dorso de uma rocha à flor da água; agora boiava entre raras cintilações que apareciam e desapareciam a cada pancada com o remo: o resto era sombra densa; as pás volta e meia tocavam numa parede.

111

Delia, virada para trás, via o olho azul do céu aberto mudar continuamente de contorno.

— Um caranguejo! Grande! Lá! — gritou se levantando.

— ... ejo! ... aaa! — ribombou o eco.

— O eco! — ela falou contente, e começou a gritar palavras para aquelas curvas profundas: invocações, versos de poesias.

— Você também! Grita você também! Formula um desejo! — disse a Usnelli.

— Ooo... — fez Usnelli. — Eiii... Ecooo...

O bote de vez em quando encalhava. A escuridão era mais densa.

— Estou com medo. Sabe lá quantos bichos tem aí!

— Ainda dá para passar.

Usnelli se deu conta de que estava se dirigindo para a escuridão como um peixe dos abismos, que foge das águas iluminadas.

— Estou com medo, vamos voltar — ela insistiu.

A ele também, no fundo, o gosto pelo horrendo era estranho. Remou para trás. Voltando para onde a gruta se alargava, o mar se tornava de cobalto.

— Será que tem polvos? — disse Delia.

— Daria para ver. É límpido.

— Então vou nadar.

Deixou-se cair fora do bote, separou-se, nadava naquele lago subterrâneo, e seu corpo aparecia ora branco (como se aquela luz lhe retirasse toda a cor própria), ora do azul daquela proteção de água.

Usnelli parara de remar; continuava com a respiração suspensa. Para ele, estar apaixonado por Delia sempre havia sido assim, como no espelho dessa gruta: ter entrado em um mundo para além da palavra. De resto, em toda a sua poesia, nunca escrevera um verso de amor; nem um sequer.

— Chega perto — falou Delia. Nadando, havia tirado o trapinho que lhe cobria o seio; colocou-o na borda da canoa.

— Um momento. — Soltou também o outro pedaço de pano amarrado nos quadris e o passou a Usnelli.

Agora estava nua. A pele mais branca no seio e nos quadris quase não se distinguia, porque toda a sua pessoa emitia aquela claridade azulada, de medusa. Nadava de lado, com movimento preguiçoso, a cabeça (uma expressão imóvel e quase irônica, de estátua) quase dentro da água, e às vezes surgindo a curva de um ombro e a linha macia do braço estendido. O outro braço, com movimentos acariciantes, cobria e descobria o seio alto, esticado nas pontas. As pernas mal batiam na água, sustentando o ventre liso, marcado pelo umbigo como que por uma leve pegada na areia, e a estrela como de um fruto do mar. Os raios do sol que reverberava na água roçavam por ela, um pouco servindo-lhe de roupa, um pouco despindo-a inteira.

Do nado passou a um movimento como de dança; suspensa no meio da água, sorrindo para ele, estendia-lhe os braços num giro macio dos ombros e dos pulsos; ou com um impulso do joelho fazia aflorar um pé arqueado como um pequeno peixe.

Usnelli, no bote, era todo olhos. Compreendia que aquilo que naquele momento a vida estava lhe dando era algo diante do qual nem todos podem fixar de olhos abertos, como o coração mais ofuscante do sol. E no coração deste sol era silêncio. Tudo o que estava ali naquele momento não podia ser traduzido em nada mais, talvez nem mesmo numa recordação.

Agora Delia estava nadando de costas, aflorando em dire-ção ao sol, na boca da gruta. Avançava com um leve movimento de braços para o aberto, e embaixo dela a água ia mudando de gradação de azul, cada vez mais clara e luminosa.

— Cuidado, põe a roupa! Estão vindo barcos, lá de fora!

Delia já estava entre as pedras, sob o céu. Escapuliu por baixo da água, estendeu o braço, Usnelli lhe passou aquelas exíguas peças de vestuário, ela as amarrou no corpo nadando, subiu de volta para o bote.

Os barcos que vinham eram de pescadores. Usnelli os reco-nheceu por alguns do grupo de pobres coitados que passavam a temporada de pesca naquela praia, dormindo ao abrigo de certas pedras. Foi ao encontro deles. O homem ao remo era o moço, fechadão em sua dor de dentes, o bonezinho branco de marinheiro arriado em cima dos olhos miúdos, remando aos arrancos como se cada esforço servisse para sentir menos a dor; pai de cinco filhos; desesperado. O velho estava à popa; o chapéu de palha à mexicana lhe coroava com uma auréola toda desfiada o corpo murcho, os olhos redondos, arregalados antigamente talvez por orgulho fanfarrão, agora por comédia de bêbado, a boca aberta embaixo dos bigodes escorridos ainda negros; limpava com uma faca as tainhas apanhadas.

— Pesca boa? — gritou Delia.

— O pouco que tem — responderam. — É esse ano.

Delia gostava de conversar com os habitantes do lugar. Usnelli, não. ("Diante deles", dizia, "não me sinto com a consciência no lugar", dava de ombros e tudo terminava por aí.)

O bote agora estava ao lado do barco, onde o verniz desbotado se manchava de gretas levantando-se em curtos segmentos, e o remo amarrado com um pedaço de corda à cavilha da estaca gemia a cada giro contra a madeira desbeiçada da borda, e uma pequena âncora enferrujada de quatro ganchos se embaraçara embaixo da tábua estreita do banco em uma das nassas de vime barbudas de algas avermelhadas, secas sabe-se lá há quanto tempo, e, em cima do amontoado das redes tingidas de tanino e esparramadas pelas bordas de fatias redondas de cortiça, reluziam nas vestes pungentes das escamas ora cinza esmaecido, ora turquesa resplendente os peixes agonizantes; as guelras ainda agitadas por uma palpitação mostravam, por baixo, um rubro triângulo de sangue.

Usnelli continuava calado, mas esta angústia do mundo humano era o contrário da que lhe comunicava pouco antes a beleza da natureza: assim como lá cada palavra desaparecia, aqui era um atropelo de palavras que se acotovelavam em sua mente — palavras para descrever cada verruga, cada pelo da magra face mal barbeada do pescador velho, cada escama prateada da tainha.

Na margem, outro barco estava em seco, emborcado, seguro por cavaletes, e da sombra embaixo saíam as solas dos pés descalços dos homens adormecidos, aqueles que haviam pescado à noite; perto, uma mulher toda vestida de preto, sem rosto, punha uma panela em cima de um fogo de algas, de onde saía uma fumaça comprida. A borda naquela enseada era de pedregulhos, cinzentos; aquelas manchas de cores desbotadas eram os aventais das crianças que brincavam, os menores vigiados por irmãs crescidinhas e queixosas, os maiores e mais espertos vestindo só calções curtos recortados de velhas calças de adulto, correndo para cima e para baixo entre as pedras e a água. Mais adiante começava a se estender uma praia reta de areia, branca e deserta, que ao lado se perdia num bambuzal ralo e em terras incultas. Um jovem endomingado, todo de preto, até o chapéu, com um bastão no ombro e uma trouxa pendurada, caminhava ao longo do mar por toda aquela praia, marcando com os pregos dos sapatos a crosta friável de areia: com certeza um camponês ou pastor de algum lugarejo do interior que descera à costa para alguma feira e procurava o caminho pelo mar por causa do conforto da brisa. A ferrovia mostrava os fios, o aterro, os postes, a barreira, depois desaparecia no túnel e recomeçava mais adiante, tornava a desaparecer, saía novamente, como os pontos de uma costura desigual. Acima dos marcos pretos e brancos da estrada começavam a subir baixos olivais; mais para o alto os montes eram áridos, de pasto e moitas ou então só de pedras. Uma aldeia encaixada numa fenda entre aquelas alturas se alongava toda para o alto, as casas uma acima da outra, divididas por ruas em escada, calçadas de pedra, feitas com uma valeta no meio para escorrer a sujeira de mula, e nas entradas de todas as casas havia uma quantidade de mulheres, velhas ou envelhecidas, e nas muretas, sentados em fila, uma quantidade de homens, velhos e jovens, todos de camisa branca, e no meio das ruas feitas em escada as crianças pelo chão brincando e alguns garotos maiores estendidos no meio do caminho com a face no degrau, dormindo ali porque era um pouco mais fresco que dentro de casa e cheirava menos, e em toda a parte nuvens de moscas voando e pousadas, e sobre cada muro e cada festão de papel de jornal em volta dos condutos das chaminés o infinito pontilhado dos excrementos de mosca, e a Usnelli ocorriam palavras e palavras, cerradas, embaralhadas umas por sobre as outras, sem espaço entre as linhas, até que pouco a pouco não se distinguiam mais, era um emaranhado de que iam sumindo até as mínimas frestas brancas, e restava só o negro, o negro mais total, impenetrável, desesperado como um berro.

A AVENTURA DE UM ESQUIADOR

NO TELEFÉRICO HAVIA FILA. Os rapazes vindos em grupo no ônibus se colocaram uns depois dos outros, tendo ao lado os esquis paralelos, e a cada passo à frente que a fila dava — uma longa fila que em vez de avançar reta, como no entanto poderia fazer, seguia uma linha casual em zigue-zague, um pouco em subida um pouco em descida — pisoteando para cima ou então deslizando para baixo de lado dependendo do ponto em que se encontravam, e logo voltando a se apoiar nos bastões, toda hora indo incomodar com o próprio peso os vizinhos de baixo, ou tentando liberar raquetes de bastão de sob o esqui do vizinho de cima, esbarrando nos esquis que tinham ficado tortos, curvando-se para amarrar os cordões e fazendo assim a fila inteira parar, tirando os blusões ou os suéteres ou tornando a pô-los conforme o sol aparecia ou desaparecia, enfiando os fiapos de cabelo para baixo dos gorros de lã ou as fraldas das camisas xadrez para dentro dos cintos, procurando os lenços nos bolsos e assoando os narizes vermelhos e gelados, e para todas essas operações tirando e tornando a pôr as luvas que volta e meia caíam na neve e era necessário pescar com a ponta do bastão: essa agitação dos pequenos gestos descompostos percorria a fila e se tornava frenética em seu topo, lá onde era necessário abrir os fechos éclair de todos os bolsos para procurar onde se metera o dinheiro para o bilhete ou então o cartão e apresentá-lo ao homem do teleférico que o perfurava, e depois tornar a pôr as coisas nos bolsos, e as luvas, e unir os dois bastões um com a ponta enfiada na raquete do outro para segurá-los com uma única mão, tudo isso ultrapassando a pequena subida da pracinha onde era necessário estar pronto para colocar no lugar a âncora do teleférico embaixo do traseiro e se deixar arrastar para cima de uma só vez.

O rapaz de óculos verdes estava no meio da fila, enregelado, tendo ao lado um rapaz gordo que empurrava. E, enquanto estavam ali, passou a garota com o capuz azul-celeste. Não entrou na fila; ia em frente, subindo, pelo caminho. E na subida mexia os esquis de modo tão leve como se estivesse andando.

— O que que aquela lá está fazendo? Quer subir tudo com as próprias pernas? — perguntou-se o rapaz gordo que empurrava.

— Está de peles de foca — disse o rapaz de óculos verdes.

— É, mas quero ver lá em cima onde é mais íngreme — disse o gordo.

— Não pode bancar muito a esperta, com certeza!

A garota andava com um passo sem esforço, com um movimento regular de seus joelhos altos — tinha pernas muito longas, nas calças esticadas, puxadas nas canelas — sincronizado com o erguer e o baixar dos bastões reluzentes. O sol naquele ar gelado e branco se mostrava como um nítido desenho amarelo, com todos os seus raios: nas extensões de neve sem uma sombra, só por sua maneira de brilhar se distinguiam protuberâncias e reentrâncias e o batido das pistas. No capote azul-celeste o rosto da garota loura era de um rosa que se tornava vermelho nas faces, contra a pelúcia branca do forro do capuz. Ria para o sol, semicerrando um pouquinho os olhos. Ia subindo leve, com as peles de foca. Os rapazes do grupo do ônibus, com as orelhas geladas, os lábios rachados, os narizes que escorriam, não conseguiam tirar os olhos de cima dela, e eram empurrados na fila; até que ela ultrapassou uma corcova e sumiu.

À medida que ia chegando a vez deles, com muitos tropeções iniciais e partidas em falso, os do grupo começavam a subir dois a dois, arrastados pela pista quase vertical. Ao rapaz de óculos verdes coube o mesmo teleférico do gordo que empurrava. Pronto, no meio da subida, tornaram a vê-la.

— Mas como é que ela fez para chegar até aqui?

Naquele ponto o percurso do teleférico ladeava uma espécie de pequeno vale, onde um caminho batido avançava entre dunas altas de neve e ralos abetos com franjas de renda de gelo.

A garota azul-celeste continuava a vir com aquele seu passo preciso e aquele impulso para a frente das mãos enluvadas, estreitando o punho dos bastões, sem afobação.

— Uuuh! — gritavam os do teleférico subindo com as pernas duras. — Quase chega antes de nós!

Ela trazia um sorriso gentil nos lábios, e o rapaz de óculos verdes ficou encabulado, e não ousou continuar com os gracejos, porque ela abaixava os cílios e ele se sentiu como apagado.

Mal chegou em cima, tratou logo de se pôr na descida, atrás do rapaz gordo, os dois pesados como sacos de batatas. Mas o que ele estava tentando fazer, desdobrando-se pela pista, era avistar novamente o casaco azul-celeste, e se lançou para baixo reto, para se mostrar corajoso e ao mesmo tempo mascarar seu desajeitamento nas curvas. "Pista! Pista!", gritava inutilmente porque também o rapaz gordo e todos os do grupo estavam descendo com precipitação gritando: "Pista! Pista!", e, um a um, caíam sentados ou de peito, e só ele ainda estava a rasgar o ar dobrado em dois nos esquis, até que a viu. A garota continuava a subir, fora da pista, pela neve fresca. O rapaz de óculos verdes roçou por ela passando como uma flecha, fincou-se na neve fresca, e sumiu dentro dela de cara.

Mas no fim da descida, com a respiração entrecortada, enfarinhado de neve da cabeça aos pés, coragem!, estava novamente lá com todos os outros na fila para o teleférico, e depois novamente subindo, coragem!, até em cima. Dessa vez a encontrou descendo também. Como ia? Para eles, campeão era quem ia para baixo reto como um louco. "Pois olha, não é nenhum grande campeão, a loura", apressou-se em dizer o gordo, com alívio. A garota azul-celeste vinha descendo devagarinho, fazendo seu zigue-zague todo preciso, ou seja, até o último não se percebia se queria dar a volta ou o que era, e de repente se via que estava descendo em direção contrária à primeira. Vinha com toda a calma, se poderia dizer, parando de vez em quando, em reta em cima das longas pernas, a estudar o percurso; entretanto, os do ônibus não conseguiam ir atrás dela. Até que o gordo admitiu: "Que nada, que nada! Vai como um deus!".

O porquê não saberiam explicar, mas era isto o que os deixava de boca aberta: todos os movimentos lhe saíam os mais simples e os mais adequados à sua pessoa, sem nunca exagerar em um centímetro, sem sombra de perturbação ou de esforço, de teimosia em fazer alguma coisa a qualquer preço, mas fazendo-a assim, naturalmente; e adotando, dependendo do estado da pista, até certos movimentos um pouco incertos, como quem caminha na ponta dos pés, que era uma maneira toda sua de superar as dificuldades sem dar a entender se as levava a sério ou não; em suma, não com o ar seguro de quem faz as coisas como devem ser feitas, mas com uma ponta de implicância, como se estivesse tentando arremedar alguém que esquia bem e sempre lhe acontecesse esquiar melhor: esse era o modo como a garota azul-celeste andava nos esquis.

Então, um depois do outro, para baixo, desajeitados, pesados, arrancando os "cristianias", forçando em "slalom" as "curvas espalhaneve", os do ônibus se jogavam atrás dela, e tentavam acompanhá-la, ultrapassá-la, gritando, implicando uns com os outros, mas tudo o que faziam era um desordenado despencar para o vale, com movimentos descompostos dos ombros, os braços com os bastões mantidos para a frente, os esquis se cruzando, os cordões que saltavam fora das botinas, e em toda parte por onde passavam a neve se abria em buracos de golpes de traseiro, de batidas de lado, de mergulhos de ponta-cabeça.

A cada queda, mal erguiam o rosto, com o olhar procuravam por ela. Atravessando a avalanche deles, a garota azul-celeste vinha de lá com seus movimentos leves, e as pregas retas das calças esticadas mal se dobravam num molejo cadenciado, e seu sorriso não se entendia se era de participação nas proezas e contratempos dos companheiros de descida ou, ao contrário, sinal de que nem sequer os via.

O sol, entretanto, em vez de ganhar mais força aproximando-se o meio-dia, ia se gelando todo até que sumiu, como que bebido por um papel absorvente. O ar ficou cheio de leves cristais sem cor que voavam oblíquos. Era a nevasca: não se via a dois passos. Os rapazes esquiavam às cegas, gritando e chamando uns aos outros, e a todo momento saíam da pista e, pronto, caíam. O ar e a neve agora estavam exatamente da mesma cor, branco opaco, mas aguçando o olhar lá dentro, se estivesse um pouquinho menos denso, eis que distinguiam a sombra azul-celeste como que suspensa lá no meio, voando para lá e para cá como sobre uma corda de violino.

A nevasca havia dispersado a fila no teleférico. O rapaz de óculos verdes se encontrou por acaso junto à guarita da estação de partida. Não se viam seus companheiros. A garota com o capuz azul-celeste já se achava ali. Esperava a âncora, que naquele momento estava dando a volta na roda. "Rápido!", gritou o homem do teleférico para ele, pegando a âncora no voo e segurando-a para que a garota não partisse sozinha. Arrancando enviesado, conseguiu se colocar ao lado da garota justo a tempo de partir junto com ela, quase fazendo-a cair quando se agarrou na madeira. Ela manteve o equilíbrio para ele também, até que conseguiu se instalar de verdade, balbuciando reclamações, que foram respondidas por uma risada baixinha dela como um glu-glu de galinha-d'angola, sufocada pelo casaco levantado até em cima da boca. Agora o capuz azul-celeste, como um elmo de armadura, só lhe deixava descoberto o nariz, que tinha um pouco aquilino, os olhos, alguns cachos na fronte, e as maçãs do rosto. Assim a via, de perfil, o rapaz de óculos verdes, e não sabia se ficava feliz por se encontrar com ela na mesma âncora do teleférico, ou se ficava envergonhado por estar ali todo salpicado de neve, com os cabelos nas têmporas, a camisa saindo para fora entre o suéter e o cinto, e que ele para não se desequilibrar movendo os braços não se atrevia a pôr no lugar, e um pouco a espiava com o rabo do olho, um pouco estava atento à posição dos esquis para que não saíssem da trilha dos momentos de tração muito lenta ou muito esticada, e era sempre ela que salvava o equilíbrio, rindo seu glu-glu de galinha-d'angola, enquanto ele não sabia o que dizer.

Parara de nevar. Então o ar nublado se rasgou, e no rasgão apareceu um céu finalmente azul e o sol resplandecente e as nítidas montanhas geladas uma por uma, apenas aqui e acolá

121

emplumadas na crista pelos farrapos macios da nuvem de neve.
A garota encapuzada destapou a boca e o queixo.

— Está bonito de novo — falou —, eu estava dizendo.

— É — disse o rapaz de óculos verdes —, bonito. E também a neve está boa.

— Um pouco mole.

— Oh, pode ser.

— Mas eu gosto assim — ela disse —, e também descer na neblina não é nada mau.

— Quando se conhece a pista... — disse ele.

— Não, assim — disse ela —, adivinhando.

— Já fiz a volta três vezes — disse o rapaz.

— Muito bem. Eu só uma, mas subi sem teleférico.

— Eu vi. Você tinha posto as peles de foca.

— É. Agora que tem sol vou até o desfiladeiro.

— Até o desfiladeiro onde?

— Mais para cima de onde chega o teleférico. Bem no topo.

— E o que é que tem lá?

— Dá para ver a geleira, parece que se está tocando nela. E também as lebres brancas.

— As o quê?

— As lebres. Nessa altitude as lebres de inverno ficam com o pelo branco. As perdizes também.

— E lá tem?

— Perdizes brancas. Com as penas todas branquíssimas. Já no verão têm as penas café com leite. Você é de onde?

— Italiano.

— Eu sou suíça.

Haviam chegado. No término saltaram fora do teleférico, ele desajeitadamente, ela acompanhando com a mão a âncora por toda a volta. Ela tirou os esquis, colocou-os retos, da bolsinha que levava no cinto tirou as peles de foca e as amarrou sob os esquis. Ele a olhava, esfregando os dedos gelados nas luvas. Depois, quando ela se pôs a subir, ele foi atrás.

A subida desde o teleférico até o topo do desfiladeiro era dura.

O rapaz de óculos verdes avançava com entusiasmo um pouco indo enviesado, um pouco por degraus, um pouco se lançando para a frente e deslizando para trás, segurando-se aos bastões como um aleijado às muletas. E ela já estava tão em cima que ele agora não a via.

Chegou ao desfiladeiro suado, a língua para fora, meio cego com a cintilação que se irradiava a toda a volta. Lá começava o mundo do gelo. A garota loura tirara o casaco azul-celeste e o levava amarrado à cintura. Ela também pusera um par de grandes óculos.

— Lá! Viu? Viu?

— O que é? — ele falava atordoado. Havia saltado uma lebre branca? Uma perdiz?

— Agora não está mais — ela disse.

Abaixo, por sobre o vale esvoaçavam os costumeiros pássaros negros grasnantes dos dois mil metros. Surgira um meio-dia limpidíssimo, e lá de cima o olhar abarcava as pistas, os campos lotados de esquiadores, de crianças de trenó, a estação do teleférico com a fila que logo voltara a se formar, o hotel, os ônibus parados, a estrada que entrava e saía no negro bosque de abetos.

A garota já tomara impulso para a descida e ia e ia com seu tranquilo zigue-zague, agora já estava onde as pistas eram mais batidas pelos esquiadores, mas no meio de todo o zunir de perfis confusos e intercambiáveis sua figura desenhada de leve como um parêntese oscilante não se perdia, permanecia a única que se podia acompanhar e distinguir, subtraída ao acaso e à desordem. O ar estava tão nítido que o rapaz de óculos verdes adivinhava sobre a neve a retícula densa dos rastros de esqui, retos e oblíquos, dos sulcos das corcovas, dos buracos, das pisadas de raquete, e lhe parecia que lá no emaranhado informe da vida estava escondida a linha secreta, a harmonia, somente possível de ser retraçada pela garota azul-celeste, e esse era o milagre dela, de escolher a cada instante no caos dos mil movimentos possíveis aquele e só aquele que era certo e límpido e leve e necessário, aquele gesto e só aquele, entre mil gestos perdidos, que importa.

A AVENTURA DE UM AUTOMOBILISTA

ASSIM QUE SAIO DA CIDADE reparo que está escuro. Acendo os faróis. Estou indo de carro de A para B, por uma estrada de três pistas, dessas que a pista do meio serve para as ultrapassagens nas duas direções. Para dirigir à noite até os olhos precisam como que retirar um dispositivo que carregam e acender outro, porque não têm mais que se esforçar para distinguir entre as sombras e as cores atenuadas da paisagem noturna a manchinha dos carros longínquos que venham de encontro ou que precedam, mas têm que controlar uma espécie de lousa negra que pede uma leitura diferente, mais precisa porém simplificada, dado que o escuro apaga todos os detalhes do quadro que poderiam distrair e põe em evidência apenas os elementos indispensáveis, linhas brancas no asfalto, luzes amarelas dos faróis e pontinhos vermelhos. É um processo que acontece automaticamente, e se esta noite eu dei para pensar a respeito é porque agora que as possibilidades externas de distração diminuem, as internas em mim assumem o leme, meus pensamentos correm por conta própria num circuito de alternativas e de dúvidas que não consigo desligar, em suma, tenho que fazer um esforço particular para me concentrar na direção.

Peguei o carro num rompante depois de uma briga telefônica com Y. Moro em A, Y mora em B. Eu não tinha previsto ir me encontrar com ela esta noite. Mas em nosso telefonema diário nos dissemos coisas muito sérias; no fim, levado pelo ressentimento, eu disse a Y que queria terminar nossa relação; Y respondeu que não se importava com isso, e que ia logo telefonar para Z, meu rival. Nessa altura um de nós dois — não me lembro se ela ou eu mesmo — desligou. Não havia passado um minuto e eu já me dera conta de que a causa de nossa briga não era nada em comparação com as consequências que estava provocando. Ligar novamente para Y seria um erro; o único modo de resolver a questão era dar uma corrida a B e ter uma explicação com Y cara a cara. Eis-me então nessa estrada que já percorri centenas de vezes a todas as horas e em todas as estações, mas que nunca me parecera tão longa.

Melhor dizendo, tenho a impressão de haver perdido o sentido do espaço e do tempo: os cones de luz projetados pelos faróis fazem a silhueta dos lugares se aprofundar no indistinto; os números dos quilômetros nas placas e os que faíscam no painel do carro são dados que não me dizem nada, que não atendem à urgência de minhas perguntas sobre o que Y está fazendo neste momento, o que está pensando. Será que pretendia realmente telefonar para Z ou era apenas uma ameaça lançada por despeito? E, se estava falando sério, será que o fez imediatamente depois de nosso telefonema, ou será que quis pensar um pouco, deixar esfriar a raiva antes de decidir? Z, como eu, mora em A; há anos ama Y sem sorte; se ela lhe telefonou convidando-o, ele certamente se precipitou de carro para B; então ele também está correndo por esta estrada; qualquer carro que venha me ultrapassar poderia ser o seu, e assim também qualquer carro que eu ultrapasse. É difícil verificar isso: os carros que vão na mesma direção que eu são duas luzes vermelhas quando me precedem e dois olhos amarelos quando os vejo me acompanhar pelo espelho retrovisor. No momento da ultrapassagem posso no máximo distinguir que tipo de carro é, e quantas pessoas estão a bordo, mas os automóveis com apenas o motorista são a grande maioria, e quanto ao modelo não me consta que o veículo de Z seja particularmente reconhecível.

Como se não bastasse, começa a chover. O campo visual se reduz ao semicírculo do vidro varrido pelo limpador de para-brisa, todo o resto é obscuridade estriada ou opaca, as notícias que me chegam de fora são fulgores amarelos e vermelhos deformados por um turbilhão de gotas. A única coisa que posso fazer com Z é tentar ultrapassá-lo e não deixar que me ultrapasse, esteja ele em que carro estiver, mas não conseguirei saber se está em algum carro e qual é ele. Sinto igualmente como inimigos todos os carros que vão na direção de A: qualquer carro mais rápido que o meu que acene insistentemente com o pisca-pisca no espelhinho para me pedir passagem provoca em mim uma pontada de ciúme; e, a cada vez que diante de mim vejo diminuir a distância que me separa das luzes de trás de um rival, é com um pulo de triunfo que me lanço na pista central para chegar a Y antes dele.

Bastariam para mim poucos minutos de vantagem: vendo com que rapidez corri para ela Y logo esquecerá os motivos da briga; tudo entre nós voltará a ser como antes; Z ao chegar compreenderá que foi chamado apenas por uma espécie de jogo entre nós dois; e se sentirá um intruso. Aliás, talvez neste momento Y já esteja arrependida de tudo o que me disse, tenha tentado ligar novamente para mim, ou então ela pensou como eu que o melhor era vir pessoalmente, pôs-se ao volante, e agora está correndo no sentido contrário ao meu nesta estrada.

Agora deixei de ficar atento aos carros que vão na mesma direção que eu e olho os que vêm ao meu encontro e que para mim consistem apenas na dupla estrela dos faróis que se dilata até varrer a escuridão de meu campo visual para em seguida desaparecer de repente às minhas costas arrastando atrás de si uma espécie de luminescência submarina. Y tem um carro de modelo muito comum; como o meu, aliás. Cada uma dessas aparições luminosas poderia ser ela correndo para mim, a cada uma sinto alguma coisa que se mexe em meu sangue como que por uma intimidade destinada a permanecer secreta, a mensagem amorosa dirigida exclusivamente a mim se confunde com todas as outras mensagens que correm pelo fio da estrada, e entretanto eu não saberia desejar da parte dela uma mensagem diferente desta.

Percebo que ao correr para Y o que mais desejo não é encontrar Y ao fim de minha corrida: quero que seja Y que esteja correndo para mim, esta é a resposta de que preciso, ou seja, preciso que ela saiba que estou correndo para ela, mas ao mesmo tempo preciso saber que ela está correndo para mim. A única ideia que me conforta é também aquela que mais me atormenta: a ideia de que, se neste momento Y está correndo em direção a A, ela também cada vez que vir os faróis de um carro indo para B pensará que posso ser eu que corro para ela, e desejará que seja eu, e nunca poderá ter certeza disso. Agora dois carros que estão indo em direções opostas se encontraram lado a lado por um segundo, uma lufada iluminou as gotas de chuva, e o ruído dos motores se fundiu como num brusco sopro de vento: talvez fôssemos nós, ou seja, é certo que eu era eu, se isso significa alguma coisa, e a outra podia ser ela, isto é, aquela que eu quero que seja ela, o sinal dela no qual quero reconhecê-la, se bem que seja exatamente o próprio sinal que a torna irreconhecível para mim. Correr pela estrada é o único modo que nos resta, a mim e a ela, para exprimir aquilo que temos a nos dizer, mas não podemos comunicá-lo nem receber comunicação disso enquanto estivermos correndo.

Verdade que peguei o volante para chegar a ela o mais rápido possível; mas quanto mais vou em frente mais me dou conta de que o momento da chegada não é o verdadeiro fim de minha corrida. Nosso encontro, com todos os detalhes não essenciais que a cena de um encontro comporta, a miúda rede de sensações e significados e lembranças que se desdobraria diante de mim — o quarto com o filodendro, a lâmpada de opalina, os brincos —, e as coisas que eu diria, algumas das quais certamente erradas ou equivocadas, e as coisas que ela diria, até certo ponto certamente dissonantes ou de qualquer maneira não aquelas que estou esperando, e todo o desenrolar de consequências imprevisíveis que cada gesto e cada palavra comporta, levantariam em torno das coisas que temos para nos dizer, ou melhor, que queríamos nos ouvir dizer, uma tal nuvem de murmúrios que a comunicação já difícil pelo telefone sairia ainda mais perturbada, sufocada, sepultada como sob uma avalanche de areia. É por isso que senti a necessidade, mais do que de continuar a falar, de transformar as coisas a serem ditas em um cone de luz lançado a cento e quarenta por hora, de me transformar eu mesmo nesse cone de luz que se move pela estrada, porque é certo que um sinal assim pode ser recebido e compreendido por ela sem se perder na desordem equívoca das vibrações secundárias, assim como eu para receber e compreender as coisas que ela tem a me dizer gostaria que não fossem outra coisa (aliás, gostaria que ela não fosse outra coisa) além deste cone de luz que vejo avançar pela estrada a uma velocidade (digo assim, a olho) de cento e dez — cento e vinte. O importante é comunicar o indispensável, deixando de lado todo o supérfluo, reduzirmo-nos nós mesmos a comunicação essencial, a sinal luminoso que se move numa direção dada, abolindo a complexidade de nossas pessoas e situações e expressões faciais, deixando-as na caixa de sombra que os faróis carregam atrás de si e escondem. A Y que amo na realidade é esse feixe de raios luminosos em movimento, e todo o resto dela pode permanecer implícito; e o meu próprio eu que ela pode amar, o meu próprio eu que tem o poder de entrar naquele circuito de exaltação que é sua vida afetiva, é o lampejo dessa ultrapassagem que estou, por amor a ela e, não sem algum risco, tentando.

Entretanto, com Z (realmente não me esqueci de Z) a relação justa só posso estabelecer se ele for para mim apenas lampejo e ofuscação que me segue, ou lanternas que eu sigo: porque se eu começar a levar em conta a pessoa dele, com aquele tanto — digamos — de patético mas também de inegavelmente desagradável, porém — tenho que admitir — de justificável, com toda essa sua história enfadonha da paixão infeliz, e seu modo de se comportar sempre um pouco equívoco... está aí, não se sabe mais onde vai dar. Ao contrário, se tudo continuar assim vai muito bem: Z que tenta me ultrapassar ou se deixa ultrapassar por mim (mas eu não sei se é ele), Y que acelera em direção a mim (mas não sei se é ela) arrependida e novamente apaixonada, eu que acorro a ela ciumento e ansioso (mas não posso deixar que ela saiba, nem ela nem ninguém).

Claro, se na estrada eu estivesse absolutamente sozinho, se não visse passar outros carros nem num sentido nem no outro, então tudo seria muito mais claro, teria a certeza de que nem Z fez um movimento para me vencer, nem Y fez um movimento para se reconciliar comigo, dados que poderia anotar no ativo ou no passivo de meu balanço, mas que de qualquer modo não deixariam margem a dúvidas. E, no entanto, se me fosse dado substituir o meu presente estado de incerteza por uma tal certeza negativa, eu decerto recusaria a troca. A condição ideal para excluir qualquer dúvida seria que em toda esta parte do mundo só existissem três automóveis: o meu, o de Y e o de Z; então nenhum outro carro poderia transitar na mesma direção que eu senão o de Z, e o único carro guiado na direção oposta seria certamente Y. Ao contrário, entre as centenas de carros que a noite e a chuva reduzem a anônimos clarões, só um observador imóvel e situado numa posição favorável poderia distinguir um carro do outro e talvez reconhecer quem está a bordo. Esta é a contradição em que me encontro: se quero receber uma mensagem tenho que renunciar a ser eu mesmo uma mensagem, mas a mensagem que eu queria receber de Y — isto é, que Y se tenha feito mensagem ela mesma — só tem um valor se eu for mensagem por minha vez, e por outro lado a mensagem que eu me tornei só tem sentido se Y não se limitar a recebê-la como uma receptora qualquer de mensagens, mas se ela for aquela mensagem que eu espero receber dela.

Agora chegar a B, subir à casa de Y, descobrir que ela ficou lá com sua dor de cabeça remoendo os motivos da briga, não me daria mais nenhuma satisfação; se então acrescentasse ainda por cima também Z nasceria uma cena de teatro, detestável; e, se ao contrário eu ficasse sabendo que Z tratou de não vir ou que Y não realizou sua ameaça de telefonar para ele, eu sentiria como se tivesse feito papel de bobo. Por outro lado, se eu tivesse ficado em A, e Y viesse até ali para me pedir desculpas, eu me encontraria numa situação embaraçosa: veria Y com outros olhos, como uma mulher fraca, que se agarra a mim, alguma coisa mudaria entre nós. Não consigo mais aceitar outra situação que não esta transformação de nós mesmos na mensagem de nós mesmos. E Z? Z também não deve fugir à nossa sorte, também tem que se transformar na mensagem de si mesmo, ai dele se eu corro para Y com ciúmes de Z e se Y corre para mim arrepen-

129

dida para fugir de Z enquanto nesse meio-tempo Z nem pensou em se mexer de casa...

Na metade da estrada há um posto de gasolina. Paro, corro ao bar, compro um punhado de fichas, formo o prefixo de B, o número de Y. Ninguém atende. Deixo cair a chuva de fichas com alegria: é claro que Y não aguentou a impaciência, pegou o carro, correu para A. Agora estou de volta na estrada do outro lado, corro para A também. Todos os carros que ultrapasso poderiam ser Y, ou então todos os carros que me ultrapassam. Na pista oposta todos os carros que avançam em sentido contrário poderiam ser Z, o iludido. Ou então: Y também parou num posto de gasolina, telefonou para minha casa em A, não me encontrando entendeu que eu estava indo para B, inverteu a direção da marcha. Agora estamos correndo em direções opostas, afastando-nos, e o carro que ultrapasso ou que me ultrapassa é o de Z, que também tentou telefonar para Y do meio da estrada...

Tudo está ainda mais incerto, mas sinto que agora alcancei um estado de tranquilidade interior: enquanto pudermos controlar nossos números telefônicos e não houver ninguém para atender continuaremos os três a correr para a frente e para trás ao longo destas linhas brancas, sem lugares de partida ou de chegada que façam pairar aglomerados de sensações e significados por sobre a univocidade de nossa corrida, libertos finalmente da espessura estorvadora de nossas pessoas e vozes e estados de espírito, reduzidos a sinais luminosos, único modo de ser apropriado a quem quer se identificar ao que está dizendo sem o zumbido deformante que a nossa presença ou a alheia transmite ao que dizemos.

Verdade que o preço a ser pago é alto, mas temos que aceitá-lo: não podermos nos distinguir dos muitos sinais que passam por este caminho, cada um com um significado seu que permanece escondido e indecifrável, pois fora daqui não há mais ninguém capaz de nos receber e de nos entender.

Segunda parte
A VIDA DIFÍCIL

A FORMIGA-ARGENTINA

Nós NÃO SABÍAMOS DESSA COISA das formigas quando viemos nos estabelecer aqui. Parecia que ficaríamos bem, o céu e o verde eram alegres, talvez exageradamente alegres para os pensamentos que tínhamos, eu e minha mulher; como podíamos supor a história das formigas? Pensando bem, tio Augusto uma vez quem sabe havia mencionado: "Lá, vocês tinham que ver, as formigas... não como aqui, as formigas...", mas era uma divagação de outro discurso, uma coisa dita sem ligar para ela, talvez a respeito de formigas vistas enquanto estávamos conversando, que digo: formigas? uma formiga, teríamos visto, perdida, uma daquelas nossas formigas grandonas (me parecem grandonas, agora, as formigas de minha terra), e de qualquer modo a menção de tio Augusto não modificava em nada a descrição que estava fazendo desta região, onde a vida, por alguma circunstância que ele não sabia explicar bem, era mais fácil, e o ganho, se não garantido, pelo menos provável, a julgar por tantos, não ele, tio Augusto, que se instalaram aqui.

Por que se sentira bem, aqui, nosso tio, começamos a intuir desde a primeira noite, vendo a claridade do ar depois do jantar e compreendendo o prazer de rodar por aqueles caminhos indo para o campo, sentar-se na mureta de uma ponte como vimos alguns fazerem, e depois cada vez mais quando encontramos uma taberna que ele havia frequentado, com um jardim atrás, e certos tipos baixinhos e velhos como ele, mas fanfarrões e gritadores, que diziam ter sido seus amigos, gente sem profissão também, acho, homens de fazer serviço por hora, se bem que um dissesse, talvez por gabolice, que era relojoeiro; e ouvimos que se referiam a tio Augusto por um apelido, repetido por todos e seguido de galhofas gerais, e notamos o riso pálido com que saiu uma mulher também já não muito jovem, e um pouco gorda, que estava no banco, com uma blusa branca bordada. E eu e minha mulher entendemos o quanto isso tudo devia ser importante para tio Augusto, ter um apelido, noites claras a fazer pilhérias por aquelas pontes, e ver aquela blusa bordada vindo de uma cozinha, saindo para o jardim, e no dia seguinte algumas horas a descarregar sacos para aquela fábrica de massas, e como lá em nossa terra haveria sempre de sentir saudade deste lugar.

Coisas, todas, que eu também poderia apreciar, se fosse muito jovem e sem preocupações, ou então bem instalado com toda a família. Mas assim como estávamos, com o menino recém-curado, trabalho ainda por encontrar, mal podíamos nos dar conta dessas coisas que tinham sido o bastante, para tio Augusto, para se declarar satisfeito, e talvez nos darmos conta já fosse uma tristeza, porque numa terra satisfeita parecíamos ainda mais desgraçados. Certas coisas, até bobas, preocupavam-nos como se viessem aumentar de repente nossas angústias (e não sabíamos nada sobre as formigas, então), e a senhora Mauro com todas as recomendações que nos fazia ao nos mostrar a casa aumentava essa nossa sensação de estarmos entrando numa difícil imensidão. Lembro-me de um longo discurso que fez para nós sobre o relógio do gás, e como ficamos atentos a escutar, "Sim, senhora Mauro... Vamos prestar atenção, senhora Mauro... Esperamos realmente que não, senhora Mauro...", tanto que nem ligamos quando ela (mas agora nos lembramos claramente disso) começou a mover os olhos por sobre a parede como se estivesse lendo e passou a ponta dos dedos no lugar e depois os sacudiu em chuva como se tivesse encostado no molhado, ou na areia, ou na poeira. Não disse a palavra: *formigas*, entretanto, temos certeza; talvez porque era natural que houvesse formigas, como havia as paredes, o teto, mas minha mulher e eu ficamos com a ideia de que tivesse querido esconder isso até o finzinho, e que todo o seu discorrer e recomendar fosse só um tratar de atribuir importância a outras coisas para tapar aquela.

133

Quando a senhora Mauro foi embora, levei para dentro os colchões, e minha mulher não conseguia carregar a mesinha, e me chamava, e então quis logo começar a limpar o fogareiro e se ajoelhou no chão, mas eu disse: "A esta hora, o que é que você quer fazer? Amanhã pensamos nisso, agora vamos dar o melhor jeito que pudermos para passar a noite". O menino choramingava cheio de sono, e a primeira coisa que precisava fazer era preparar a cesta dele e pô-lo para dormir. Na nossa terra se usa para as crianças um balaio comprido, e o trouxéramos até aqui; nós o esvaziamos, tirando a roupa com que o enchêramos, e encontramos um bom lugar para colocá-lo, uma mesinha, num ponto não úmido e não muito mais alto que o chão, se caísse. Nosso filho logo pegou no sono, e nós dois olhamos a casa (um cômodo dividido em dois por um tabique; quatro paredes e um telhado), que estava ficando cheia de nossas marcas. "Sim, sim, uma caiação, claro que vamos dar uma caiação", respondi a minha mulher olhando o teto e enquanto a puxava para fora por um cotovelo. Ela ainda queria ir examinar a latrina, numa casinhola à esquerda, mas eu estava com vontade de levá-la para dar uma volta no terreno; pois nossa casa era um terreno, dois canteiros ou sementeiras incultos tendo no meio uma passagem, coberta por uma armação de ferro, no momento pelada, talvez para alguma trepadeira que tivesse secado, abóbora ou parreira. A senhora Mauro pretendia me dar aquele terreno para cultivar, para lá fazermos nossa horta, sem pedir aluguel nenhum, já que estava abandonado havia tempos; porém, hoje não falara a respeito, e nós não disséramos nada porque tinha pano demais para mangas. Agora com essa nossa caminhada na primeira noite pelo terreno queríamos nos convencer de que havíamos chegado a ganhar confiança e também, em certo sentido, posse daquele lugar; pela primeira vez era possível a ideia de uma continuidade de nossa vida, de uma noite depois da outra, noites cada vez menos angustiadas, a caminhar entre aqueles canteiros. Essas coisas claro que eu não as disse a minha mulher; mas estava ansioso para ver se ela também as sentia: e de fato me pareceu que

134

aquele passeio tivera sobre ela o efeito que eu esperava; agora fazia reflexões baixinho, com longas pausas, e ficávamos de braço dado sem que ela se recusasse a essa postura própria de épocas mais tranquilas.

Assim chegamos à beira do terreno, e do outro lado da sebe vimos o senhor Reginaudo que se azafamava com um vaporizador em torno de sua casa. Eu conhecera o senhor Reginaudo alguns meses antes, quando tinha vindo combinar o aluguel com a senhora Mauro. Aproximamo-nos para nos cumprimentar e para que ele conhecesse minha mulher.

— Boa noite, senhor Reginaudo — disse-lhe eu —, lembra-se de mim?

— Ah, sim, estou reconhecendo — disse ele. — Boa noite! É nosso vizinho, então? — Era um senhor baixo de óculos grandes, pijama e chapéu de palha.

— Pois é, somos vizinhos, pois é, entre vizinhos... — Minha mulher começou a dizer frases sorridentes e apenas iniciadas, como se usa por cortesia; fazia tempo que não a ouvia falar assim; não que gostasse disso, mas eu estava mais satisfeito do que a ouvi-la se lamentando.

— Claudia — chamou nosso vizinho —, vem cá, estão aqui os novos inquilinos da casinha Laureri!

Eu nunca tinha ouvido chamar por aquele nome a nossa nova casa (nome, soube depois, de um antigo proprietário), e isso me fez sentir um pouco forasteiro. Saiu de casa a senhora Reginaudo, uma mulherona, enxugando as mãos no avental; eram gente simples e foram bastante cordiais conosco.

— E o que é que o senhor está fazendo com esse pulverizador, senhor Reginaudo? — perguntei-lhe.

— É... as formigas... essas formigas... — ele disse, e riu, como se não desse importância.

— Formigas, é? — repetiu minha mulher com aquele tom desprendido e cortês que usava para com os estranhos, para fingir atenção aos discursos deles; um tom que nunca usou comigo, que me lembre, nem quando mal nos conhecíamos.

Em seguida nos despedimos dos vizinhos com muitos rapa-

135

pés. Mas isso também era alguma coisa que não conseguíamos saborear até o fundo: ter vizinhos, e ainda mais gente afável e cordial, e poder conversar assim com gentileza.

Em casa, resolvemos ir logo para a cama.

— Está ouvindo? — disse minha mulher.

Prestei atenção, e ainda se ouvia chiar o pulverizador do senhor Reginaudo. Minha mulher foi até a pia pegar um copo de água:

— Traz um para mim também — disse-lhe eu, e ia tirando a camisa.

— Ah! — gritou ela —, vem cá. — Tinha visto as formigas na torneira e a fila que vinha parede abaixo.

Acendemos a luz, uma só lâmpada para os dois cômodos, e as formigas eram uma fila cerrada que atravessava o muro e vinha do umbral da porta e sabe-se lá de onde se originavam. Agora nossas mãos estavam cobertas delas, e nós as mantínhamos abertas diante dos olhos procurando ver bem como eram essas formigas, e mexendo continuamente os pulsos para não deixá-las descer pelos braços. Eram formigas minúsculas e impalpáveis que se mexiam sem parar como movidas pela própria coceira sutil que davam na gente. Só então me ocorreu o nome: as "formigas-argentinas", aliás, "a formiga-argentina", assim diziam, com certeza eu já devia ter ouvido dizer da outra vez que este era um lugar onde havia "formiga-argentina", e só agora sabia qual era a sensação que se devia associar a tal expressão — esta comichão desagradável que se espalhava por todas as direções e que não se conseguia, mesmo fechando os punhos ou esfregando forte as mãos uma na outra, parar completamente, porque sempre sobrava alguma formiguinha perdida que ia correndo pelo braço ou pela roupa. Quando esmagadas, as formigas viravam pontinhos pretos que caíam como areia, e nos dedos ficava aquele cheirinho de formiga, ácido e irritante.

— É a formiga-argentina, sabe... — disse eu a minha mulher — vem da América... — Sem sentir eu havia adotado a inflexão de quando queria lhe ensinar alguma coisa, e logo me arrependi porque sabia que ela não suportava esse meu tom e

136

reagia bruscamente, talvez compreendendo que eu, ao usá-lo, nunca estava muito seguro de mim mesmo.

Pareceu, ao contrário, que quase não me ouvia: estava tomada pela fúria de destruir ou dispersar aquela fila de formigas de cima do muro, e passava o lado da mão, e só conseguia fazer as formigas virem para cima dela e espalhar outras em volta, e então punha a mão embaixo da torneira, tentava fazer esguichar para cima, mas as formigas continuavam a andar pelo molhado, e nem das mãos, molhando-as, conseguia despregá-las.

— É isso, temos formigas em casa, pronto! — repetia. — E estavam aí antes e não tínhamos visto! — Como se tê-las visto antes pudesse mudar muita coisa.

Eu lhe disse:

— Ora essa, por causa de umas formiguinhas! Agora vamos para a cama e amanhã pensamos nisso! — E achei bom acrescentar: — Ora essa, por causa de um punhado de formigas-argentinas! —, porque queria, chamando-as pelo nome preciso que lhes era dado no lugar, dar ideia de um fato já acontecido e em certo sentido natural.

Mas o ar descontraído que minha mulher se permitira tomar naquele passeio pelo terreno tinha desaparecido totalmente: ficara de novo desconfiada de tudo e com a cara amarrada como de costume. E ir dormir pela primeira vez na casa nova não foi como eu esperava; o que nos consolava não era o alívio de começar outra vida, mas o hábito de seguir em frente sempre no meio de novas dificuldades. "Tudo por causa de umas formiguinhas", era o que eu pensava; isto é, aquilo que eu pensava pensar, pois talvez para mim também tudo estivesse diferente.

Era maior o cansaço que a agitação, e dormi. Mas no meio da noite o menino chorou, e nós dois, ainda na cama (esperando sempre que a certa altura ele parasse e pegasse de novo no sono, coisa que entretanto nunca acontecia), a perguntarmos um ao outro: "Que será que ele tem? Que será que ele tem?". Desde que ficara bom, tinha deixado de chorar à noite.

— Tem formigas! — gritou minha mulher que se levantara para embalá-lo.

Saí da cama também, arejamos a cesta toda, tiramos a roupa dele, e para enxergar e poder tirar aquelas formigas, meio cegos de sono como estávamos, era preciso pô-lo debaixo da lâmpada, na corrente de ar que vinha da porta, e minha mulher dizia: "Agora vai pegar um resfriado", e catar nele, com aquela pele que ficava vermelha mal era esfregada, dava pena. Havia uma fileira de formigas que começaram a ir para cima da mesinha. Olhamos todos os lençóis até que não sobrou um, e dizíamos: "Onde é que vamos botá-lo para dormir agora?". Na nossa cama, apertados como estávamos, acabava esmagado. Olhei bem a cômoda, e as formigas não haviam chegado até lá; então a desencostei da parede, abri uma gaveta e ali preparei o leito para o pequeno. Quando o pusemos lá já estava dormindo. Tínhamos só que nos jogar na cama, e o sono recomeçaria imediatamente, mas minha mulher quis olhar as provisões.

— Vem cá, vem cá! Deus meu! Está cheio! Está tudo preto! Socorro!

O que se podia fazer? Peguei-a pelos ombros:

— Vem e pensamos nisso amanhã, agora nem se enxerga, amanhã arrumamos tudo, botamos tudo a salvo, vem para a cama!

— Mas e a comida? Vai estragar!

— Ao diabo isso também! O que é que você quer fazer agora? Amanhã destruímos o formigueiro, pode deixar...

Mas ela não conseguia mais ficar sossegada na cama, com a ideia daqueles bichos em toda a parte, na comida, nas coisas; vai ver que agora estavam subindo do soalho pelos pés da cômoda até o menino...

Adormecemos quando os galos já cantavam; e não demorou muito tempo para recomeçarmos a nos mexer e nos coçar porque estávamos com a ideia de haver formigas na cama; talvez tivessem subido até lá, talvez tivessem ficado em cima de nós depois de todas aquelas manobras que fizéramos. E assim nem aquelas primeiras horas da manhã foram de repouso, e nos levantamos cedo, perseguidos pelo pensamento das coisas que devíamos fazer e também pelo aborrecimento de ter que come-

138

çar imediatamente a lutar contra aquele inimigo atormentador, imperceptível que tomara conta de nossa casa.

A primeira coisa, para minha mulher, foi cuidar do menino: ver se aqueles bichos o picaram (por sorte parecia que não), vesti-lo, dar-lhe de comer, tudo isso se mexendo na casa infestada de formigas. Eu sabia o esforço que devia estar fazendo para não soltar um grito a cada vez que via, por exemplo, nas xícaras deixadas na pia, as formigas em toda a volta da borda, e no babador do menino, e na fruta. Porém, gritou descobrindo o leite:

— Está preto! — Havia um véu de formigas afogadas ou nadando.

— Está tudo na superfície — disse eu —, se tira com uma colherinha. — Mas depois ficamos com a impressão de que poderia estar com gosto de formigas e não o provamos.

Eu ia acompanhando a fila das formigas nos muros para ver de onde vinham. Minha mulher se penteava e se vestia com pequenos ímpetos de raiva logo reprimidos.

— Não podemos pôr os móveis no lugar enquanto não tivermos acabado com as formigas! — dizia.

— Calma. Você vai ver que tudo se arranja. Vou agora na casa do senhor Reginaudo, que tem aquele pó, e peço um pouquinho a ele. Botamos o pó na boca do formigueiro, já vi onde é, e logo nos livramos disso. Porém, vamos esperar que fique um pouco mais tarde porque talvez a esta hora incomodemos na casa do senhor Reginaudo.

Minha mulher se tranquilizou um pouco, mas eu não: que vira a boca do formigueiro era o que eu lhe dizia para consolá--la, mas quanto mais olhava mais descobria novas direções nas quais as formigas iam e vinham, e como nossa casa, aparentemente lisa e homogênea como um dado, na verdade era porosa e toda sulcada por fissuras e frestas.

Reconfortei-me ficando no umbral e olhando as plantas e o sol que naquele momento batia em cima delas, e o espinhal que infestava o terreno me pareceu alegre ao olhar, porque dava vontade de se pôr a trabalhar: limpar tudo direitinho, preparar com a enxada e começar as semeaduras e os transplantes.

139

— Vem — disse a meu filho —, que você aqui está criando mofo. — Peguei-o no colo e fui para o "jardim", aliás, pelo prazer de começar um hábito de chamar assim o pedaço de terreno, disse a minha mulher: — Vou levar o menino um instante para o jardim. — E em seguida corrigi: — Lá para o jardim —, porque me parecia mais possessivo e familiar.

O menino estava alegre no sol, e eu lhe dizia:

— Esta é uma alfarrobeira, este é um pé de caqui. — E o erguia até os ramos: — Agora papai vai te ensinar a trepar na árvore. — Rompeu a chorar. — O que que é? Está com medo? — Mas vi as formigas; aquela árvore viscosa estava toda recoberta. Puxei imediatamente o menino. — Hum, quanta formiguinha... — dizia-lhe, mas estava preocupado.

Acompanhei as fileiras das formigas tronco abaixo, e notei que aquele fervilhar silencioso e quase invisível continuava pelo chão, em todas as direções, no meio do capim. Pensava: como é que vamos poder expulsar as formigas da casa? Por cima deste lote de terra — que ontem julgara tão pequeno, mas agora olhando-o em relação às formigas me parecia enorme —, estendia-se um véu ininterrupto daqueles insetos, certamente saídos de milhares de formigueiros subterrâneos, e nutridos pela natureza grudenta e melada do solo e da vegetação baixa; e, para onde quer que eu olhasse — embora nesse primeiro momento não visse nada, e já me sentisse aliviado com isso —, depois aguçando a vista enxergava uma formiga se aproximando e descobria que ela fazia parte de um longo cortejo e que se encontrava com outras, muitas vezes carregando migalhas ou fragmentos minúsculos de matéria, no entanto sempre maiores que elas, e em certos pontos, onde, pensava eu, grudara algum suco de planta ou algum resto animal, havia uma coroa de formigas apinhadas, quase coladas juntas como a casca de uma pequena ferida.

Voltei para junto de minha mulher com o menino no colo, quase correndo, sentindo as formigas subindo-me pé acima. E ela:

— Pois é, você fez o menino chorar. O que que há?

— Nada, nada — disse eu apressadamente —, viu umas formiguinhas numa árvore, e ainda está sob a impressão da noite passada, e lhe parece que está sentindo a coceira na pele.

— Oh, que tortura, isso também! — falou minha mulher. Estava acompanhando um carreiro de formigas na parede, e tentava matá-las espremendo com a ponta do dedo uma por uma.

Eu ainda via os milhões de formigas pelas quais estávamos rodeados naquele terreno que me parecia agora desmesurado, e comecei a investir contra ela:

— O que você está fazendo? Está louca? Não vai conseguir nada, desse jeito!

Ela teve um acesso de raiva:

— Mas e o tio Augusto! E o tio Augusto que não nos disse nada! E nós como dois imbecis! A dar ouvidos a ele, aquele mentiroso!

Em vez disso, o que é que tio Augusto poderia ter nos dito? A palavra *formiga*, para nós, agora, não podia de fato exprimir a angústia diante dessa nossa condição. Se ele nos tivesse falado de formigas, como talvez — não posso excluir isso — fizera uma vez, pensaríamos nos encontrar diante de um inimigo concreto, numerável, com um corpo, um peso. Realmente, se naquele momento eu evocasse as formigas das aldeias de onde vínhamos, eu as via como bichos dignos de respeito, criaturas dessas que se podem tocar, remover, como os gatos, os coelhos. Aqui nos defrontávamos com um inimigo como a bruma ou a areia, contra o qual a força não adianta.

Nosso vizinho, o senhor Reginaudo, estava na cozinha passando um líquido por um funil. Eu o chamara de fora e depois chegara à porta-janela da cozinha todo ofegante.

— Oh, o nosso vizinho! — exclamou Reginaudo. — Entre, senhor, entre! Desculpe-me estar sempre às voltas com essas misturas! Claudia, uma cadeira para nosso vizinho!

Eu lhe disse imediatamente:

— Eu vim, desculpe incomodar, mas sabe, tinha visto que o senhor tem daquele pó, nós esta noite inteira, as formigas...

141

— Ha, ha, ha! — estourou em risadas a senhora Reginaudo ao entrar.

E o marido, com uma pequena demora, tive a impressão, mas com entusiasmo mais barulhento, fez-lhe eco:

— Ha, ha, ha! Formigas eles também! Ha, ha, ha!

Contra vontade pus na boca um modesto sorriso, como se tivesse compreendido a comicidade de minha situação mas não pudesse fazer nada: coisa que justamente correspondia à verdade, tanto que eu viera procurar por ele para lhe pedir ajuda.

— E justo com quem vem falar, as formigas, caro vizinho! — exclamava levantando as mãos o senhor Reginaudo.

— É mesmo, e justo com quem vem falar, senhor vizinho, com quem vem falar! — fazia eco sua mulher juntando as mãos no peito, mas sempre, como o marido, rindo.

— Por que vocês, eu tinha a impressão, não teriam um remédio para isso? — perguntei, e talvez o tremor de minha voz pudesse parecer vontade de rir, e não o desespero que eu sentia estar tomando conta de mim.

— Um remédio, ha, ha, ha! — ria a mais não poder o casal Reginaudo. — Se temos um remédio? Mas são vinte, cem remédios que temos! E um, ha, ha, ha, um melhor que o outro!

Levaram-me para outro cômodo, onde dezenas de recipientes de papelão e de lata com etiquetas vistosas se encontravam sobre os móveis.

— Vai querer Profosfan? Vai querer Mirminec? Ou então Tiobroflit? Arsopan em pó ou diluído? — E passavam um para a mão do outro pulverizadores, pincéis, vaporizadores, levantavam nuvens de poeira amarelada e de gotículas minúsculas, e uma mescla de cheiros de farmácia e de cooperativa agrícola, sempre rindo escancaradamente.

— E tem alguma coisa que sirva de verdade? — perguntei.

Pararam de rir.

— Não, nada — responderam.

O senhor Reginaudo me deu um tapinha no ombro, a mulher abriu as persianas, e o sol entrou. Depois me levaram para dar uma volta pela casa.

Ele trajava as calças do pijama de listras rosa amarradas na barriguinha saliente, camiseta, e chapéu de palha na cabeça calva. Ela estava com um roupão desbotado, que de quando em quando descobria as alças da roupa de baixo; os cabelos em torno do largo rosto vermelho eram louros, de consistência de estopa e frisados sem cuidado. Eram barulhentos e expansivos; cada canto de sua casa tinha uma história, e eles me contavam tudo, pegando as frases um do outro, e fazendo gestos e exclamações, como se cada episódio fosse uma grande farsa. Em um ponto haviam posto Arfanax a dois por mil, e as formigas ficaram afastadas por dois dias, mas no terceiro voltaram, e então ele concentrara a mistura a dez por mil, mas as formigas em vez de passarem por ali davam a volta pela cumeeira; em outro ponto tinham isolado um canto com pó de Crisotan, mas o vento carregava com ele e precisaram de três quilos por dia; num degrau experimentaram Petrocid, que parecia matá-las imediatamente porém apenas as adormecia; num ângulo haviam posto Formikill, e as formigas continuavam a passar, mas de manhã encontraram um rato envenenado; num ponto onde ele tinha posto Zimofosf, líquido que constituía uma barreira segura, a mulher por cima espalhara Italmac em pó, que servia de antídoto e anulara o efeito.

Nossos vizinhos usavam casa e jardim como um campo de batalha, e a paixão deles era traçar linhas além das quais as formigas não podiam passar, e descobrir as novas voltas que elas davam, e experimentar novas misturas de líquidos e novos pós, cada um ligado na lembrança a episódios já acontecidos, em combinações cômicas, de modo que lhes bastava pronunciar um nome: "Arsepit! Mirxidol!" para estourarem em risadas, piscando e lançando um ao outro frases alusivas. De matar as formigas parecia — se algum dia haviam tentado — que tinham desistido, já que as tentativas eram inúteis: procuravam apenas barrar certas passagens para elas, desviá-las, assustá-las ou enganá-las; era um labirinto sempre novo e traçado com desenhos de substâncias diversas que eles preparavam dia após dia, um jogo no qual as formigas eram um elemento necessário.

143

— Não se pode fazer mais nada com esses bichos, não se pode fazer mais nada — diziam —, a não ser que se faça como o capitão...

— Pois é, é verdade, gastamos muito dinheiro — diziam — com esses inseticidas... O do capitão, claro, é um sistema mais econômico...

— Naturalmente nós não podemos dizer que vencemos a formiga-argentina — disseram até —, mas também o capitão, o senhor acha que ele está no caminho certo? Eu tenho cá minhas dúvidas...

— Mas quem é, desculpem, o capitão? — perguntei.

— O capitão Brauni, não conhece? Ah, o senhor está aqui só desde ontem! É o nosso vizinho ali à direita, naquela casinha branca... É um inventor... — e riram — inventou um sistema para exterminar a formiga-argentina... Aliás, muitos sistemas. E está sempre aperfeiçoando. Vá vê-lo.

Gorduchos e tranquilos, naqueles poucos metros quadrados de seu jardinzinho, todo emporcalhado de estrias e respingos de líquidos escuros, empoeirado de farinhas esverdeadas, entupido de regadores, pulverizadores, vasilhas de cimento onde se diluíam preparados cor de anil, e, nos canteiros em desordem, algumas raras roseiras de vaso recobertas de inseticidas da ponta das folhas até as raízes, os Reginaudo erguiam os olhos para o céu límpido, satisfeitos e divertidos. Falando com eles, eu ficara, querendo ou não, um pouco mais animado: no fundo, não é que as formigas fossem uma coisa risível como eles pareciam entender, mas também não podiam ser uma coisa tão grave, uma coisa para se perder o ânimo.

"Ora, as formigas!", pensava eu agora. "Mas que formigas? E que mal nos faz um pouco de formigas?"

Eu agora iria com certeza encontrar minha mulher e troçar um pouco com ela: "O que é que você anda vendo por aí, com essas formigas...".

Eu ia mentalmente preparando um discurso desse tom enquanto voltava atravessando nosso trecho de terreno com os braços cheios de papeluchos e recipientes que os vizinhos me

144

deram para experimentar — escolhidos, de acordo com meu desejo, dentre aqueles que não continham substâncias nocivas ao menino, que punha tudo na boca. Mas quando vi, fora de casa, com o menino no colo, minha mulher com os olhos vítreos e as faces encovadas, e compreendi que batalha ela devia ter travado e sua descoberta da quantidade infinita de formigas que nos cercavam, e como estava rendida, passou qualquer vontade minha de sorrir e fazer galhofa.

— Finalmente você voltou... — disse-me, e o tom manso me atingiu ainda mais dolorosamente que a entonação irritada que eu esperava. — Eu aqui não sabia mais... se você visse... realmente não sabia mais...

— Pronto, agora vamos experimentar isto — disse eu —, e isto, e depois isto... — E ia dispondo meus frascos num alpendre na frente da casa, e logo comecei a explicar a ela como eram usados, bem depressa, quase como se tivesse medo de ver uma esperança excessiva se acender em seus olhos, pois não estava querendo iludi-la nem desiludi-la. No momento estava com outra ideia na cabeça, queria ir logo procurar aquele capitão Brauni.

— Faça como te falei; volto já.

— Vai embora de novo? Aonde é que você vai?

— Ver outro vizinho. Tem um sistema. Vou ver como é.

E saí correndo em direção à tela metálica coberta por uma densa trepadeira que cercava nosso terreno à direita. O sol estava atrás de uma nuvem. Cheguei junto à tela e vi a casinha branca circundada por um jardinzinho bem arrumado, com pequenos caminhos de saibro cinzento que davam a volta em torno de canteiros redondos com uma cerca baixa de ferro batido envernizada de verde como nos jardins públicos, e no meio de cada canteiro um arbusto preto de tangerina ou limão.

Tudo estava silencioso, sombreado e imóvel. Eu estava a ponto de me afastar, inseguro, quando vi apontar de dentro de uma sebe bem podada uma cabeça coberta por um chapéu de praia branco de pano, deformado, com as abas puxadas para baixo acabando numa borda ondulada, por cima de um par de

145

óculos com armação de aço, um nariz cartilaginoso e, mais abaixo, um sorriso cortante, reluzente de dentes falsos, estes também de aço. Era um homem magro e seco, de pulôver, com calças estreitas na canela, dessas que se usam para andar de bicicleta, e sandálias nos pés. Aproximou-se para observar o tronco de um dos pés de tangerina, silencioso e circunspecto, sem alterar aquele sorriso esticado. Eu, encostado atrás da cerca de trepadeira, disse:

— Bom dia, capitão.

O homem ergueu a cabeça de um ímpeto, e não tinha mais o sorriso, mas apenas um olhar frio.

— Com licença, o senhor é o capitão Brauni? — perguntei-lhe.

O homem fez sinal que sim.

— Eu sou o novo vizinho, sabe, estou alugando a casinha Laureri... Queria incomodá-lo um momento porque ouvi falar do sistema...

O capitão levantou um dedo, fez sinal para que eu me aproximasse; eu, dando um pulo onde a tela metálica estava arriada, passei para o outro lado. O capitão continuava a manter o dedo para cima e com a outra mão indicava o ponto que estava observando. Vi que da árvore se destacava um arame curto perpendicular ao tronco. O arame sustentava na extremidade um pedaço, parecia-me, de isca de peixe e no meio do caminho fazia uma curva em ângulo agudo virado para baixo. No tronco e no arame havia um vaivém de formigas. Abaixo do vértice do arame estava pendurado um vasinho como aqueles do extrato de carne.

— As formigas — explicou o capitão —, atraídas pelo cheiro de peixe, percorrem o pedaço de arame; como está vendo, vão muito bem para a frente e para trás e não esbarram uma na outra. Mas tem a passagem em V que é perigosa; quando uma formiga que está indo e uma que está voltando se encontram no vértice do V, param, e então o cheiro do querosene que está nesse vasinho dá tonteira nelas, tentam continuar seu caminho, mas se chocam, caem, e morrem no querosene. Tic, tic. — Es-

146

se "tic, tic" acompanhara a queda de duas formigas. — Tic tic, tic tic, tic tic — continuava a dizer o capitão, com aquele seu imóvel sorriso de aço, e cada "tic" acompanhava a queda de uma formiga no vasinho, onde dois dedos de querosene estavam enegrecidos por um véu de corpos de insetos informes e grudados. — Uma média de quarenta formigas mortas por minuto, duas mil e quatrocentas por hora. Claro que tem que manter o querosene limpo, senão fica coberto de mortos, e os que caem depois podem se salvar.

Eu não conseguia despregar os olhos daquele gotejar tênue, ralo porém contínuo: muitas formigas ultrapassavam o ponto perigoso e voltavam arrastando com os dentes fragmentos de isca, mas sempre havia alguma que naquele ponto parava, agitava as antenas e despencava. O capitão Brauni, com o olhar fixo por trás das lentes, não perdia o menor movimento dos insetos, e a cada queda tinha um pequeno estremecimento irrefreável, e os ângulos estirados de sua boca quase sem lábios palpitavam. Muitas vezes não conseguia deixar de pôr a mão, ora para corrigir a angulação do arame, ora para sacudir o querosene do vasinho e para dispor os bolos de formigas mortas em volta das paredes, ora até para imprimir ao aparelho uma pequena sacudidela que acelerasse a queda das vítimas. Mas este último gesto devia lhe parecer quase uma infração às regras, porque logo retirava a mão e me olhava com ar de ter que se justificar.

— Este é um modelo mais aperfeiçoado — disse ele conduzindo-me a outra árvore, da qual saía um arame munido, no vértice em V, de um pelo de porco amarrado; as formigas pensavam que iam se salvar em cima do pelo, mas o cheiro do querosene e a inesperada exiguidade do sustentáculo as confundiam ao ponto de fazê-las precipitar-se irremediavelmente.

O expediente do pelo ou da crina de cavalo era aplicado a muitas outras armadilhas que o capitão ia me mostrando: o arame grosso, em certo ponto, terminava numa crina delgada, e as formigas, desorientadas pela mudança, perdiam o equilíbrio; e fora até arquitetado um alçapão no qual se chegava à isca por uma passagem falsa, constituída por uma crina partida no

147

meio que sob o peso da formiga se abria e a deixava cair no querosene. Naquele jardim silencioso e bem arrumado, a cada árvore, a cada encanamento, a cada balaústre de corrimão eram aplicados com precisão metódica aqueles suportes de arame, com sua tigelinha de querosene embaixo; e as roseiras de vaso bem podadas, as cercas de trepadeiras pareciam apenas um disfarce cuidadoso daquele desfile de suplícios.

— Aglaura! — gritou o capitão se aproximando da porta de serviço. E disse para mim: — Agora vou lhe mostrar a caça dos últimos dias.

Da porta saiu uma mulher seca e pálida, uma compridona de olhos assustados e malévolos, com um lenço na cabeça, amarrado por cima da testa.

— Mostra os sacos para o nosso vizinho — disse Brauni, e eu intuí que devia ser não uma criada, mas a mulher do capitão, e a cumprimentei com um gesto de cabeça e um murmúrio, mas ela não me respondeu.

Voltou para dentro e tornou a sair arrastando pelo chão um saco pesado, com os braços cheios de tendões que demonstravam uma força superior à que eu lhe atribuíra ao primeiro olhar. Pela porta entreaberta se via dentro da casa um monte de sacos semelhantes àquele; a mulher, sempre sem dizer nada, havia desaparecido.

O capitão alargou a boca do saco, e dentro dele parecia haver húmus ou adubo químico, mas ele enfiou o braço e tirou para fora um punhado como que de pó de café e o fez escorrer para a outra mão; eram formigas mortas, uma fina areia negro--avermelhada de formigas mortas todas enrodilhadas, reduzidas a grãozinhos em que não se distinguiam mais nem a cabeça nem as patas. Exalavam aquele cheiro ácido, penetrante. Na casa havia centenas de quilos delas, uma pirâmide de sacos como aquele, cheios.

— É incrível... — disse eu — o senhor vai exterminar todas elas, assim...

— Não — disse tranquilamente o capitão —, matar as formigas operárias não adianta nada. Há formigueiros por toda a parte com formigas-rainhas que fazem nascer milhões de outras.

— E então?

Agachei-me ao lado do saco; ele estava sentado no degrau abaixo de mim, e para falar comigo levantava o rosto; a aba informe do chapéu branco lhe cobria toda a testa e parte dos óculos redondos.

— É preciso deixar as rainhas famintas. Se reduzirmos ao mínimo o número das operárias que abastecem o formigueiro, as rainhas vão ficar sem comida. E lhe digo que um dia veremos as rainhas saírem do formigueiro em pleno verão, e se arrastarem para procurar comida com as próprias patas... Será o fim para todas, então...

Fechou com raiva a boca do saco e se levantou. Levantei-me também.

— Já outros acham que resolvem alguma coisa fazendo-as fugir. — E lançou um olhar em direção à casinhola dos Reginaudo descobrindo os dentes de aço num sorriso de escárnio. — ... e outros preferem engordá-las... Também é um sistema, não é?

Eu não havia compreendido a segunda alusão.

— Quem? — perguntei. — Para que querem engordá-las?

— Não veio à sua casa o homem da formiga?

De que homem estava falando?

— Não sei — disse eu —, acho que não...

— Também virá à sua casa, não se preocupe. Passa quinta-feira, geralmente, então se não veio hoje de manhã vem de tarde. Para dar fortificante para as formigas, ha, ha!

Sorri para agradá-lo, mas não estava mais com vontade de seguir novas pistas. Justamente por ter vindo à casa dele de propósito, eu disse:

— Com certeza um sistema melhor que o seu é impossível... Acha que na minha casa eu também poderia tentar?...

— Tem que me dizer que modelo prefere — falou Brauni, e me conduziu novamente pelo jardim a me mostrar outras invenções suas que eu ainda não conhecia.

Eu não conseguia me acostumar à ideia de que para realizar uma operação tão simples quanto matar uma formiga se tivesse que empenhar tanta arte e constância, mas entendia que o importante era fazê-lo com método, incessantemente, e então me sentia desanimado, porque tinha a impressão de que ninguém poderia igualar a terrível sanha desse nosso vizinho.

— Talvez para nós fosse melhor algum dos modelos mais simples — disse eu, e Brauni bufou pelo nariz, não sei se em sinal de aprovação ou de piedade pela modéstia de minhas ambições.

— Vou pensar um pouco a respeito — disse ele —, e lhe faço um esboço.

Assim só me restava agradecer-lhe e me despedir. Pulei novamente a sebe; não me parecia verdade não estar mais ouvindo aquele cascalho estalar sob meus pés; a minha casa, mesmo infestada como estava, pela primeira vez a sentia como minha casa de verdade, um lugar para onde se volta dizendo: finalmente.

Em casa estavam o menino que tinha comido os inseticidas e minha mulher desesperada.

— Não tenha medo, não são venenosos! — fui logo lhe dizendo.

Venenosos não, mas também não eram bons para se comer: nosso filho gritava de dor. Foi preciso fazê-lo vomitar; vomitou na cozinha, que se encheu de novo de formigas, e minha mulher tinha acabado de limpar. Limpamos o chão, acalmamos o menino, pusemo-lo para dormir na cesta, isolando-a bem em toda a volta com estrias de pó insetífugo, e cobrindo-a com um mosquiteiro amarrado em volta, a fim de que ao acordar não se levantasse para comer mais porcaria.

Minha mulher tinha feito compras, mas não conseguira salvar a sacola das formigas, e assim foi preciso primeiro lavar cada coisa, até as sardinhas ao óleo, o queijo, e arrancar uma por uma as formigas agarradas. Ajudei-a, rachei a lenha, pus no lugar o fogareiro, a chaminé para funcionar, e ela ia limpando os legumes. Mas não havia maneira de se ficar parado num lugar; a cada minuto ela ou eu pulávamos, e, "Ai, está me picando!", tínhamos que nos coçar e catar as formigas ou meter os braços e as pernas debaixo da torneira. Não sabíamos onde nos instalar: dentro de casa atrairíamos outras formigas, fora nós é que ficaríamos cobertos imediatamente. Comemos em pé, fazendo movimentos, e tudo tinha ainda gosto de formiga, um pouco por causa das que haviam ficado na comida, um pouco porque estávamos com as mãos impregnadas daquele cheiro.

Depois de comer andei pelo terreno, fumando um cigarro. Do lado dos Reginaudo vinha um tinido de talheres: encostei-me à cerca e os vi ainda à mesa, sob um guarda-sol, luzidios e calmos, com guardanapos xadrez amarrados no pescoço, saboreando um pudim de creme e copos de um vinhozinho claro. Desejei-lhes bom apetite e me convidaram para comer alguma coisa. Mas eu via em torno da mesa os sacos e frascos dos insetífugos, e cada coisa recoberta por véus de poeira amarela ou esbranquiçada e listras betuminosas, e às narinas só me vinham aqueles cheiros de substâncias químicas. Disse que agradecia mas que estava sem apetite, e era verdade. O rádio dos Reginaudo estava tocando, num volume baixo, e eles cantarolavam em falsete fingindo estar fazendo um brinde.

Da escadinha onde eu subira para cumprimentá-los, via também um pedaço do jardim dos Brauni; o capitão já devia ter acabado de comer: saía de casa com o pires e a xícara de café, bebendo aos golinhos, e lançava olhares em torno; com certeza para ver se todos os seus tormentos estavam em funcionamento e a agonia das formigas continuava com a regularidade habitual. Pendurada entre duas árvores vi uma rede branca e compreendi que ali devia estar estendida aquela ossuda e desagradável dona Aglaura, mas só se via dela um pulso e a mão que agitava um leque de varetas. As cordas da rede estavam penduradas num sistema de estranhos anéis, que deviam com certeza constituir de algum modo uma defesa contra as formigas; ou talvez a rede não fosse outra coisa senão uma nova armadilha para formigas, com a mulher do capitão posta ali como isca.

Não quis falar com os Reginaudo de minha visita à casa dos

Brauni, porque já sabia que a comentariam com a suficiência irônica que era habitual a nossos vizinhos nos confrontos recíprocos. Voltei o olhar para o jardim da senhora Mauro, alto acima de nós, e para seu casarão lá em cima, com o galo do cata-vento que girava no topo.

— Quem sabe se a senhora Mauro também tem formigas lá no alto... — disse eu.

Via-se que o casal Reginaudo durante as refeições tinha uma alegria mais recolhida, feita de risadinhas baixinhas, porque se limitaram a dizer:

— He, he, he... ela também deve ter... He, he, he... ela também deve ter... Deve ter sim, é claro que deve ter...

Minha mulher me chamou para a casa, porque queria pôr o colchão na mesa e se deitar para dormir um pouco. Com o enxergão no chão como estávamos, não se podiam impedir as formigas de subir, enquanto na mesa era só isolar os quatro pés e por certo tempo as formigas não vinham. Ela foi descansar, eu saí, com a ideia de procurar por certas pessoas que talvez soubessem me informar a respeito de algum trabalho, mas na realidade porque estava com vontade de me mexer e pensar em outra coisa.

Mas, pela estrada, os lugares já me pareciam diferentes de ontem: em cada pomar, em cada casa adivinhava as filas de formigas que subiam pelas paredes, que cobriam cada árvore frutífera, que mexiam as antenas na direção de cada coisa açucarada ou gordurosa; e meu olho agora de sobreaviso descobria logo as coisas postas fora de casa para sacudir porque as formigas as invadiram, e o pulverizador do insetífugo na mão de uma velha, e o pratinho de veneno, e, aguçando os olhos, a fila que caminhava, imperturbável, ao longo do umbral.

No entanto, esta ainda era a terra ideal do tio Augusto: que diferença faziam as formigas para ele? Descarregava sacos ora para um patrão, ora para outro, comia pelos bancos das tabernas, andava à noite por onde houvesse alegria e sanfonas, dormia onde bem entendia, onde fosse fresco e macio.

Andando, tento pensar que sou tio Augusto, mexer-me como ele se mexeria, numa tarde assim, por estas estradas. Claro, ser como tio Augusto queria dizer antes de mais nada sê-lo no físico: isto é, baixo e atarracado, com braços um pouco de macaco que se abriam em gestos sempre desproporcionados e ficavam no ar, pernas curtas que erravam o passo ao se voltar para olhar uma mulher, e uma vozinha que, quando ficava excitado falando, dava para repetir furiosamente a interjeição suja do dialeto daqui, desafinando-a com seu sotaque de outra região. Nele, corpo e ânimo eram um todo; e gostaria de me ver nisso, com minha carga e minhas ideias na cabeça, a ter os movimentos e as saídas de tio Augusto. Mas sempre podia fingir que era ele mentalmente: exclamar dentro de mim: "Puxa: a sesta que vou tirar naquele monte de feno! Puxa: a comilança de miúdos com vinho que vou fazer na taberna!", os gatos que via, imaginar que fingia lhes dar um carinho e depois gritava: "Auuuh!" para fazê-los escapulir apavorados; e às criadas: "He, he, quer que a ajude, senhorita?". Mas não era uma brincadeira boa; quanto mais me dava conta de como era fácil para tio Augusto viver aqui, mais percebia que ele era um tipo diferente, e nunca teria suportado minhas preocupações: uma casa para pôr em pé, um trabalho certo para encontrar, um menino meio doente, e uma mulher que não ri, e a cama e a cozinha cheias de formigas.

Entrei naquela taberna onde já estivéramos, e perguntei à mulher da blusa branca se não tinham aparecido aqueles homens com quem eu falara ontem. Havia sombra e fresco; talvez não fosse um lugar de formigas, aquele; sentei-me para esperar os outros, como ela me aconselhou, e lhe perguntei, fazendo-me de desembaraçado:

— Mas vocês aqui não têm formigas?

Ela estava passando um pano no banco:

— Aqui se vai e se vem, nunca ninguém reparou.

— Mas a senhora vive sempre aqui?

Deu de ombros:

— Gorda como sou, tenho que ter medo de formigas?

A mim essa história de esconder as formigas como se fossem uma vergonha estava irritando cada vez mais, e insisti:

— Mas não põe veneno?

— O melhor veneno para a formiga — disse um sentado a outra mesa, que, reparei, era um daqueles amigos de tio Augusto com quem havia falado na noite anterior — é este aqui. — E ergueu o copo e o bebeu de um gole.

Vieram também os outros e quiseram que bebesse com eles, já que não haviam conseguido me arranjar indicações de trabalho. Aconteceu de falarmos novamente de tio Augusto e um perguntou:

— E o que é que está fazendo por lá, a grande "lingera"?

Lingera é uma palavra daqui para dizer vagabundo e tratante, e todos mostraram que aprovavam aquela definição e que tinham meu tio em grande conta como "lingera". Eu estava um pouco confuso com essa fama atribuída a um homem que sabia ser no fundo prudente e modesto, embora em seu modo de vida desorganizado. Mas talvez isso fizesse parte da atitude de gabolice, de exagero, comum àquela gente, e me veio uma ideia confusa de que isso tivesse a ver com as formigas, que fingir que havia em torno todo um mundo movimentado e aventuroso fosse uma maneira de se isolarem dos aborrecimentos mais miúdos. O obstáculo para eu entrar nessa mentalidade, pensava eu voltando para casa, era minha mulher, sempre avessa às coisas fantásticas. E pensava também o quanto ela havia marcado minha vida, tanto que agora eu não conseguia mais me embriagar de palavras e pensamentos, porque logo me vinha à mente seu rosto, seu olhar, sua presença, que, no entanto, era-me cara e necessária.

Ela veio me encontrar à porta, minha mulher, com ar um pouco alarmado, e disse:

— Escuta, está aí um agrimensor.

Eu, que ainda tinha nos ouvidos o tom de superioridade daqueles fanfarrões na taberna, disse quase sem prestar atenção:

— Eu, hein, um agrimensor, esta agora, um agrimensor...

E ela:

— Veio um agrimensor aqui em casa, tirar medidas...

Eu não estava entendendo e entrei.

— Oh, mas que está dizendo? É o capitão!

Era o capitão Brauni que com um metro amarelo dobrável tirava medidas para instalar em nossa casa suas armadilhas. Apresentei-lhe minha mulher e lhe agradeci a presteza.

— Eu queria dar uma olhada nas possibilidades do local — disse ele. — Tudo é feito com critérios matemáticos. — E mediu até a cesta onde dormia o menino, e o despertou.

O garoto se assustou com o metro amarelo aberto por cima dele e começou a chorar. Minha mulher se pôs a fazê-lo dormir de novo. O choro do menino enervava o capitão, embora eu procurasse distraí-lo. Por sorte ouviu sua mulher chamá-lo e saiu. Dona Aglaura, apoiada na sebe, fazia-lhe sinais com seus braços magros e brancos, e gritava:

— Vem! Vem logo! Tem gente aí! É, é o homem da formiga!

Brauni me lançou um olhar e um sorriso de lábios cerrados cheio de intenções, e se desculpou de ter que voltar imediatamente para casa.

— Já vem à sua casa também — disse indicando o ponto onde aquele misterioso "homem da formiga" devia se encontrar —, já vai ver... — E foi embora.

Eu não queria me encontrar diante desse homem da formiga sem saber bem quem era e o que vinha fazer. Dirigi-me à escadinha que dava para o terreno dos Reginaudo; o vizinho estava justamente chegando em casa nesse momento; usava um terno branco e a palheta, e estava carregado de saquinhos e frascos. Perguntei-lhe:

— Escute: o homem da formiga já passou em sua casa?

— Não sei — disse Reginaudo —, estou vindo da rua, mas acho que sim porque estou vendo melado por tudo quanto é canto. Claudia!

A mulher apareceu e disse:

— Sim, sim, vai passar também na casinha Laureri, mas não fique esperando que sirva para alguma coisa, hein!

Imagine só se eu estava esperando alguma coisa. Perguntei:

— Mas quem é que manda esse homem aqui?

— E quem é que podia mandá-lo? — disse Reginaudo. — É

o homem do Centro para a Luta contra a Formiga-Argentina, o empregado que vem botar melado em todos os jardins nas casas. Aqueles pratinhos ali, está vendo?

E a mulher:

— Melado envenenado... — E deu um risinho como se soubesse muita coisa a respeito.

— E mata os bichos? — Essas minhas perguntas eram um jogo exaustivo; eu já sabia: de vez em quando parecia que tudo estava quase para se resolver, e depois recomeçavam as complicações.

O senhor Reginaudo sacudiu a cabeça como se eu tivesse dito algo inconveniente.

— Ah, não... Veneno em doses mínimas, é claro... Melado açucarado que as formigas adoram. As operárias têm que voltar para o formigueiro, alimentar com essas doses minúsculas de veneno as rainhas, que desse modo, mais cedo ou mais tarde, devem morrer envenenadas.

Eu não quis perguntar se, mais cedo ou mais tarde, morriam mesmo. Estava entendendo que o senhor Reginaudo me informava desse processo com o tom de quem, pessoalmente, apoia um conceito diferente, mas se sente no dever de definir objetivamente e com respeito a opinião oficial da autoridade. Já sua esposa, com a intolerância própria das mulheres, não titubeava em manifestar sua aversão pelo sistema do melado, e sublinhava o discurso do marido com risadinhas malignas, com tiradas irônicas: atitude que para ele devia de certo modo parecer deslocada ou arriscada demais, porque tentava contrariá-la e de qualquer modo atenuar essa impressão de derrotismo, não exatamente contradizendo-a por completo — talvez porque em particular ele também se exprimisse assim, e até pior —, mas procurando lhe dar pequenos exemplos de equanimidade, como:

— Bom, agora você está exagerando, Claudia... É verdade que não é muito eficaz, mas pode adiantar... E, além disso, fazem de graça... Tem que esperar alguns anos para julgar...

— Alguns anos? Deve ter uns vinte anos que põem aquele troço aí, e a cada ano as formigas se multiplicam.

156

O senhor Reginaudo, mais do que desmenti-la, preferiu deslocar seu discurso para outros méritos do centro: e me descreveu o sistema das caixas de esterco que os homens da formiga botavam nos jardins para as rainhas porem os ovos ali, e depois passavam e as retiravam para queimá-las. Compreendi que o tom do senhor Reginaudo era o adequado para explicar a coisa a minha mulher também, desconfiada e pessimista por natureza, e, de volta a casa, repeti-lhe o discurso do vizinho, tratando de não gabar o sistema de miraculoso ou de maneira nenhuma rápido, mas também abstendo-me dos comentários irônicos de dona Claudia. Minha mulher é uma daquelas mulheres que, por exemplo, no trem, acham que os horários, a distribuição dos vagões, as perguntas dos fiscais são todas coisas insensatas e malfeitas sem nenhuma justificação possível, no entanto as aceita com submisso rancor; assim julgou uma complicação absurda e ridícula essa história do melado — nem eu soube contradizê-la —, mas se preparou para receber a visita do homem da formiga — o qual, eu ficara sabendo, se chamava senhor Baudino —, sem atrapalhá-lo com protestos ou pedidos inúteis de ajuda.

O homem entrou em nosso terreno sem pedir licença, e o vimos diante de nós enquanto ainda estávamos falando nele, o que provocou um desagradável constrangimento. Era um homenzinho perto dos cinquenta, com um terno preto liso e desbotado, uma cara um pouco de beberrão, os cabelos ainda escuros divididos por uma risca infantil. As pálpebras semicerradas, o sorriso levemente untuoso, uma pigmentação avermelhada em volta dos olhos e nas asas do nariz prenunciavam a entonação de voz estridente, um pouco de padre, com forte ritmo dialetal. Um tique nervoso fazia pulsar as rugas que tinha nos cantos da boca e do nariz.

Se estou descrevendo o senhor Baudino com tantos detalhes, é para tentar definir a impressão estranha que nos deu; aliás, nada de estranho na verdade: pois nos pareceu que entre mil pessoas adivinharíamos que o homem da formiga era exatamente ele. Tinha mãos grossas e peludas: com uma segurava uma espécie de bule de café e com a outra uma pilha de pratinhos de barro. Falou-nos do melado que precisava colocar, e sua voz traía uma negligente indiferença empregatícia: o próprio modo, mole e arrastado, de pronunciar a palavra *melado* bastava para nos dizer com quanta calejada desconfiança e com quanto desprezo por nossas angústias aquele homem cumpria sua tarefa. Diante dele me dei conta de que era minha mulher que dava exemplo de calma, mostrando-lhe os pontos de passagem mais frequente das formigas. Com efeito, vê-lo se mexer com tanta hesitação, para repetir aqueles poucos gestos de encher um por um os pratinhos pondo melado do bule e de pousá-los sem entornar, a mim já acabava com a minha paciência. Assim observando-o me veio à mente o motivo da impressão estranha que me dera à primeira vista: parecia uma formiga. Não sei bem dizer por que, mas certamente parecia: talvez pela cor negra opaca de sua pessoa, talvez pelas proporções daquele seu corpinho disforme, ou então pelo tremor nos cantos da boca que correspondia ao contínuo vibrar das antenas e patinhas dos insetos. Havia, porém, uma característica das formigas que ele na verdade não tinha, e era a pressa atarefada que elas sempre têm no movimento; o senhor Baudino se movia com lentidão e desajeitamento, e agora com um pincelzinho coberto de melado lambuzava bestamente nossa casa.

Enquanto acompanhava com aborrecimento crescente os movimentos daquele homem, reparei que minha mulher não estava comigo; procurei-a com o olhar e a vi num canto do terreno, onde a sebe da casinhola Reginaudo se juntava com a da casinhola Brauni; encostadas às respectivas sebes, dona Claudia e dona Aglaura estavam confabulando, e minha mulher, no meio, ouvia-as. Aproximei-me delas, já que o senhor Baudino agora estava cuidando da área atrás da casa, onde podia sujar quanto quisesse sem necessidade de ser vigiado, e ouvi a senhora Brauni que perorava, acompanhando-se com secos gestos angulosos.

— Fortificante é o que vem dar para as formigas, esse aí; fortificante, em vez de veneno!

158

E a senhora Reginaudo em reforço, num tom um pouco melífluo:

— No dia em que não houvesse mais formigas os funcionários do centro para onde iriam? Então, o que quer que eles façam, minha senhora?

— Engordam as formigas, isso é o que eles fazem! — concluiu com raiva dona Aglaura.

Minha mulher — pois os discursos de ambas as vizinhas eram dirigidos a ela — estava ouvindo calada, mas o modo que tinha de trazer dilatadas as narinas e torcidos os lábios me dizia que a cólera, o sofrimento pelo logro que devia sofrer já a devoravam. E até eu, devo dizer, estava muito perto de acreditar que aquilo era mais do que meros mexericos de mulheres.

— E as caixas de esterco para os ovos? — continuava a Reginaudo. — Retiram, mas vocês acham que as queimam? Pois sim!

Ouviu-se: "Claudia! Claudia!" — a voz do marido, a quem por certo aqueles destemperos da mulher deixavam em ânsias. A senhora Reginaudo nos deixou com um "Com licença" no qual vibrava uma nota de desprezo pelo conformismo do cônjuge, e do lado oposto me pareceu que ecoava uma espécie de risada sardônica, e vi pelos pequenos caminhos bem ensaibrados o capitão Brauni, que ia corrigindo a inclinação das armadilhas. A seus pés um dos pratinhos de barro que o senhor Baudino acabara de encher estava virado e quebrado, com certeza por um pontapé, não se sabe se distraído ou voluntário.

Não sei que ataque contra o homem da formiga minha mulher estava incubando, enquanto voltávamos para casa; é provável, no entanto, que naquele momento não tivesse feito nada para contê-la, até, se fosse o caso, eu a apoiaria. Mas, depois de dar uma olhada em volta e dentro da casa, percebemos que o senhor Baudino havia desaparecido; já tivéramos a impressão, ao vir, de ouvir nosso portãozinho ranger e se fechar. Devia ter saído agora mesmo, sem se despedir, deixando atrás de si aqueles vestígios de melado pegajoso e avermelhado que desprendiam um desagradável cheirinho adocicado, completamente di-

159

ferente do das formigas ainda que, não saberia dizer como, aparentado com este.

Como nosso filho estava dormindo, pensamos que era o momento adequado para subir à casa da senhora Mauro. Tínhamos que ir encontrá-la para pedir as chaves de um certo depósito e um pouco também por visita de obrigação. Mas os verdadeiros motivos que nos faziam apressar a visita eram a intenção de fazê-la ouvir nossos protestos por ter nos alugado uma moradia invadida pelas formigas sem nos prevenir de nenhum modo, e — principalmente — a curiosidade de ver como nossa senhoria se defendia daquele flagelo.

O casarão da senhora Mauro tinha um jardim bastante grande, em declive, com palmeiras altas de folhas amareladas em leque. Um caminho de curvas levava para uma construção com varandas envidraçadas e mansardas, e em cima do telhado um galo de cata-vento enferrujado girava com dificuldade guinchando em seu eixo, com atraso em relação às folhas das palmeiras, que gemiam e farfalhavam a cada sopro de ar.

Minha mulher e eu subíamos por esse caminho e lá em cima do patamar víamos a casinha onde morávamos, ainda tão pouco familiar para nós, e o espinhal do terreno inculto, e o jardinzinho dos Reginaudo parecendo um pátio de armazém, e o jardinzinho dos Brauni com sua compostura quase de cemitério, e pronto, agora podíamos esquecer que eram lugares negros de formigas, agora podíamos vê-los tais como seriam sem aquele tormento ao qual não se podia escapar nem por um instante, agora àquela distância podiam até parecer um paraíso — e, no entanto, quanto mais do alto os olhávamos mais éramos tomados por um sentimento de piedade por nossa vida lá embaixo, como se vivendo naquele horizonte mesquinho, frágil só se pudesse continuar lutando contra problemas frágeis e mesquinhos.

A senhora Mauro era idosa, magra e alta; recebeu-nos numa sala sombria, sentada numa cadeira de espaldar alto, ao lado de uma mesinha dobrável com objetos de costura e o necessário para escrever. Estava vestida toda de preto, salvo por um cola-

160

rinho masculino branco, levemente empoada no rosto magro, e penteada de maneira severa. Estendeu-nos imediatamente a chave que já no dia anterior prometera nos dar, mas não nos perguntou se estávamos bem na casa, e isto, tivemos a impressão, era sinal de que já estava esperando nossas reclamações.

— Mas as formigas que tem lá embaixo, senhora... — disse minha mulher com um tom que desta vez eu teria preferido menos humilde e resignado.

Embora fosse uma mulher dura e frequentemente agressiva, minha mulher certas vezes se deixava tomar pela timidez, e vendo-a nesses momentos eu também ficava embaraçado.

Vindo em reforço a ela e sublinhando um acento ressentido eu disse:

— A senhora nos alugou uma casa que, se soubéssemos de todas essas formigas, lhe digo francamente. — E cortei aí, pensando ter sido claro o bastante.

A senhora nem sequer levantou o olhar.

— A casa estava desabitada fazia muito tempo — disse. — É compreensível que haja um pouco de formigas-argentinas, há em todo lugar... onde não se limpa bem. O senhor — disse-me ela — me deixou em suspenso quatro meses antes de me dar uma resposta. Se tivesse vindo logo, agora não teria formigas.

Nós olhávamos a sala quase no escuro com os cortinados e as persianas semicerradas, as paredes altas recobertas de tapeçaria antiga, os escuros móveis talhados em cima dos quais frascos e bules de prata soltavam breves lampejos, e parecia-nos que aquela obscuridade, aquele mobiliário pesado servissem para esconder a presença de rios de formigas que com certeza percorriam a velha casa dos alicerces até o telhado.

— E a senhora, aqui — disse minha mulher com um timbre insinuante, quase irônico —, não tem formigas?

A senhora Mauro contraiu os lábios:

— Não — disse, cortante. E em seguida, como que percebendo que poderíamos não acreditar, explicou: — Aqui trazemos tudo como um espelho. Mal entra alguma formiga do jardim, vemos logo e tratamos de dar um jeito.

161

— Como? — perguntamos imediatamente em uníssono minha mulher e eu, e só experimentávamos esperança e curiosidade, agora.

— Assim — falou a senhora encolhendo os ombros —, elas são logo postas para fora com a vassoura.

Naquele momento sua expressão de estudada impassibilidade foi percorrida como que pela tensão de uma dor física, e vimos que, estando sentada, deslocava vivamente o peso para um lado, arqueando-se na cintura. Se isso não estivesse em contradição com as afirmações que lhe estavam saindo da boca, eu teria jurado que uma formiga-argentina, passando por baixo das roupas, picara-a, ou até algumas, que lhe passeassem pelo corpo causando-lhe coceira, porque embora se esforçasse para não se mexer da cadeira parecia claro que não conseguia ficar calma e composta como antes, mas estava toda tensa, enquanto no rosto se desenhava um traço de sofrimento cada vez mais agudo.

— Mas nós temos na frente aquele terreno que está negro, de formigas — disse eu depressa —, e por muito limpa que se possa manter a casa, do terreno sempre virão para dentro aos milhares...

— Mas é claro — disse a senhora, e sua mão fina se agarrava ao braço da cadeira —, mas é claro, o terreno está inculto, e são os lugares incultos que fazem crescer formigas aos milhões. Meus projetos eram de que o senhor cuidasse daquele terreno já quatro meses atrás. O senhor me fez esperar, e agora tem um prejuízo; e não só o senhor, mas todos têm um prejuízo, porque as formigas se espalham...

— Estão se espalhando também aqui na casa da senhora? — perguntou minha mulher quase sorridente.

— Aqui não! — falou pálida a senhora Mauro, e sempre mantendo a mão direita presa ao braço da cadeira, com um pequeno movimento rotatório do ombro começou a esfregar o cotovelo no flanco.

A mim ocorria a ideia de que a sombra, os ornamentos, a vastidão das salas e o orgulho do ânimo fossem as defesas que aquela mulher tinha contra as formigas, as razões pelas quais diante delas era mais forte que nós; mas de que tudo o que víamos em torno, a começar pela sua pessoa sentada ali, estivesse roído por formigas ainda mais impiedosas que as nossas; quase uma espécie de cupins africanos que destruíam cada coisa deixando-lhe o invólucro, e que daquela casa só restasse a tapeçaria desbotada, o tecido quase pulverizado das cortinas, tudo a ponto de se desmanchar em frangalhos diante de nossos olhos.

— Nós vínhamos justamente para lhe perguntar se podia nos dar algum conselho para nos livrarmos dessa praga... — disse minha mulher, que havia recobrado completo desembaraço de comportamento.

— Manter bem a casa e trabalhar a terra. Não há outro remédio. O trabalho: só o trabalho. — E se pôs de pé, e a decisão de se despedir de nós se somou a um impulso instintivo de sua pessoa, que não conseguia mais ficar parada. Recompôs-se, e em seu rosto pálido passou como que uma sombra de alívio.

Descíamos pelo jardim, e minha mulher disse:

— Só espero que não tenha acordado.

Eu também estava pensando no menino. Ouvimo-lo chorar já antes de chegarmos em casa. Corremos, pegamo-lo no colo, procuramos acalmá-lo, mas continuava a chorar alto, a berrar. Tinha entrado uma formiga em seu ouvido: demoramos um pouco, até entender, porque chorava desesperado e não nos dava nenhuma indicação. Já minha mulher logo havia dito: "Devem ter sido as formigas!", mas eu não compreendia por que continuava a chorar daquele jeito, pois formigas nele não encontrávamos nem sinais de picadas ou irritações, e o despíramos e olháramos bem em todos os lados. Porém, encontrei algumas na cesta, e dizer que tinha a impressão de que a isolara bem; mas não havíamos prestado atenção às pinceladas de melado do homem-formiga: justamente uma das listras imbecis traçadas pelo senhor Baudino parecia feita de propósito para atrair aqueles bichos do chão até em cima da enxerga do menino.

Entre o choro do menino e os gritos de minha mulher atraímos para a casa as mulheres da vizinhança: a Reginaudo, que nos foi realmente preciosa e bastante gentil, a Brauni, que, tenho que dizer, também fez o que pôde para nos ajudar, e outras mulherzinhas nunca vistas antes. Todas se apressavam em dar conselhos: derramar óleo morno no ouvido dele, fazê-lo ficar de boca aberta, fazê-lo soprar pelo nariz, e não sei mais o quê. Gritavam e acabavam sendo para nós mais um estorvo que uma ajuda, embora no momento tivessem sido um conforto; e aquela azáfama delas em volta de nosso menino servia sobretudo para excitar a aversão geral contra o homem da formiga. Minha mulher havia gritado aos quatro ventos culpando a ele, Baudino; e as vizinhas concordavam ao dizer que aquele homem merecia um castigo de uma vez por todas, e que era ele que fazia de tudo para que a formiga crescesse bem, para ele não perder o emprego, e que era muito capaz de ter feito de propósito, porque agora já se sabia que estava sempre do lado da formiga, não do lado dos cristãos. Exagero, é claro, mas naquela agitação, com o menino que chorava, eu também me uni a elas e, se tivesse nas mãos bem naquele momento o senhor Baudino, não sei dizer o que teria feito com ele.

A formiguinha saiu com óleo morno; o menino, meio zonzo de chorar, pegou um brinquedo seu de plástico e o agitou e chupou decidido a esquecer. Eu tinha a mesma necessidade que ele: ficar comigo mesmo e relaxar os nervos, mas entre as mulheres continuava a diatribe contra Baudino, e diziam à minha mulher que ele provavelmente se encontrava num local perto dali onde tinha seu depósito, e minha mulher: "Ah, eu vou lá, vou lá sim, dar a ele o que merece".

Então se formou um pequeno cortejo, com minha mulher à frente, eu naturalmente junto dela, embora sem me pronunciar quanto à utilidade da empresa, outras mulheres que incitavam a minha seguindo-a e às vezes passando-lhe à frente para lhe mostrar o caminho. A senhora Claudia se ofereceu para ficar com o menino e se despediu de nós no portão; reparei depois que conosco não estava nem a senhora Aglaura, que, entretanto, mostrara-se uma das mais acesas inimigas de Baudino, mas estávamos acompanhados por um pequeno grupo de mu-

164

lherzinhas desconhecidas. Avançávamos naquele momento por uma espécie de estrada-pátio, ladeada por casebres de madeira, galinheiros e hortas meio entupidas de lixo. Algumas das mulherzinhas, depois de tanto falar, chegando em sua casa paravam à entrada, indicavam-nos com grande ardor para onde tínhamos que ir, e se retiravam para dentro de casa chamando pelos meninos sujos que brincavam no chão, ou iam dar de comer às galinhas. Só umas duas mulheres nos acompanharam ainda até o local daquele Baudino, mas quando, depois que minha mulher deu umas batidas, abriu-se uma porta, encontramo-nos para entrar só eu e ela, se bem que nos sentíssemos acompanhados pelos olhares daquelas mulherzinhas às janelas ou nos galinheiros, ou que passavam ali fora varrendo, e parecia que continuavam a nos incitar mas com voz baixíssima, e sem na verdade se exporem.

O homem da formiga estava no meio de seu depósito, um barraco com mais de metade destruída; a uma de suas paredes de madeira remanescente estava preso um cartaz amarelado com letras enormes: CENTRO PARA A LUTA CONTRA A FORMIGA-ARGENTINA, e em volta havia pilhas daqueles pratinhos para pôr o melado, e caixotes e frascos de todo o gênero, tudo numa espécie de lixeira, cheia de papéis com espinhas de peixe e outros restos, de tal modo que logo vinha a ideia de que aquilo era a grande fonte de todas as formigas da região. O senhor Baudino estava diante de nós com um irritante meio sorriso interrogativo que mostrava os rombos de sua dentadura.

— O senhor! — agrediu-o minha mulher recobrando-se depois de um instante de hesitação —, o senhor devia ficar com vergonha! Pois vem na casa da gente e suja por todo lado e a formiga no ouvido do menino foi o senhor que fez entrar com seu melado.

Tinha avançado com as mãos sob o rosto dele, e o senhor Baudino sem desmanchar aquele sorriso gasto fazia movimentos de animal selvagem para manter aberto um caminho de saída, e enquanto isso erguia os ombros e dava olhadas e piscadelas em torno — virado para mim, pois não havia mais ninguém à vista — como que para dizer: "É maluca", mas sua voz só proferia desmentidos genéricos e moles como:

— Não... não... Que é isso.

— Pois todos dizem que é o senhor que dá fortificante para as formigas em vez de envená-las! — gritava minha mulher, e ele escapuliu pela portinha para aquela estrada-pátio, e minha mulher vinha atrás injuriando-o.

Agora o dar de ombros e as piscadinhas de olho do senhor Baudino se voltavam para as mulheres dos casebres em torno, e me parecia que elas estavam fazendo uma espécie de impalpável jogo duplo, aceitando serem tomadas como testemunhas por parte dele de que minha mulher estava dizendo besteiras, e quando ao contrário era minha mulher que recebia o olhar delas, incitando-a com pequenos sinais assanhados de cabeça e movimentos das vassouras para ir em cima do homem da formiga. Eu não intervinha, e o que poderia fazer? Por certo não invectivar eu também aquele homenzinho fujão e pôr as mãos em cima dele, já que a ira de minha mulher estava suficientemente acesa contra ele; e tampouco me parecia o caso de moderá-la, porque não queria tomar a defesa de Baudino. Até que minha mulher num acesso de ira renovado, gritando: "O senhor fez mal ao meu menino!", agarrou-o pela gola, sacudindo-o dentro da roupa. Eu estava a ponto de me atirar para separá-los, mas ele não tocou nela, girou sobre si mesmo com movimentos cada vez mais formiguescos, até que conseguiu escapar dela, afastou-se um pouco com alguns passos desajeitados de corrida e depois se recompôs e foi-se embora, sempre sacudindo os ombros e murmurando frases como: "Mas que ideia... Mas o que é que...", e fazendo o gesto para dizer: "É maluca", sempre voltado para o público dos casebres. Público do qual, no momento em que minha mulher se lançara sobre ele, erguera-se um burburinho forte mas indistinto, que se calara mal o homem se livrara e agora se recompunha em frases que lhe eram lançadas por trás, frases não tanto de protesto e de ameaça quanto de lamentação e quase de pedido de piedade, mas gritadas como se fossem orgulhosas proclamações: "A nós as formigas nos comem vivoooos... Formigas na cama, formigas no prato, todo dia, toda noiteeee... Já temos pouco para comer e temos que matar também a fome delaaas...".

Eu pegara minha mulher pelo braço, e ela ainda se sacudia de vez em quando e gritava: "Mas isso não vai terminar assim! Nós sabemos quem é que nos engana! Sabemos a quem é que temos que agradecer!", e outras frases de ameaça que ficavam sem eco, porque à nossa passagem as janelas e as portas dos casebres se fechavam de novo, e os moradores retomavam sua vida miserável junto com as formigas.

Assim foi um triste retorno, e era previsível. Mas a mim desagradava principalmente ter visto como aquelas mulherzinhas se comportaram. E me deu um tal asco de quem sai por aí a se lamentar por causa das formigas que eu não o faria mais na minha vida, e me dava vontade de me trancar num orgulho atormentado como aquele da senhora Mauro, mas ela era rica e nós pobres, e eu não encontrava o caminho, a maneira para continuar a viver nessa terra, e tinha a impressão de que nenhum daqueles que conhecia e que, entretanto, até pouco tempo antes me pareceram tão superiores o tivesse encontrado ou estivesse no rumo para encontrá-lo.

Estávamos diante de casa: o menino chupava seu brinquedo, minha mulher se pusera numa cadeira, eu olhava o campo infestado, as sebes, e para além uma nuvem de pó insetífugo subir o jardim do senhor Reginaudo, e à direita a sombra silenciosa do jardim do capitão, com o gotejar contínuo das vítimas. Esta era minha nova terra. Peguei menino e mulher e disse:

— Vamos dar uma volta, vamos até o mar.

Era tardinha. Passávamos por caminhos e ruas em escada. O sol batia num ângulo da cidade velha, de pedra cinzenta e porosa, com batentes de cal nas janelas e telhados verdes de relva. Da parte de dentro a cidade se abria em leque, ondulava-se em vertentes de colinas, e de uma até outra o espaço estava cheio de ar límpido, a essa hora cor de cobre. Nosso filho se virava atônito para ver cada coisa, e a nós cabia participar de seu espanto, e era um modo para tornarmos a nos aproximar do

167

suave sabor que a vida tem por momentos e nos endurecermos para o passar dos dias.

Encontramos mulheres idosas que carregavam grandes cestas equilibradas na cabeça pousadas em cima de uma rodilha — caminhavam imóveis, com o torso parado sobre os rins, os olhos baixos; e de um jardim de freiras um grupo de jovens costureiras correu até uma cerca para ver um sapo num poço e disseram: "Oh, que agonia!"; e por trás de um portão, debaixo de uma glicínia, mocinhas vestidas de branco faziam um cego brincar com uma bola de praia; e um rapaz meio nu e barbudo, os cabelos até os ombros, colhia figos-da-índia com um bambu aberto em garfo de uma velha figueira eriçada de espinhos longos e alvos; e os meninos de uma casa rica, tristes e com grandes óculos, faziam bolhas de sabão à janela; e era a hora em que os velhos do asilo deviam se recolher, e subiam por aquelas escadas um atrás do outro com o cajado, de palheta na cabeça, falando cada um para si mesmo; e então dos dois operários do telefone aquele que estava segurando a escada disse àquele contra a luz em cima dos fios: "Desce, está na hora, amanhã a gente acaba".

Assim chegamos ao porto, e ali estava o mar. Havia uma fileira de palmeiras, e bancos de pedra: eu e minha mulher nos sentamos, e o menino estava sossegado. Minha mulher disse:

— Aqui não tem formigas.

Eu disse:

— E está fresquinho: está bom.

O mar ia para cima e para baixo de encontro às pedras do molhe, movendo aqueles barcos chamados traineiras, e homens de pele escura os enchiam de redes rubras e cestos para a pesca noturna. A água estava calma, quase só com uma contínua troca de cores, azul e negro, cada vez mais escuro à medida que ficava mais longe. Eu pensava nas distâncias da água assim, nos infinitos grãozinhos de areia fina lá embaixo, no fundo, onde a corrente pousa cascas brancas de conchas polidas pelas ondas.

A NUVEM DE SMOG

Era um período em que não me importava coisa alguma, nada, quando vim me estabelecer nesta cidade. Estabelecer não é a palavra certa. De estabilidade eu não tinha nenhum desejo; queria que em volta de mim tudo ficasse fluido, provisório, e só assim tinha a impressão de salvar minha estabilidade interna, a qual, no entanto, eu não saberia explicar em que consistia. Por isso, quando, mediante uma sucessão de recomendações, ofereceram-me um lugar de redator no periódico *A Purificação*, vim aqui procurar alojamento.

Para alguém que acaba de desembarcar do trem, é assim, a cidade toda é uma estação: roda-se roda-se e mais uma vez se está em ruas cada vez mais sórdidas, entre garagens, escritórios de despachantes, cafés com balcão de zinco, caminhões que disparam jatos fedorentos na cara da gente, e o tempo todo se muda a mala de mão, as mãos ficam inchadas, sujas, a roupa grudada no corpo, o nervoso, e tudo o que se vê é nervoso, estilhaçado. Justamente numa dessas ruas encontrei o quarto mobiliado que combinava comigo; nos batentes da porta havia duas pencas de cartazes, pedaços de caixa de sapatos pendurados por barbantes, com os anúncios dos quartos para alugar escritos em letras toscas e os selos num canto. Eu, que volta e meia parava para mudar a mala de mão, vi os anúncios e entrei. Em cada escada, a cada andar daquele prédio havia gente alugando quartos; toquei no primeiro andar da escada c.

Era um quarto qualquer, um pouco escuro porque dava para o pátio por uma porta-janela, e por aí se entrava, por um passadiço com um parapeito enferrujado, assim ficava independente do resto da moradia, mas antes se devia passar por uma série de portõezinhos fechados a chave; a dona, a senhorita Margariti, era surda, e com toda a razão receava os ladrões. Não havia banheiro; a privada ficava no passadiço, numa casinhola de madeira; no quarto havia uma pia com água corrente, sem instalação de água quente. Mas, afinal, o que é que eu estava procurando? O aluguel me convinha, aliás, era o único possível, porque mais eu não podia gastar e não teria encontrado por menos; e além disso tinha que ser tudo provisório, e eu queria que isso ficasse claro até para mim mesmo.

— Está bom, está bom, fico aqui — disse eu à senhorita Margariti, que pensando que eu perguntara se ali era frio me mostrara a estufa.

Agora eu já vira tudo e queria deixar as bagagens e sair. Mas primeiro cheguei perto da pia e pus as mãos embaixo da torneira; desde que chegara estava com vontade de lavá-las, mas só dei uma enxaguada porque era chato abrir a mala para procurar o sabonete.

— Oh, por que não me disse? Já, já lhe trago a toalha! — disse a senhorita Margariti; correu para fora e voltou com uma toalhinha passada que colocou no espaldar da cadeira.

Joguei também um pouco de água no rosto, para me refrescar; sentia-me desagradavelmente pouco limpo; depois me esfreguei com a toalha. Com aquele gesto a senhoria finalmente entendeu que eu pretendia alugar o quarto.

— Ah, vai ficar aqui! Vai ficar! Bom, com certeza quer trocar de roupa, desfazer a mala, fique à vontade, o cabide está aqui, me dê o casaco!

Não deixei que me retirasse o sobretudo; queria sair logo. Só me preocupei em lhe dizer que precisava de uma estante: ia chegar um caixote de livros, aquele pouco de biblioteca que conseguira manter reunido em minha vida desorganizada. Custei a fazer a surda me ouvir; no fim me levou para fora dali, até seus cômodos, diante de um pequeno aparador onde estavam suas cestinhas de trabalho, caixas de carretéis, coisas para consertar e modelos de bordado; disse que o esvaziaria e transportaria para meu quarto. Saí.

O periódico *A Purificação* era o órgão de uma empresa pú-

170

blica, e eu precisava me apresentar lá para definir o que deveria fazer. Trabalho novo, cidade diferente, fosse eu mais jovem ou esperasse mais da vida, teriam me dado ímpeto e satisfação; agora não, eu só conseguia ver o cinzento, o miserável que me cercava, e me enfiar nele, não tanto como se estivesse resignado, mas até como se gostasse daquilo, porque daí tirava a confirmação de que a vida não podia ser diferente. Mesmo as ruas que tinha que percorrer, eu as escolhia assim, as mais secundárias e estreitas e anônimas, embora para mim fosse fácil passar por aquelas com vitrines elegantes e belos cafés; mas não gostava de perder a expressão dos rostos cansados dos passantes, o ar espremido dos restaurantes baratos, o bafio das lojinhas apertadas, e até certos ruídos próprios das ruas estreitas: os bondes, as freadas das caminhonetes, o crepitar dos soldadores nas pequenas oficinas dos pátios: tudo porque aqueles desgastes e silvos externos não me deixavam dar excessiva importância aos desgastes e silvos que eu levava por dentro.

Entretanto, para chegar àquele endereço, tive em certo ponto que entrar numa zona completamente diferente, senhorial, verdejante, antiga, pouco frequentada por veículos nas ruas secundárias, bastante espaçosa nas grandes avenidas e alamedas laterais para que nelas o tráfego corresse sem congestionamento nem barulho. Era outono; algumas árvores estavam douradas. A calçada não acompanhava mais muros de casas mas grades, e dali eram sebes, canteiros, aleias de saibro que circundavam construções entre o prédio e o palacete, de arquiteturas ornamentadas. Eu reparava também que me sentia estrangeiro de outra maneira, porque não encontrava mais coisas nas quais conseguisse me reconhecer como antes, ou decifrar o futuro. (Não que eu acredite nos sinais, mas para quem é nervoso, em lugares novos, cada coisa que vê é sempre um sinal.)

Estava um pouco desorientado, então, quando entrei no escritório daquela empresa, diferente de como o imaginara, pois eram salões de um palacete aristocrático, com grandes espelhos e consoles e chaminés de mármore e tapeçarias e tapetes (mas o mobiliário de trabalho, no entanto, era equipamento normal de

171

escritório século xx, e a iluminação era do tipo mais moderno, de tubos). Em suma, agora estava envergonhado de ter alugado aquele quarto tão feio e escuro; ainda mais quando fui introduzido no gabinete do presidente, o engenheiro Cordà, que logo me recebeu com uma expansividade exagerada, tratando-me de igual para igual, não apenas em termos de prestígio social e hierárquico — o que já era uma situação difícil de sustentar —, mas principalmente igual a ele em competência e interesse pelos problemas de que a empresa e o jornal *A Purificação* tratavam. Eu que, para ser franco, achava que tudo aquilo fosse uma história criada só por criar, para se falar piscando o olho, e havia aceitado aquele trabalho como um trabalho qualquer, agora tinha que bancar aquele que nunca pensou em outra coisa na vida.

O engenheiro Cordà era um homem por volta dos cinquenta com ar jovial e bigodes pretos, ou seja, era um daquela geração que apesar de tudo permaneceu com ar jovial e bigodes pretos, tipos com os quais nunca tive nada em comum. Tudo nele, discursos, aspecto exterior — vestia-se de cinza, impecável, camisa de alvura perfeita —, gestos — movia uma das mãos com o cigarro entre os dedos —, transpirava eficiência, facilidade, otimismo, desenvoltura. Mostrou-me os números de *A Purificação* publicados até aquele momento, preparados por ele (que era o diretor do jornal) e pelo diretor de imprensa da empresa, o doutor Avandero (apresentou-me; um desses sujeitos que falam como se fosse escrito a máquina). Eram poucos números, bem magros, e se via que não eram feitos por gente da profissão. Pelo pouco que eu entendia de como se faz um jornal, encontrei maneira de dizer a ele — sem criticar, é claro — como eu o faria, as modificações técnicas que traria. Ocorrera-me usar também aquele mesmo tom de praticidade, de segurança dos próprios resultados; e notei com satisfação que estávamos nos entendendo. Com satisfação: porque quanto mais eu bancava o eficiente e o otimista mais pensava naquele miserável quarto alugado, naquelas ruas sórdidas, naquela sensação de enferrujado e pegajoso que carregava comigo, no meu não me importar com coisa alguma, e tinha a impressão de estar fazen-

172

do um jogo de prestígio, de estar transformando num monte de migalhas nas barbas do engenheiro Cordà e do doutor Avandero toda a eficiência técnico-industrial deles, e eles não se davam conta, e Cordà concordava todo entusiasmado.

— Muito bem, então é só isso, o senhor, amanhã, estamos entendidos, e, enquanto isso — dizia-me Cordà —, para que se ponha em dia... — E queria me dar para ler as atas do último congresso deles. — Está aqui. — Conduziu-me para a frente de uma estante onde estavam arrumadas em várias pilhas as cópias mimeografadas dos relatórios. — Está vendo? Pegue esta, e mais esta, e esta aqui, já tem? Pronto, conte se estão todas aí. — E assim dizendo pegava na mão as folhas.

Foi então que vi soltar-se delas uma pequena nuvem de pó, e na superfície que fora roçada se desenhar a marca dos dedos. Agora o engenheiro, levantando as folhas, procurava dar uma batidinha nelas, mas só de leve, como se não quisesse admitir que estivessem empoeiradas, e soprava em cima com a beiradinha dos lábios. Prestava atenção para não pôr os dedos na primeira página de cada relatório, mas era só roçar nela com uma ponta de unha para que uma cobrinha branca ficasse traçada naquilo que então aparecia como um fundo cinzento, recoberto como estava de um finíssimo véu de poeira. Mas seus dedos ficavam sujos do mesmo jeito, é claro, e tentava limpá-los dobrando-os contra a palma e movendo as pontas, obtendo como resultado a mão cheia de poeira. Então instintivamente baixava as mãos para as laterais das calças de flanela cinza, mas se continha a tempo e as levantava de novo, e assim estávamos os dois, mexendo as pontas dos dedos no ar e passando aqueles relatórios um para o outro, pegando neles só pela margem, de leve, como se fossem folhas de urtiga, e enquanto isso continuávamos a sorrir, a sorrir, a concordar, deleitados, a dizer: "Oh, sim, um congresso interessante! Oh, sim, uma boa atividade!", mas eu percebia que o engenheiro ia se sentindo cada vez mais nervoso e inseguro, e não conseguia sustentar meu olhar triunfante, meu olhar triunfante e desesperado, porque tudo confirmava ser realmente como eu pensava.

173

* * *

Eu demorava a pegar no sono. O quarto, aparentemente sossegado, à noite era atingido por sons que pouco a pouco aprendi a decifrar. A intervalos se ouvia subir uma voz deformada por um alto-falante, que dava avisos curtos e incompreensíveis; se eu estivesse adormecido acordava pensando estar no trem, pois o timbre e a cadência eram aqueles dos alto-falantes das estações, tal como emergem durante a noite no cochilo do viajante. Depois de acostumar o ouvido, consegui pegar as palavras. "Dois raviólis ao sugo...", diziam. "Um bife grelhado. Uma costeleta..." O quarto ficava em cima da cozinha da cervejaria Urbano Rattazzi, que servia refeições até depois de meia-noite: do balcão os garçons passavam aos cozinheiros os pedidos, escandindo-os num microfone interno. Um confuso vozerio subia frequentemente da cervejaria e às vezes o coro entoado por algum grupo. Mas era um local bom, um pouco caro, frequentado por um público não vulgar: eram raras as noites em que algum bêbado ficava agitado e derrubava as mesas cheias de copos. Estando na cama, os ruídos da vigília dos outros me chegavam arrefecidos, sem brilho nem cor como através de uma névoa; a voz no alto-falante: "Uma porção de batata frita... Esses raviólis estão saindo ou não?", era de uma tristeza nasal e resignada.

Por volta das duas e meia a cervejaria Urbano Rattazzi baixava as portas metálicas; os garçons, com a gola do sobretudo levantada por cima da jaqueta tirolesa do uniforme, saíam da porta da cozinha e atravessavam o pátio tagarelando. Por volta das três um estrondo de ferros invadia o pátio: os ajudantes arrastavam para fora os pesados barris de cerveja vazios inclinando-os na beirada e fazendo-os rolar e batendo com eles; depois se punham a enxaguá-los. Aqueles ajudantes faziam as coisas devagar, certamente eram pagos por hora, e trabalhavam descuidadamente, assobiando e com grande estrépito daquelas pipas de zinco, por umas duas horas. Por volta das seis vinha o caminhão da cerveja para trazer os barris cheios e retirar os vazios; mas já no salão da Urbano Rattazzi começavam os ruídos das faxineiras que limpavam o chão para o dia que recomeçava.

Nos momentos de silêncio, em plena noite, de lá, dos cômodos da senhorita Margariti, explodia no escuro um falar todo seguidinho, um misto de risadinhas, de perguntas e respostas, todas de uma única voz feminina em falsete; a surda não conseguia distinguir o ato de pensar daquele de dizer em voz alta e a toda hora do dia ou até despertando no meio da noite, cada vez que se inflamava num pensamento, numa recordação, num remorso, punha-se a falar sozinha, modulando as frases de diálogos entre diversos interlocutores. Por sorte esses solilóquios, com toda essa comoção, eram incompreensíveis; mas mesmo assim comunicavam o constrangimento de se ficar conhecendo intimidades indiscretas.

Durante o dia, quando entrava na cozinha para lhe pedir um pouco de água quente para a barba (se batesse não ouvia e tinha que entrar no raio de seu olhar para que reparasse na minha presença), acontecia-me surpreendê-la falando ao espelho com sorrisos e caretas, ou sentada numa cadeira com o olhar no vazio, contando alguma história para si mesma; então se recompunha de repente e dizia: "Hum! Estava falando com o gato", ou então: "Desculpe, não o tinha visto: estava rezando" (era muito devota), mas o mais das vezes não se dava conta de ter sido ouvida.

Que muitos de seus discursos se destinassem ao gato, era verdade. Conseguia fazer para ele discursos de horas, e certas noites eu a ouvia continuar a fazer "chanin... chanin... bichaninho bichano bichano" à janela, esperando que ele voltasse de seus passeios por varandas, telhados e terraços. Era um gato magrelo e arisco, com um pelo meio preto que a cada vez que voltava para casa estava cinzento, como se absorvesse toda a poeira e a fuligem do bairro. De mim fugia mal me via ao longe e se escondia embaixo de algum móvel, como se eu o tivesse no mínimo espancado, embora nem sequer prestasse atenção nele. Mas ele devia entrar no meu quarto quando eu não estava: a camisa branca lavada que a senhoria colocava em cima do már-

175

more da cômoda, eu a encontrava sempre com as marcas fuliginosas de suas patas no colarinho e no peito. Punha-me a gritar imprecações, mas logo cessava porque a surda não me ouviria, e eu ia até ela para lhe pôr o desastre embaixo da vista. Ficava aflita, procurava pelo gato para castigá-lo; mas explicava que por certo quando ela entrara em meu quarto para levar a camisa o gato a seguira sem que ela reparasse; assim o fechara lá dentro, e o bicho havia desabafado sua irritação de não poder sair saltando para cima da cômoda.

Eu só tinha três camisas e precisava estar sempre mandando lavá-las porque — não sei se era pela vida ainda mal organizada que levava, o escritório para arrumar — na metade do dia já estavam sujas. Assim me acontecia com frequência ir ao escritório com as pegadas do gato no colarinho.

Às vezes encontrava as pegadas também no travesseiro. Ele devia ter ficado trancado depois de seguir a senhorita Margariti, que à noite vinha "fazer a dobra da coberta" na minha cama.

Não era de espantar que o gato andasse tão sujo: bastava pousar uma das mãos no parapeito do passadiço para retirá-la rajada de preto. Cada vez que eu voltava para casa, ao manobrar as chaves em torno de quatro fechaduras ou cadeados e, depois, enfiar os dedos entre as barras da persiana para abrir e fechar de novo a porta-janela, sujava as mãos de tal modo que quando entrava tinha que mantê-las erguidas para não deixar marcas e ir direto para a pia.

Com as mãos lavadas e enxutas logo me sentia melhor, como se houvesse recobrado o uso delas, e me punha a tocar e a mudar de lugar aqueles poucos objetos que havia em torno. A senhorita Margariti, devo dizer, mantinha o quarto bastante limpo; tirar a poeira, ela tirava todos os dias; mas às vezes, quando eu punha as mãos em certos pontos onde ela não alcançava (era de estatura muito baixa, e curta de braços), retirava-as todas aveludadas de poeira e tinha que voltar logo a lavá-las.

O problema mais grave eram os livros: eu os pusera em ordem naquele aparador, e eles eram a única coisa que me dava a impressão de que aquela era a minha casa; o escritório me deixava tempo livre, e teria passado de bom grado algumas horas no quarto lendo. Mas os livros, sabe-se bem quanta poeira absorvem; escolhia um na prateleira, porém antes de abri-lo tinha que esfregá-lo com um pano em toda a volta, na lombada, e depois sacudi-lo de verdade: saía uma poeirada. Então lavava de novo as mãos e em seguida me jogava na cama para ler. Mas ao folhear o livro, não adiantava, sentia nas pontas dos dedos aquele véu que ia ficando cada vez mais macio e espesso e estragava meu prazer da leitura. Levantava, voltava à pia, dava mais uma enxaguada nas mãos, mas então me sentia empoeirado também na camisa, nas roupas. Queria recomeçar a ler, mas agora estava com as mãos limpas e me desagradava emporcalhá--las de novo. Assim resolvia sair.

Naturalmente, todas as operações da saída — a persiana, o parapeito, as fechaduras — deixavam-me as mãos pior que antes, mas agora tinha que ficar com elas assim até chegar ao escritório. No escritório, mal chegava, corria para o toalete para me lavar; a toalha do escritório, porém, estava toda preta de marcas; fazia menção de me enxugar e já me emporcalhava de novo.

Os primeiros dias de trabalho na empresa passei a pôr em ordem minha escrivaninha. A mesa que me fora destinada estava cheia de coisas: papéis, correspondência, pastas, jornais velhos; em resumo, fora até então uma espécie de mesa de despejo onde eram postas as coisas que não tinham um lugar preciso. Meu primeiro impulso fora fazer uma limpeza: mas depois vira que havia material necessário para o jornal e outras coisas que com certeza tinham algum interesse e que me prometi examinar com mais calma. Em resumo, acabei não tirando nada da mesa, ao contrário, acrescentei muita coisa, mas não em desordem — tentava, aliás, manter tudo arrumado. Claro que os papéis que havia lá antes estavam muito empoeirados e transmitiam sua poeira também aos papéis novos. Depois eu, muito ciumento de minha organização, dera ordem às mulheres da limpeza para que não mexessem em nada, e o que acontecia era que um pouco de poeira se depositava de um dia para o outro nos papéis, principalmente no material de escritório, papel de carta, envelopes sobrescritos etc., os quais no fim de poucos dias ficavam com um aspecto velho e sujo, e era desagradável tocar neles.

As gavetas, também, a mesma história! Dentro havia camadas de papelório poeirento de décadas anteriores, que testemunhavam da longa carreira daquela escrivaninha em diversos escritórios públicos e privados. Qualquer coisa que eu fizesse naquela mesa, depois de poucos minutos sentia necessidade de ir lavar as mãos.

Meu colega, o doutor Avandero, no entanto, tinha as mãos — mãozinhas delgadas mas dotadas de certa dureza nervosa — sempre limpas, bem tratadas, com as unhas lustrosas, polidas e uniformemente pontudas.

— Desculpe-me, mas — tentei lhe perguntar — não acha que, depois de um tempo, ficando aqui, as mãos, não é?, viu como ficam sujas?

— Provavelmente, doutor — respondeu Avandero com seu ar sempre contrito —, o senhor deve ter tocado algum objeto ou papel não totalmente livre de poeira. Se me permite um conselho, é sempre bom deixar a escrivaninha completamente desatravancada. — Com efeito, a mesa de Avandero estava desatravancada, limpa, luzidia, havia apenas o processo que ele estava despachando naquele momento e a esferográfica que tinha na mão. — É um costume — acrescentou ele — que o presidente aprecia muito.

Com efeito, o engenheiro Cordà o dissera a mim também: o dirigente que mantém sua mesa completamente vazia é aquele que nunca deixa os processos se acumularem, que logo encaminha cada problema para a solução. Mas Cordà nunca estava no escritório, e quanto estava ficava quinze minutos, mandava trazer grandes folhas de gráficos e estatísticas, dava rápidas e genéricas ordens a seus subordinados, distribuía as várias incumbências entre uns e outros sem se preocupar com o grau de dificuldade de cada uma, ditava rapidamente algumas cartas à estenógrafa, assinava a correspondência do dia, e ia embora.

178

Avandero não, Avandero estava no escritório de manhã e à tarde, tinha jeito de trabalhar muitíssimo e de dar muitíssimo trabalho às estenógrafas e às datilógrafas, mas conseguia nunca ter um pedaço de papel em cima da escrivaninha por mais de dez minutos. Essa história não me descia direito; comecei a vigiá-lo e reparei que os papéis, se na sua mesa paravam pouquíssimo, iam logo depois parar em algum outro lugar. Uma vez o surpreendi quando, não sabendo o que fazer de algumas cartas que tinha na mão, aproximava-se de minha mesa (eu havia ido um momento lavar as mãos) e as punha lá, escondendo-as embaixo de uma pasta. E em seguida, rapidamente, puxava o lenço do bolso, tirava a poeira dos dedos e ia se sentar em seu lugar, onde a caneta estava colocada paralela à margem de uma folha de papel imaculada.

Eu podia entrar de repente e então faria ele triste figura. Mas a mim bastava ter visto, bastava saber que as coisas eram assim.

Como eu entrava em meu quarto pelo passadiço, o resto do apartamento da senhorita Margariti permanecia para mim terra inexplorada. A senhorita morava sozinha, alugando dois quartos do lado do pátio, o meu e outro vizinho, de cujo inquilino eu só conhecia o passo pesado tarde da noite e de manhã cedo (era um suboficial de polícia, fiquei sabendo, e nunca era visto durante o dia). O resto do apartamento, que devia ser bastante amplo, era todo para ela.

Algumas vezes me aconteceu ter de procurá-la porque a chamavam ao telefone: ela não ouvia a campainha, e eu acabava indo atender; com o fone no ouvido, entretanto, ouvia bastante; e os longos telefonemas com amigas da congregação da paróquia eram sua distração. "Telefone! Senhorita Margariti! Estão chamando no telefone!", gritava eu inutilmente pelo apartamento e batia ainda mais inutilmente nas portas. Nessas voltas me dei conta da existência de uma série de salas de estar, salas de visita, de jantar, todas atravancadas com um mobiliário um

179

tanto velho e pretensioso, com abajures e bibelôs e quadrinhos e estatuetas e calendários, e eram salas todas arrumadas, limpas, enceradas, com alvas rendinhas nas poltronas, sem nem um grãozinho de poeira.

No fundo de uma dessas salas eu finalmente descobria a senhorita Margariti, absorta a lustrar o soalho ou a esfregar os móveis, usando um roupão desbotado e um lenço na cabeça. Eu indicava o telefone, com gestos violentos; a surda corria para lá e começava uma de suas intermináveis tagarelices, com inflexões não diferentes de quando conversava com o gato.

Eu voltava para meu quarto, e ao ver a base da pia ou o globo de luz com um dedo de poeira me dava uma bruta raiva: aquela mulher passava o dia a manter reluzentes como espelhos as suas salas e no meu canto não era capaz nem de passar um pano. Saía de lá decidido a lhe armar uma cena, com gestos e caretas; e a encontrava na cozinha, e essa cozinha era ainda mais maltratada que o meu quarto: o encerado da mesa gasto e manchado, xícaras sujas em cima do aparador, os ladrilhos desconjuntados e enegrecidos. E eu ficava sem voz, porque entendia que a cozinha era o único lugar da casa inteira onde aquela mulher realmente vivia, e o resto, as salas enfeitadas e continuamente varridas e enceradas eram uma espécie de obra de arte na qual ela derramava todos os seus sonhos de beleza, e para cultivar a perfeição daquelas salas se condenava a não viver nelas, a nunca entrar nelas como dona da casa mas só como faxineira, e a passar o resto do dia no meio da gordura e da poeira.

A Purificação era quinzenal e tinha como subtítulo *Por um Ar sem Fumaça, sem Exalações Químicas e sem Produtos de Combustão*. Era o órgão da EPAUCI, Empresa para a Purificação da Atmosfera Urbana dos Centros Industriais. A EPAUCI era vinculada a associações do mesmo tipo de outros países, que enviavam seus boletins e seus opúsculos. Frequentemente havia congressos internacionais, sobretudo em torno do grave problema do smog.

Eu nunca havia tratado de questões desse gênero, mas sabia que fazer um jornal especializado num assunto não é tão difícil como parece. Basta acompanhar as revistas estrangeiras, traduzir alguns artigos, com isso e mais uma assinatura de uma agência de recortes de notícias o material é rapidamente reunido; depois há aqueles dois ou três colaboradores técnicos que nunca deixam de mandar seu artiguinho, a empresa, por seu lado, por pouco que funcione, sempre tem algum comunicado ou alguma ordem do dia para ser composta em negrito; e há o anunciante que pede que seja publicada como artigo a descrição de alguma nova patente sua. E então, quando há um congresso, pode-se dedicar a isso pelo menos um número inteiro, de cima a baixo, e ainda aparece certo volume de relatórios e resenhas que se pode continuar a ir liquidando nos números seguintes, quando há três ou quatro colunas que não se sabe como preencher.

O artigo de fundo cabia de regra ao presidente. Mas o engenheiro Cordà, sempre muito ocupado (era conselheiro delegado de uma série de indústrias, e só podia consagrar à empresa o resto do tempo), começou a me encarregar de escrevê-lo, a partir de conceitos que me demonstrou com energia e clareza. Eu lhe submeteria minha realização na sua volta. Viajava muito, Cordà, porque seus estabelecimentos estavam espalhados mais ou menos por toda a parte no país; mas, entre tantas atividades, a presidência da EPAUCI, puramente honorária, era aquela, disse-me, que lhe dava mais satisfação, "porque", explicou, "é uma batalha por motivos ideais".

Já eu, motivos ideais, não os tinha nem queria tê-los; só queria fazer um artigo que agradasse ao engenheiro, para manter aquele lugar, nem melhor nem pior que outro, e continuar naquela vida, nem melhor nem pior que todas as outras vidas possíveis. As teses de Cordà eu conhecia ("Se todos seguissem nosso exemplo, já haveria pureza atmosférica...") e suas fórmulas preferidas ("Nós não somos utópicos, que isso fique bem claro, somos pessoas práticas as quais...") e eu escreveria como ele queria, palavra por palavra. E que mais tinha eu que escrever? O que pensava por conta própria? Sairia um belo artigo, garanto! Uma bela visão otimista de um mundo funcional e produtivo! Mas era só eu virar ao contrário meu estado de espírito (coisa que não era difícil para mim porque era como um encarniçar-me contra mim mesmo) para conseguir o ímpeto necessário para um artigo de fundo inspirado pelo presidente.

"Estamos agora no limiar da solução dos problemas das escórias voláteis", escrevia eu, "solução que tanto mais apressará sua segura efetivação", e eu já estava vendo a cara deleitada do engenheiro, "quanto mais ao impulso sempre operoso dado à Técnica da Iniciativa Privada virá se somar a esclarecida compreensão", o engenheiro neste ponto levantaria uma das mãos, para sublinhar meu escrito, "dos órgãos do Estado, já tão ativos..."

Li alto esse trecho para o doutor Avandero. Com as pequenas mãos bem cuidadas em cima de uma folha branca no centro da escrivaninha, Avandero me olhava com a costumeira cortesia inexpressiva.

— Então, não gosta? — perguntei-lhe.

— Pelo contrário, pelo contrário... — apressou-se ele em dizer.

— Escute o final: "Contra as mais catastróficas profecias sobre a civilização industrial, nós reafirmamos que não haverá (nem, aliás, com efeito nunca houve) contradição entre uma economia em livre expansão natural e a higiene necessária ao organismo humano" — de vez em quando eu olhava para Avandero, mas ele não erguia os olhos da folha branca — "entre a fumaça de nossas operosas chaminés e o azul e o verde de nossas incomparáveis belezas naturais...". Então, o que me diz?

Avandero ficou olhando um pouco para mim com seus olhos sem cor e com os lábios comprimidos.

— Sim, realmente seu artigo exprime muito bem, digamos assim, a substância última do fim que nossa empresa se propõe, é verdade, com todas as suas forças a alcançar...

— Hum... — rosnei. Devo confessar que de um tipo cerimonioso como meu colega esperava uma aprovação menos tortuosa.

Apresentei o artigo ao engenheiro Cordà, à sua chegada, dois dias depois. Leu-o com atenção, na minha frente. Acabou de ler, pôs as folhas em ordem, parecia estar recomeçando a ler desde o início, porém disse:

— Bom. — Ficou pensando um pouco, depois repetiu: — Bom. — Outra pausa e depois: — O senhor é moço. — Previu uma objeção que eu não pretendia fazer: — Não, não é uma crítica, deixe-me dizer. O senhor é moço, tem confiança, vê longe. Porém, deixe-me dizer, a situação é séria, sim, mais séria do que seu artigo dá a entender. Vamos falar de homem para homem: o perigo da poluição do ar das grandes cidades é forte, temos as análises, a situação é grave. Justamente porque é grave, estamos nós aqui para resolvê-la. Se não a resolvermos, nossas cidades também serão sufocadas pelo smog. — Levantara-se e começara a andar para a frente e para trás. — Não devemos esconder de nós mesmos as dificuldades. Não somos como outros, que justamente deveriam se preocupar mais com o ambiente, e que ao contrário dele fazem pouco caso. Ou pior: atrapalham a nós também. — Plantou-se na minha frente, abaixou a voz: — Como o senhor é moço, talvez ache que todos concordam conosco. Mas não. Somos poucos. Atacados por um lado e pelo outro. Sim senhor. Por um lado e pelo outro. Porém, não desistimos. Falamos em voz alta. Agimos. Resolvemos os problemas. Isso é o que eu gostaria de sentir mais em seu artigo, entendeu?

Eu entendera perfeitamente. A sanha em fingir opiniões contrárias às minhas me levara longe demais, mas agora eu saberia graduar o artigo com perfeição. Tinha que reapresentá-lo ao engenheiro três dias depois. Reescrevi-o de cima a baixo. Em dois terços tracei um quadro tétrico das cidades da Europa devoradas pelo smog, em um terço, ao contrário, contrapus a imagem de uma cidade exemplar, a nossa, linda, rica em oxigênio, onde uma concentração racional das instâncias produtivas não se desassociava... etc.

Para me concentrar melhor, escrevi o artigo em casa, estendido na cama. Um raio de sol que descia de través no poço do pátio entrava pelos vidros, e eu o via atravessar no ar do quarto numa miríade de grãozinhos impalpáveis. A colcha da cama devia estar impregnada daquilo; mais um pouco e tinha a impressão de que estaria recoberto de uma camada enegrecida, como as barras da persiana, como os peitoris da varanda.

Ao doutor Avandero, pareceu-me que agradava a nova redação, quando lhe dei para ler.

— Esse contraste entre a situação de nossa cidade e das outras — disse ele —, que o senhor com certeza colocou de acordo com as intenções do presidente, está realmente bem-feito.

— Não, não, não foi o engenheiro que me disse, foi um achado meu — falei, chateado, pois o colega não me acreditava capaz de nenhuma iniciativa.

Já a reação de Cordã eu não previa. Pousou os papéis datilografados em cima da mesa e sacudiu a cabeça.

— Não estamos nos entendendo, não estamos nos entendendo — disse logo. Começou a me dar cifras sobre a produção industrial desta cidade, sobre as quantidades de carvão, de nafta que se queimavam diariamente, sobre a circulação dos motores a explosão. Depois passou aos dados meteorológicos, e para estes e aqueles fez um rápido confronto com as maiores cidades europeias do Norte. — Nós somos uma grande e nevoenta cidade industrial, entende? Então também há smog aqui, não há menos smog aqui do que em outro lugar. É impossível sustentar, como, no entanto, outras cidades rivais de nosso próprio país tentam fazer, que aqui há menos smog do que na terra deles. Isto o senhor pode escrever bem claro no artigo, *deve* escrever! Somos uma das cidades onde a situação atmosférica é mais grave, mas ao mesmo tempo onde mais se faz para estar à altura da situação! As duas coisas, entende?

Eu entendia, e entendia também que nunca poderíamos nos entender. Aquelas fachadas de casas escurecidas, aqueles vidros opacos, aqueles parapeitos em que não se podia encostar, aqueles rostos humanos quase apagados, aquele lusco-fusco que agora com o avançar do outono ia perdendo seu úmido indício de intempérie e se tornando como que uma qualidade dos objetos, como se cada um e cada coisa tivesse dia a dia menos forma, menos sentido e valor, tudo aquilo que para mim era substância de uma miséria geral, para os homens como ele devia ser sinal de riqueza, supremacia e potência, e ao mesmo tempo de perigo, destruição e tragédia, uma maneira para se sentir investido, ficando ali em suspenso, de uma grandeza heroica.

Refiz o artigo uma terceira vez. Finalmente estava bom. Só no final ("Encontramo-nos, portanto, diante de um problema terrível para o destino da sociedade. Será resolvido?") encontrou alguma coisa para dizer.

— Será que não está dubitativo demais? — perguntou. — Será que não acaba com a confiança?

A coisa mais simples era tirar a interrogação: "Será resolvido". Assim, sem exclamação: uma calma segurança.

— Mas será que não parece pacífico demais? Alguma coisa de banal administração?

Decidiu-se repetir a frase duas vezes. Uma com interrogação e outra sem. "Será resolvido? Será resolvido."

Mas não era um adiamento da solução para um futuro indeterminado? Experimentamos pôr tudo no presente. "Está sendo resolvido? Está sendo resolvido." Mas não soava bem.

Já se sabe o que acontece com um escrito; começa-se por mudar uma vírgula, e é necessário mudar uma palavra, depois a construção de uma frase, e depois vai tudo pelos ares. Discutimos meia hora. Propus colocar pergunta e resposta com tempos diferentes: "Será resolvido? Está sendo resolvido". O presidente ficou entusiasmado, e a partir daquele dia sua confiança em meus dotes nunca esmoreceu.

Uma noite fui despertado pelo telefone. Era a campainha prolongada das chamadas interurbanas. Acendi a luz: eram quase três horas. Já antes de me decidir a levantar, lançar-me pelo corredor, agarrar no escuro o fone, e antes ainda, no primeiro sobressalto no sono, eu já sabia que era Claudia.

Sua voz naquele momento brotava do fone e parecia vir de outro planeta, e eu com meus olhos meio adormecidos tinha uma sensação como que de cintilações, de lampejos, que na verdade eram as modulações de sua voz incontrolável, aquela excitação dramática que ela sempre punha em cada coisa que dizia, e que naquele momento me alcançava até lá, no fundo do sórdido corredor da senhorita Margariti. Percebi que nunca duvidara que Claudia me encontraria, aliás, que não havia esperado outra coisa todo aquele tempo.

Não fazia sequer menção de me perguntar o que fora feito de mim até então, como é que fora parar lá, e tampouco me explicou como me localizara. Tinha um monte de coisas para me dizer, coisas extremamente detalhadas e no entanto sempre vagas, como sempre eram as suas coisas, e que se desenrolavam em ambientes para mim desconhecidos e intransitáveis.

— Estou precisando de você, já, imediatamente. Venha no primeiro trem...

— Sabe, eu aqui tenho um emprego... A empresa...

— Ah, talvez você encontre o comendador... Diga a ele...

— Não dá. Sabe?, eu sou apenas...

— Querido, você vem logo, não é?

Como lhe dizer que estava atendendo de um lugar cheio de poeira, que as barras da persiana eram cobertas de uma crosta negra arenosa, que nos meus colarinhos havia as pegadas de um gato, e que aquele era o único mundo possível para mim, era o único mundo possível no mundo, e o seu, seu mundo, só por uma ilusão de ótica podia me parecer existente? Nem teria me ouvido, estava acostumada demais a ver tudo de cima, e era natural que lhe escapassem as circunstâncias mesquinhas de que se tecia minha vida. Todas as suas relações comigo sobre outros assuntos eram fruto apenas dessa sua distração superior, que jamais lhe permitira notar que eu era um modesto jornalista de província, sem futuro e sem ambição, e ela continuava a me tratar como se eu fizesse parte da alta sociedade de nobres, ricaços e artistas em que sempre andara e na qual, por um acaso como acontece nas praias, eu lhe fora apresentado, um verão.

Dar-se conta disso ela não queria, porque seria reconhecer que se enganara: assim, continuava a me atribuir dotes, autoridades e gostos que eu estava bem longe de ter; mas no fundo quem eu realmente era não passava de uma questão de detalhe, e ela não queria ser desmentida por uma questão de detalhe.

Agora sua voz ia ficando terna, afetuosa: era aquele o momento que eu — embora sem me confessar — esperava, porque só no abandono amoroso tudo o que nos tornava diferentes desaparecia, e voltávamos a ser só nós dois, não importava quem éramos. Tínhamos apenas iniciado uma troca de palavras amorosas, quando às minhas costas se acendeu a luz atrás de uma porta de vidro e se ouviu uma tosse cava. Era a porta do inquilino suboficial de polícia, bem ali, ao lado do telefone. Instantaneamente baixei a voz, retomei a frase interrompida, mas agora que sabia que era ouvido uma reserva natural me fazia atenuar as expressões amorosas, até que me reduzi a um murmúrio de frases neutras e quase incompreensíveis. A luz no quarto contíguo se apagou, mas do outro lado do fio começaram os protestos:

— O que é que está dizendo? Fale mais alto! É só o que tem para me dizer?

— Mas não estou sozinho...

— Como? Com quem você está?

— Não, escute, aqui, sabe como é, vou acordar os inquilinos, é tarde...

Agora estava irritada, não eram explicações que queria, queria uma reação minha, um sinal de ardor de minha parte, algo que queimasse a distância que nos separava. Mas minhas respostas se tornaram cautelosas, queixosas, brandas.

— Não, veja bem, Claudia, não faça isso, garanto, suplico, Claudia, eu... — No quarto do suboficial se acendeu novamente a luz. Meu discurso de amor se transformou num cicio, de lábios comprimidos contra o fone.

No pátio os ajudantes rolavam os barris de cerveja. A senhorita Margariti do escuro de seus cômodos atacou uma falação interrompida por acessos de riso curtos, como se tivesse visitas. O inquilino explodiu numa imprecação meridional. Eu estava descalço nos ladrilhos do corredor e do outro lado do fio a voz apaixonada de Claudia me estendia a mão e eu tentava correr ao encontro dela com meus balbucios, mas toda vez que estávamos a ponto de lançar uma ponte entre nós um momento depois ela caía aos pedaços e o choque das coisas esmigalhava e desmentia uma por uma todas as palavras de amor.

Desde aquela vez, o telefone deu para tocar nas mais diversas horas do dia e da noite, e a voz de Claudia irrompia fulva e pintalgada no corredor tacanho, com o salto ignaro de um leopardo que não sabe que está se lançando numa armadilha, e, como não sabe, com outro salto como veio encontra o buraco para fugir; e não se deu conta de nada. E eu, entre sofrimento e amor e alegria e crueldade, via-a misturar-se àquele cenário de feiura e desolação, ao alto-falante da Urbano Rattazzi que escandia: "Um cappelletti in brodo", aos pratos sujos na pia da senhorita Margariti, e tinha a impressão de que doravante até sua imagem ia ficar marcada com isso. Mas não, ia embora correndo pelo fio intacta, sem reparar em nada, e eu ficava a cada vez sozinho com o vazio de sua ausência.

Às vezes Claudia estava alegre, despreocupada, ria, dizia coisas incoerentes para mexer comigo, e eu até acabava participando de sua alegria, mas então o pátio, a poeira me entristeciam mais porque me viera a tentação de pensar que a vida podia ser diferente. Já outras vezes Claudia estava tomada por uma ansiedade febril, e essa ansiedade então se somava ao aspecto dos lugares onde eu morava, a meu trabalho de redator de *A Purificação*, e não conseguia me livrar dela, vivia à espera de um novo telefonema ainda mais dramático que me acordasse no meio da noite, e quando ao contrário sua voz me chegava inesperadamente diversa, contente ou lânguida, como se nem sequer se lembrasse da angústia da noite anterior, eu, antes até que liberado, sentia-me perdido, fora do lugar.

— Mas ouvi bem? É de Taormina que você está me ligando?

188

— É, estou aqui com amigos, é tão bonito, venha logo, de avião!

Claudia sempre telefonava de cidades diferentes, e toda vez, estivesse ela em estado de angústia ou de alegria de viver, exigia que eu fosse ter com ela imediatamente para partilhar esse seu estado. Eu me punha a lhe dar a cada vez uma explicação minuciosa do motivo por que me era absolutamente impossível sair em viagem, mas não conseguia prosseguir porque Claudia sem estar me ouvindo já tinha entrado em outra volta do discurso, em geral um requisitório contra mim, ou então até um imprevisível elogio, por alguma expressão que sem prestar atenção eu usara e que ela havia achado abominável ou adorável.

Quando o tempo da última comunicação já estava vencido e as telefonistas diurnas ou os empregados do serviço noturno diziam: "Temos que cortar", Claudia lançava um: "Então a que horas você vai chegar?", como se tudo estivesse combinado, e eu respondia tartamudeando, e se acabava por adiar os últimos acordos para outro telefonema que eu deveria dar a ela ou que ela me daria. Com certeza nesse meio-tempo Claudia teria mudado todos os seus programas e a urgência de minha viagem decerto teria se colocado novamente, mas em condições diversas que justificariam novos adiamentos; e, entretanto, eu ficava com uma espécie de remorso por dentro, que minha impossibilidade de partir não era tão absoluta assim, que eu podia, por exemplo, pedir um adiantamento sobre o salário do mês seguinte e uma licença para me ausentar por três ou quatro dias com alguma desculpa; e nessas hesitações ficava me roendo.

A senhorita Margariti não ouvia nada. Se ao atravessar o corredor me via ao telefone, cumprimentava-me com um gesto de cabeça, sem saber das tempestades que me agitavam. O inquilino não. De seu quarto ouvia tudo e era obrigado a aplicar sua intuição policialesca a cada estremecimento meu. Por sorte quase nunca estava em casa, e por isso alguns de meus telefonemas chegavam a ser até desembaraçados, desenvoltos, e era só a disposição de Claudia consentir para que conseguíssemos entrar num clima de correspondência amorosa com o qual cada

189

palavra ganhava calor, intimidade, ressonância interior. Já de outras vezes ela estava otimamente disposta, mas eu estava bloqueado, só respondia por monossílabos, por frases reticentes e evasivas: tinha o suboficial atrás da porta, a um metro de distância de mim; uma vez entreabriu a porta, enfiou a cara bigoduda e escura, escrutou-me. Era um homenzinho, devo dizer, que em outra oportunidade não teria me dado impressão nenhuma: mas ali, em plena noite, vermo-nos pela primeira vez cara a cara, naquela moradia de pobres-diabos, eu que dava e recebia telefonemas amorosos de meia hora, ele que estava largando o serviço, os dois de pijama, é claro que nos odiamos.

Muitas vezes nas conversas de Claudia entravam nomes ilustres, as pessoas com quem ela andava. Eu, em primeiro lugar, não conheço ninguém; em segundo, não suporto chamar atenção; assim, se tinha mesmo que lhe responder tentava não dar nomes, usar perífrases, e ela não entendia por que e se zangava. Além disso, sempre me mantive afastado da política, justamente porque jamais gostei de aparecer; além do mais, agora dependia de uma empresa paraestatal e me determinara como regra não saber nada nem destes nem daqueles; Claudia, não sei o que lhe passa pela cabeça uma noite e me pergunta por certos deputados. Era preciso lhe dar uma resposta qualquer, ali, rapidamente, com o suboficial à porta.

— O primeiro que você disse, certo, o primeiro...

— Quem? Quem é que você quer dizer?

— Aquele, sim, aquele mais gordo, não, mais baixo...

Eu a amava, em suma. E era infeliz. Mas como poderia ela algum dia entender essa minha infelicidade? Há aqueles que se condenam ao cinzento da vida mais medíocre porque tiveram alguma dor, alguma desgraça; mas há também aqueles que o fazem porque tiveram mais sorte do que podiam suportar.

Eu fazia as refeições em certos restaurantes pequenos com preços fixos, que nesta cidade são todos administrados por famílias toscanas, parentes entre elas, e as garçonetes são todas moças de uma aldeia que se chama Altopascio, e vivem aqui sua juventude, mas sempre com o pensamento em Altopascio, e não se misturam com o resto da cidade, e à noite saem com rapazes sempre de Altopascio, que trabalham aqui nas cozinhas dos restaurantes ou então em oficinas mecânicas, mas sempre por perto dos restaurantes como em subúrbios de sua aldeia, e essas moças e esses rapazes se casam e alguns voltam para Altopascio, outros ficam por aqui trabalhando nos restaurantes dos parentes e dos conterrâneos, economizando para poderem abrir um dia um restaurante por conta própria.

As pessoas que comem nesses restaurantes, sabe-se quem são: fora os de passagem, que sempre mudam, os fregueses habituais são empregados de escritório sozinhos, algumas moças solteiras também, e alguns estudantes e militares. Depois de um tempo esses fregueses todos se conheciam e tagarelavam de uma mesa para a outra, e a certa altura se formavam mesas comuns, de pessoas que a princípio não se conheciam e depois acabavam pegando o hábito de comer sempre juntas.

Também com as garçonetes toscanas todos brincavam, brincadeiras inocentes, é claro, perguntavam pelos noivos, faziam piadas, e quando não havia nada de que falar atacavam com a televisão, comentavam quem era simpático e quem era antipático dentre os que ultimamente apareciam nos programas.

Eu não, nunca dizia nada a não ser os pedidos, de resto sempre iguais, espaguete na manteiga, carne cozida e legumes, porque estava de dieta, e nem sequer chamava as moças pelo nome, embora já tivesse aprendido os nomes também, mas preferia sempre dizer "senhorita" para não criar uma impressão de familiaridade: naquele restaurante eu me encontrava por acaso, era um freguês ocasional, talvez continuasse a ir lá todos os dias sabe-se lá por quanto tempo, mas queria me sentir alguém de passagem, que hoje está aqui amanhã acolá, senão me dava nos nervos.

Não que me fossem antipáticos, pelo contrário: tanto o pessoal da casa quanto os fregueses eram boa gente, simpática, e até aquela atmosfera cordial, dava-me prazer senti-la em volta de mim, inclusive, se não houvesse isso, talvez me faltasse alguma coisa, porém eu preferia assistir sem tomar parte. Evitava conversar com os outros fregueses, e até cumprimentar, porque os conhecidos, já se sabe, começar é fácil, depois se fica amarrado: alguém diz: "O que é que se faz esta noite?", e assim acaba todo mundo junto diante da televisão, no cinema, e a partir daquela noite se está preso na companhia de pessoas que não importam nem um pouco a você, e você tem que falar das suas coisas, escutar as dos outros.

Procurava sentar a uma mesa sem ninguém, abria o jornal da manhã ou da tarde (comprava-o ao ir para o escritório e dava uma percorrida nas manchetes, mas esperava chegar ao restaurante para lê-lo), e me punha a repassá-lo do princípio até o fim. O jornal também me servia muito quando não encontrava outro lugar e era obrigado a me sentar a uma mesa onde já estava alguém; mergulhava na leitura, e ninguém me dizia nada. Mas procurava sempre ter uma mesa só para mim e para isso tratava de atrasar o máximo a hora das refeições de modo a chegar lá quando o grosso dos fregueses já se fora.

Havia o inconveniente das migalhas. Frequentemente me cabia sentar a uma mesa de onde o freguês tinha acabado de sair e estava cheia de migalhas; por isso, evitava olhar para a mesa até que a garçonete viesse tirar pratos e copos sujos, recolher todos os restos da toalha e trocar o pano de cima. Às vezes esse trabalho era feito às pressas, e entre o pano de cima e a toalha ficavam migalhas de pão, e me dava tristeza.

O melhor de tudo, por exemplo, para o almoço, era estudar a hora em que as garçonetes, pensando que os fregueses não vêm mais, fazem uma boa limpeza e preparam as mesas já para a noite; depois a família toda — patrões, garçonetes, cozinheiros, ajudantes — arruma uma mesa e finalmente se senta para comer. Nesse momento entrava eu, dizia:

— Oh, talvez já esteja muito tarde, não podem mais me dar comida?

— Mas como não? Fique à vontade, onde quiser! Lisa, trate de servir o doutor.

Sentava-me a uma daquelas belas mesinhas limpas, um cozinheiro voltava para a cozinha, eu lia o jornal, comia com calma, escutando os da mesa rirem e brincarem e contarem histórias de Altopascio. Entre um prato e outro tinha que esperar às vezes um quarto de hora, porque as garçonetes estavam ali sentadas comendo e batendo papo, e eu acabava me decidindo a dizer: "Senhorita, uma laranja...", e eles: "Já, já! Anna, vai lá você! Ó Lisa!", mas para mim estava bem assim, eu estava satisfeito.

Eu acabava de comer, de ler o jornal, saía com o jornal enrolado na mão, voltava para casa, subia até meu quarto, jogava o jornal em cima da cama, lavava as mãos. A senhorita Margariti ficava espionando o momento em que eu entrava e quando tornava a sair porque assim que eu saía ela ia ao meu quarto pegar o jornal. Não se atrevia a me pedir, por isso o levava escondido e escondido tornava a pô-lo em cima da cama antes que eu voltasse. Parecia se envergonhar, como que de uma curiosidade um pouco frívola; com efeito só lia uma coisa: os anúncios fúnebres.

Uma vez em que entrando a encontrei com o jornal na mão, ficou muito envergonhada e sentiu necessidade de se justificar. "De vez em quando o pego para olhar os mortos, sabe? Desculpe, porque, às vezes, sabe?, tenho gente conhecida, nos mortos..."

Com essa ideia de retardar a hora das refeições, algumas noites, por exemplo, indo ao cinema, atrasava-me, saía do filme com a cabeça meio zonza, e em volta das luzes se adensava uma escuridão espessa de nevoazinha de outono, que esvaziava a cidade de suas dimensões. Olhava a hora, pensava comigo que talvez nos restaurantes pequenos não encontraria mais comida, ou de qualquer modo havia saído de meu horário costumeiro e não conseguiria entrar novamente nele, e então resolvia fazer um jantarzinho em pé, no balcão da cervejaria Urbano Rattazzi, logo embaixo de minha casa.

Entrar da rua naquele lugar não era apenas uma passagem da escuridão para a luz: mudava a consistência do mundo, do lado de fora desfeito, incerto, ralo, e aqui cheio de formas sólidas, de volumes com espessura, peso, superfícies com cores brilhantes, o vermelho de um presunto que estava sendo cortado no balcão, o verde das jaquetas tirolesas dos garçons, o ouro

193

da cerveja. Havia um monte de gente, e eu que pela rua me acostumara a considerar os passantes sombras sem cara e também eu uma sombra sem cara entre tantas, aqui redescobria de repente uma floresta de rostos masculinos e femininos, coloridos como frutas, cada um diferente do outro e todos desconhecidos. Por um momento esperava ainda conservar no meio deles minha invisibilidade de fantasma, depois me dava conta de que eu também me tornara como eles, uma imagem tão precisa que até os espelhos a refletiam com todos os pelos da barba já crescida da manhã, e não havia refúgio possível, a própria fumaça que se levantava densa para o teto de todos os cigarros acesos no lugar era uma coisa em si, com um contorno próprio e uma espessura própria e não modificava a substância das outras coisas.

Punha-me perto do balcão sempre lotado, voltando as costas para a sala cheia de risadas e de palavras que subiam de cada mesa, e mal se liberava uma banqueta eu me sentava, tentando conquistar a atenção do garçom, para que pusesse diante de mim a toalhinha quadrada de papel, um copo de cerveja e a lista dos pratos. Era custoso eu me fazer ouvir, aqui na Urbano Rattazzi que eu observava noite após noite, da qual conhecia cada hora, cada movimento, e o burburinho em que minha voz se perdia era aquele que eu ouvia toda noite subir pelas balaustradas de ferro enferrujadas.

— Nhoque na manteiga, por favor — dizia eu, e finalmente o garçom no balcão ouvia e se encaminhava para o microfone e escandia: "Um nhoque na manteiga!", e eu pensava no grito cadenciado como saía do alto-falante da cozinha, e tinha a impressão de estar ao mesmo tempo aqui no balcão e deitado lá em cima no meu quarto, e as palavras que se cruzavam amontoadas entre os grupos de gente alegre que bebia e comia e o tinir dos copos e talheres eu tentava espedaçá-los e atenuá-los em minha mente até reconhecer o barulho de todas as minhas noites.

Em transparência entre as linhas e as cores deste lado do mundo eu ia distinguindo o aspecto de seu avesso do qual apenas me sentia habitante. Mas talvez o verdadeiro avesso fosse este, iluminado e cheio de olhos abertos, enquanto ao contrário o único lado que tinha importância em todas as coisas era o da sombra, e a cervejaria Urbano Rattazzi só existia para que se pudesse ouvir aquela voz deformada na escuridão: "Um nhoque na manteiga!", e o ruído do metal dos barris, para que a névoa da rua fosse interrompida pelo clarão da placa luminosa, pelo enquadramento dos vidros embaçados sobre os quais se desenhavam confusos perfis humanos.

Certa manhã despertei com um telefonema de Claudia, mas não era um interurbano: estava na cidade, na estação, chegara naquele momento e estava ligando para mim porque ao descer de seu vagão-dormitório havia perdido uma das muitas malas de sua bagagem.

Cheguei a tempo de vê-la sair da estação, à frente de um cortejo de carregadores. Daquela agitação que me comunicara até seu telefonema de poucos minutos antes, não permanecia nada em seu sorriso. Era uma mulher muito bonita e elegante; cada vez que a revia ficava atônito como se tivesse esquecido como era. Agora se declarava subitamente entusiasmada com esta cidade e apreciava minha ideia de vir morar aqui. Era um dia de chumbo; Claudia gabava a luz, as cores das ruas.

Instalou-se num apartamento de um grande hotel. Para mim, entrar no saguão, dirigir-me ao porteiro, anunciar-me ao telefone, acompanhar o *groom* até o elevador eram causa de contínuo constrangimento e acanhamento. Eu estava muito emocionado com o fato de que Claudia, em razão de certos negócios seus, mas talvez na realidade para me encontrar, tivesse vindo passar alguns dias aqui, emocionado e embaraçado, porque se abria diante de mim o abismo entre seu modo de viver e o meu.

Entretanto, consegui me desenredar da melhor maneira naquela manhã movimentada e inclusive dar uma escapulida até o escritório e obter um adiantamento sobre o salário seguinte, para fazer frente aos dias excepcionais que se anunciavam para mim. Havia o problema da escolha dos lugares aonde levá-la para comer: eu era pouco perito em restaurantes de luxo ou em locais típicos. Para começar, achei bom levá-la à colina.

Tomei um táxi. Agora me dava conta de que naquela cidade em que todos, de certo patamar salarial para cima, tinham carro (até meu colega Avandero tinha), eu não tinha, e de qualquer modo não saberia nem dirigi-lo. Nunca me incomodara com isso nem um pouco, mas na frente de Claudia agora me acontecia ficar encabulado. E Claudia ao contrário achava tudo natural, porque, dizia, um carro na minha mão seria um desastre certo; para grande despeito meu mostrava desvalorizar todas as minhas capacidades práticas e basear sua consideração por mim em outros dotes, que, porém, não se entendia quais pudessem ser.

Então, pegamos um táxi; topei com um carro desconjuntado, guiado por um velho. Eu tentava tomar como caricatura esses aspectos disparatados, de rebotalho, que inevitavelmente a vida assumia em torno de mim, mas ela não sofria com a feiura do táxi, como se essas coisas não pudessem tocá-la, e eu não sabia se com isso me sentia aliviado ou então mais que nunca abandonado a meu destino.

Subíamos pela encosta verdejante de colina que cinge a cidade do lado do levante. O dia clareara numa luz dourada de outono e até as cores do campo estavam virando ouro. Abracei Claudia, naquele táxi; se me abandonava ao amor que ela sentia por mim, talvez se abrisse para mim aquela vida verde e ouro que corria em confusas imagens (eu tirara, para abraçá-la, os óculos) pelos lados da estrada.

Antes de irmos à trattoria, dei ordem ao velho motorista para que nos levasse a um ponto panorâmico, lá no alto. Descemos do carro. Claudia, com um grande chapéu negro, girou sobre si mesma, fazendo voar as pregas da saia. Eu saltava para cá e para lá, mostrando-lhe onde do céu emergia a crista esbranquiçada dos Alpes (indicava ao acaso os nomes das montanhas, que não sabia reconhecer) e do lado de cá o relevo movimentado e desigual da colina com aldeias e estradas e rios, e embaixo a cidade com uma rede de pequenas escamas opacas ou brilhantes, meticulosamente alinhadas. Uma sensação de vasti-

196

dão tomara conta de mim, não sei se pelo chapéu e a saia de Claudia, ou pela vista. O ar, sendo de outono, era bastante transparente e limpo, no entanto era atravessado pelas mais diversas espécies de condensação: névoas cerradas na base dos montes, borras de bruma por cima dos rios, cadeias de nuvens agitadas de diversas maneiras pelo vento. Estávamos ali encostados à mureta, eu cingindo-lhe a cintura, olhando os múltiplos aspectos da paisagem, logo tomado por um desejo de análise, já descontente comigo porque não dispunha de uma nomenclatura suficiente dos lugares e dos fenômenos naturais, ela, ao contrário, pronta para transformar as sensações em súbitos movimentos de humor, em expansões, em dizer coisas que não tinham nada a ver. Foi então que vi aquela coisa. Agarrei Claudia pelo pulso, apertando-o:

— Olhe! Olhe lá longe!

— O quê?

— Lá longe! Olhe! Está se mexendo!

— Mas o que que é? O que é que você viu?

Como lhe dizer? Das outras nuvens ou névoas que dependendo de como a umidade se adensa nas camadas frias do ar são cinzentas ou azuladas ou esbranquiçadas ou até negras, esta não era tão diferente, senão pela cor incerta, não sei se mais para o marrom ou para o betuminoso, ou melhor: por uma sombra dessa cor que parecia ficar mais carregada ora nas margens ora no meio, e era em resumo uma sombra de imundície que a sujava toda e mudava — nisso também essa era diferente das outras nuvens — até sua consistência, pois era pesada, despegava mal da terra, da extensão pintalgada da cidade sobre a qual escorria lentamente, pouco a pouco apagando-a por um lado e pelo outro descobrindo-a, mas deixando atrás de si uma esteira como que de fiapos um pouco sujos, que não acabavam nunca.

— O smog! — gritei para Claudia. — Está vendo aquilo? É uma nuvem de smog!

Mas ela, sem me escutar, estava ocupada com alguma coisa que tinha visto voar, um bando de pássaros, e eu ficava ali debruçado a olhar pela primeira vez a nuvem que me cercava a toda hora, a nuvem em que eu habitava e que me habitava, e sabia que de todo o mundo variegado que estava em torno de mim só aquilo me importava.

À noite levei Claudia para jantar na cervejaria Urbano Rattazzi, porque fora os restaurantes com preços fixos eu não conhecia nenhum outro local e tinha medo de acabar em algum lugar caro demais. Na Urbano Rattazzi entrar com uma mulher como Claudia era uma história muito diferente: os garçons de jaqueta tirolesa se mobilizavam todos, davam uma boa mesa para nós, traziam os carrinhos das especialidades. Eu tentava adotar uma pose de cavalheiro desenvolto, mas ao mesmo tempo me sentia reconhecido como o inquilino do quarto alugado que dava para o pátio, o freguês das refeições apressadas no balcão. Esse estado de espírito me fez ficar sem jeito, sem graça na conversa, e logo Claudia se zangou comigo. Começamos uma discussão cerrada: nossas vozes eram encobertas pela zoeira da cervejaria, mas em cima de nós estavam não só os olhos dos garçons prontos a qualquer aceno de Claudia, mas também dos fregueses, curiosos com aquela mulher belíssima, elegante e importante na companhia de um homem tão acanhado. E eu reparava que as fases da briga eram acompanhadas por todos, inclusive porque Claudia, em seu desinteresse pelas pessoas que estavam à sua volta, não tomava cuidado para disfarçar sua atitude. Eu tinha a impressão de que todo mundo esperava apenas o momento em que Claudia encolerizada se levantaria e me plantaria ali sozinho, fazendo-me voltar a ser o homem anônimo que eu sempre fora, no qual não se repara mais do que numa mancha de umidade na parede.

Em vez disso, como de costume, à briga se seguiu um terno entendimento amoroso; estávamos no fim do jantar e Claudia, sabendo que eu morava ali perto, disse:

— Vou para a sua casa.

Ora, eu a levara à Urbano Rattazzi porque era o único lugar daquele tipo que conhecia, não porque era perto de minha

198

moradia; aliás, estava em ânsias só de pensar que ela pudesse ter uma ideia da casa onde eu morava dando uma olhada para o portão, e me fiava sobretudo em sua distração.

No entanto, ela quis subir. Exagerei, ao falar, a sordidez do local, a fim de lançar toda a aventura para o lado do grotesco. Ela, porém, ao subir e atravessar o passadiço, só notava os méritos, a arquitetura antiga e nada vulgar do prédio, a funcionalidade da disposição dos velhos apartamentos. Entramos, e ela:

— Mas o que é que está dizendo? É um quarto lindo! O que é que você quer mais?

Virei-me imediatamente para a pia, antes de ajudá-la a tirar o casaco, porque como sempre tinha emporcalhado as mãos. Ela não, girava com suas mãos esvoaçantes como plumas entre os móveis empoeirados.

O quarto foi rapidamente invadido por aqueles objetos tão estranhos a ele: o chapéu de veuzinho, as peles, o vestido de veludo, a anágua de organza, os sapatos de cetim, as meias de seda; cada coisa eu tentava meter no armário, nas gavetas, pois me parecia que se ficasse por ali em pouco tempo ia estar coberta de marcas de fuligem.

Agora Claudia estava estendida com seu corpo branco sobre a cama, aquela cama que se fosse batida faria levantar uma nuvem de poeira, e esticou uma das mãos em direção à prateleira ao lado, pegou um livro. "Cuidado, está empoeirado!" Mas ela o abrira, estava folheando, depois o deixava cair. Eu olhava seu seio ainda de jovem, os bicos rosados pontudos, e me assaltou a ansiedade de que tivesse baixado ali alguma poeira das páginas do livro, e avancei a mão roçando-os num gesto que parecia uma carícia mas na verdade era um querer tirar aquele pouco de poeira que me parecia ter caído ali.

No entanto, sua pele era lisa, fresca e intacta; e eu que via no cone de luz do abajur pairar uma chuva de grãozinhos minúsculos que lentamente se depositaria também sobre Claudia, joguei-me em cima dela num abraço que era principalmente um querer cobri-la, protegê-la, deixar cair em cima de mim toda a poeira para que ela ficasse a salvo.

* * *

Depois que ela foi embora (um pouco decepcionada e aborrecida com minha companhia, apesar de sua imperturbável obstinação em projetar sobre o próximo uma luz que era só dela), joguei-me ao trabalho redacional com afinco redobrado, um pouco porque a visita de Claudia me fizera perder muitas horas de escritório e eu ficara atrasado na preparação do número, um pouco para não pensar nela, e um pouco também porque o assunto tratado no quinzenal *A Purificação*, já não o sentia estranho a mim como no princípio.

Faltava-me ainda o artigo de fundo, mas desta vez o engenheiro Cordà não me deixara instruções. "Faça o senhor mesmo. Deixo por sua conta." Comecei a escrever um dos palavrórios costumeiros, mas pouco a pouco, uma palavra puxando outra, dei para descrever a nuvem de smog tal como a vira grudar-se à cidade, e a vida como se desenrolava dentro dessa nuvem, e as fachadas dos prédios antigos, cheias de saliências, de cavidades, onde se adensava um depósito negro, e as fachadas dos prédios modernos, lisas, monocrômicas, esquadradas, sobre as quais pouco a pouco se estendiam esfumadas sombras escuras, como nos colarinhos brancos das camisas dos empregados de escritório, que não duravam limpas metade do dia. E escrevi que, sim, ainda havia quem vivesse fora da nuvem de smog, e talvez sempre ficasse assim, que podia atravessar a nuvem e parar bem no meio e sair dela, sem que o menor bafejo de fumaça ou grãozinho de carvão tocasse seu corpo, perturbasse seu ritmo diferente, sua beleza de outro mundo, mas o que importava era tudo o que estava dentro do smog, não o que estava fora dele: só mergulhando no coração da nuvem, respirando o ar nevoento dessas manhãs (já o inverno ia apagando as ruas numa bruma indistinta), podia-se tocar o fundo da verdade e talvez se libertar. Era toda uma polêmica contra Claudia; percebi logo e arranquei o artigo sem nem mostrá-lo a Avandero.

O doutor Avandero era um sujeito que eu ainda não tinha entendido bem. Uma segunda-feira de manhã ao entrar no escritório como acha que o encontro? Bronzeado! Sim, em vez da costumeira cara cor de peixe cozido tinha uma fisionomia entre o vermelho e o pardo, com alguns sinais de queimadura na testa e nas maçãs do rosto.

— O que é que aconteceu com você? — perguntei. (Nos últimos tempos tínhamos começado a nos chamar de você.)

— Fui esquiar. A primeira neve. Perfeita, farinhosa. Quer vir também, domingo?

A partir daquele dia, Avandero me tomou como confidente de sua paixão pelo esqui. Confidente, eu disse: porque, conversando comigo a respeito, exprimia algo mais que uma paixão pela habilidade técnica, toda de exatidão geométrica de movimentos, por um equipamento funcional, por uma paisagem reduzida a uma pura página branca; punha naquilo, ele funcionário irrepreensível e respeitoso, uma polêmica secreta contra seu trabalho, que deixava aparecer em risinhos como de superioridade e em pequenas alfinetadas malignas: "Pois é, aquela sim é que é a 'purificação'! O smog eu deixo todinho para vocês!", logo corrigidas por um: "Digo isso de brincadeira...". Mas eu tinha compreendido que também ele, tão devotado, era alguém da empresa, e realmente tampouco acreditava no engenheiro Cordà.

Num sábado à tarde o encontrei, Avandero, todo arreado para o esqui, com um bonezinho semelhante ao bico de um melro, indo para um ônibus, já tomado de assalto por uma multidão de esquiadores e esquiadoras. Cumprimentou-me, com seu arzinho suficiente.

— Vai ficar na cidade?

— Vou sim. O que adianta sair? Amanhã de noite você já está de volta.

Franziu a testa debaixo da viseira do boné de melro.

— E para que serve a cidade senão para se sair dela no sábado e no domingo? — E apressou-se em voltar para o ônibus, porque tinha para propor uma nova maneira de arrumar os esquis no porta-bagagem.

Para Avandero, como para centenas de milhares de outras pessoas que se afundam a semana inteira em ocupações cinzentas para poder escapar no domingo, a cidade era um mundo perdido, um moinho para produzir os meios de se sair durante aquelas poucas horas e depois voltar. Avandero, passados os meses do esqui, começava os dos passeios campestres, da pesca da truta, e depois do mar, e da montanha de verão, e da máquina fotográfica. A história da sua vida — que convivendo com ele comecei a reconstruir ano a ano — era a história de seus meios de transporte: primeiro uma bicicleta a motor, depois uma vespa, depois uma moto, agora uma caminhonete, e os anos seguintes já estavam marcados pelas previsões de automóveis cada vez mais cômodos e velozes.

O novo número de *A Purificação* tinha que ir para as máquinas, mas o engenheiro Cordà ainda não vira as provas. Eu o estava esperando na EPAUCI naquele dia, mas não apareceu, e só à tarde telefonou para que eu fosse encontrá-lo em seu escritório na Wafd, e levasse as provas porque ele não podia sair de lá. Mandava até seu carro com o motorista para me buscar.

A Wafd era uma fábrica de que Cordà era conselheiro delegado. O grande carro, levando-me encolhido no fundo, as mãos com a pasta das provas sobre os joelhos, conduziu-me através de bairros desconhecidos da periferia, ladeou um muro cego, entrou saudado pelos vigias por um largo portão e me depositou ao pé das escadas da diretoria.

O engenheiro Cordà estava à escrivaninha de seu escritório, cercado por um grupo de dirigentes, examinando umas contas ou planos de produção que se espalhavam por folhas enormes e transbordavam da mesa.

— Desculpe, é só um instante, doutor — disse-me —, e logo o atendo.

Eu olhava às suas costas: a parede atrás dele era uma lâmina de vidro, uma janela larguíssima da qual se dominava a extensão da fábrica. Na tarde nevoenta emergiam poucas sombras; no primeiro plano se destacava o perfil de um elevador de corrente que levava para cima grandes baldes, penso, de pó de gusa. Via-se a fileira das taças de ferro subir com contínuos solavancos e um leve ondular que parecia desarrumar um pouco o perfil do monte de mineral, e me parecia que um véu cerrado dali se erguia no ar e vinha pousar até na vidraça do gabinete do engenheiro.

Naquele momento ele ordenou que se acendesse a luz; de repente contra a escuridão do lado de fora a vidraça apareceu recoberta de minúsculas cintilações, com certeza devido a pó de gusa, faiscante como a poeira de uma galáxia. O desenho das sombras lá fora se descompôs; mais nítidos resultaram ao fundo os perfis das chaminés, cada uma encapuzada por uma baforada vermelha, e acima dessas chamas por contraste se acentuava a asa negra como de tinta que invadia todo o céu, e se distinguiam nela pontos incandescentes que subiam e redemoinhavam.

Cordà agora estava examinando comigo as provas de *A Purificação* e, entrando logo no campo diferente de entusiasmos e solicitações mentais de sua atividade de presidente da EPAUCI, comentava comigo e com os dirigentes da Wafd os artigos do boletim. E eu que tantas vezes na frente dele, nos escritórios da empresa, desabafava meu natural antagonismo de subordinado declarando-me mentalmente do lado do smog, agente secreto do smog infiltrado no estado-maior inimigo, entendia agora o quanto meu jogo era insensato, porque era o engenheiro Cordà o dono do smog, era ele que o soprava ininterruptamente sobre a cidade, e a EPAUCI era uma criatura engendrada pelo smog, nascida da necessidade de dar a quem trabalhava pelo smog a esperança de uma vida que não fosse só do smog, mas ao mesmo tempo para celebrar a potência do smog.

Cordà, satisfeito com o boletim, quis me levar para casa de carro. Era uma noite de névoa cerrada. O motorista ia devagar, porque fora das luzes ralas não se via daqui até ali. O presidente, tomado por um de seus rasgos de otimismo geral, ia traçando as linhas de uma cidade do futuro, com bairros-jardins, fábricas cercadas de canteiros e espelhos de água, instalações de raios que varriam do céu a fumaça das chaminés. E indicava o lado além dos vidros, no nada de fora, como se as coisas que imaginava já estivessem ali; eu o ouvia não sei se assustado ou admirado, descobrindo como o hábil homem de indústria e o visionário coexistiam dentro dele e tinham necessidade um do outro.

A certa altura, tive a impressão de reconhecer minhas redondezas.

— Pare, pare aqui mesmo, cheguei — disse eu ao motorista. Despedi-me, agradeci, saltei.

Quando o carro partiu reparei que me enganara. Havia saltado num bairro desconhecido, e não se via nada em volta.

No restaurante eu continuava a fazer minhas refeições sozinho, atrás do abrigo do jornal. E reparei que havia também outro freguês que se comportava do mesmo modo. Às vezes, não havendo outros lugares livres, acabávamos na mesma mesa um diante do outro com os jornais desdobrados. Líamos diários diferentes: o meu era o que todos liam, o jornal mais importante da cidade; eu não tinha com certeza nenhuma razão para me fazer notar como alguém diferente dos outros lendo outro jornal, ou mesmo (se lesse o jornal de meu comensal) como alguém que tem opiniões políticas marcadas. De opiniões políticas e partidos sempre me mantive afastado, mas ali à mesa do restaurante, certas noites, quando eu pousava o jornal, o comensal dizia: "Permite?", fazendo menção de pegá-lo, e me oferecia o seu: "Se quiser ler este...".

Assim eu dava uma olhada no seu jornal, que era um pouco, de certo modo, o avesso do meu, não só porque sustentava ideias opostas, mas porque tratava de coisas que para o outro nem sequer existiam: empregados despedidos, operadores de máquinas que ficavam com uma das mãos numa engrenagem (dessas pessoas publicava também a fotografia), tabelas com as cifras das rendas familiares, e assim por diante. Mas, principalmente, enquanto o outro jornal procurava ser sempre brilhante na redação dos artigos e atrair o leitor com pequenos fatos divertidos, por exemplo, os divórcios das mulheres bonitas, este era escrito com expressões sempre iguais, repetidas, cinzentas, com manchetes que punham em destaque o lado negativo das coisas. Até o modo como o jornal era impresso era cinzento, cerrado, monótono. E me veio a ideia: "Está aí, gostei".

Tentei contar essa impressão a meu comensal, naturalmente evitando comentar notícias e opiniões determinadas (ele já tinha começado a me perguntar o que eu achava de certa notícia da Ásia) e tentando ao mesmo tempo atenuar o aspecto negativo de meu julgamento, porque ele me parecia um sujeito que não aceita críticas e eu não pretendia entrar numa discussão.

No entanto, ele parecia estar seguindo um fio de pensamento seu, no qual minha avaliação do jornal certamente pareceria supérflua ou deslocada.

— Sabe — disse ele —, ainda não é um jornal feito como deveria ser feito. Não é como eu gostaria que fosse.

Era um rapaz de estatura baixa mas bem-proporcionado, moreno, de cabelos encaracolados, penteado com muito cuidado, com um rosto ainda de garoto, pálido e rosado nas faces, as linhas finas e regulares, longas pestanas negras, um ar altivo, quase orgulhoso. Vestia-se com um cuidado um tanto rebuscado.

— Tem ainda tanta generalidade, tanta falta de precisão — continuou —, especialmente no que se refere às *nossas* coisas. É ainda muito um jornal que se parece com os outros. Um jornal como eu digo deveria ser feito o mais possível por seus leitores. Deveria tentar dar uma informação cientificamente exata sobre tudo o que acontece no mundo da produção.

— O senhor é técnico em alguma fábrica? — perguntei.

— Operário especializado.

Ficamos nos conhecendo. Chamava-se Omar Basaluzzi. Quando soube que eu trabalhava na EPAUCI ficou muito interessado e me perguntou dados que utilizaria num relatório seu. Indiquei-lhe algumas publicações (ao alcance de todos, de resto; eu não estava traindo nenhum segredo de ofício, como finalmente o fiz notar com um sorrisinho), e ele tirou uma pequena caderneta e tomou nota com método, como se copiasse uma ficha bibliográfica.

— Eu cuido dos estudos estatísticos — disse —, um setor em que nossa organização está muito atrasada. — Enfiamos os casacos para sair. Basaluzzi tinha um sobretudo esportivo, de corte elegante, e um bonezinho de tecido impermeável. — ...

Está muito atrasada — continuou —, quando, na minha opinião, é o setor fundamental.

— O trabalho lhe deixa tempo para cuidar desses estudos? — perguntei-lhe.

— Veja — disse-me (respondia sempre um pouco de cima, com certa suficiência catedrática) —, tudo é uma questão de método. Eu tenho oito horas de fábrica por dia, e ainda não há noite em que não se faça alguma reunião, até aos domingos. Mas é necessário saber organizar o trabalho. Eu formei grupos de estudo, entre os jovens de nossa firma...

— São muitos... como o senhor?

— Poucos. Cada vez menos. Um por um vão saindo. Um dia desses o senhor vai ver aqui — e indicava o jornal — a minha foto embaixo da manchete: "Mais uma demissão por represália".

Caminhávamos no frio noturno; eu estava encolhido dentro do casaco, de gola levantada; Omar Basaluzzi prosseguia, com calma, de pescoço erguido, com a pequena nuvem de bafejo que saía dos lábios finamente desenhados, e de vez em quando levantava uma das mãos do bolso para sublinhar um ponto de seu discurso, e então parava, como se não pudesse ir em frente enquanto aquele ponto não ficasse claramente estabelecido.

Eu não estava mais acompanhando as coisas que ele dizia; pensava que alguém como Omar Basaluzzi não tentava escapar a todo o enfumaçado cinzento que havia em volta, mas transformá-lo num valor moral, numa norma interior.

— O smog... — disse eu.

— O smog? Sim, eu sei que Cordà quer ser o industrial moderno... Purificar a atmosfera... Vá contar isso aos operários dele! Com certeza não há de ser ele quem vai purificá-la... É questão de estrutura social... Se conseguirmos mudá-la, resolvemos também o problema de smog. Nós, não eles.

Convidou-me para ir com ele a uma assembleia de representantes sindicais de diversas empresas da cidade. Sentei-me no fundo de uma sala enfumaçada. Omar Basaluzzi tomou lu-

206

gar à mesa da presidência junto com outros homens, todos mais velhos que ele. A sala não era aquecida; todos permaneciam com os casacos e os chapéus.

Um por um se erguiam aqueles que iam falar e se punham de pé ao lado da mesa; o modo de todos se dirigirem ao público era igual, neutro, despojado, com fórmulas para abrir o discurso e para ligar os assuntos que deviam pertencer a alguma convenção deles porque todos as usavam. Por certos murmúrios do auditório eu percebia que fora dita alguma frase polêmica, mas eram polêmicas encobertas, que começavam sempre aprovando o que fora dito antes. Muitos daqueles que falavam me parecia que tinham alguma coisa justamente contra Omar Basaluzzi; o jovem, sentado meio de lado à mesa da presidência, tirara do bolso uma bolsa de fumo de couro lavrado e um cachimbo inglês curto, e o encheu com lentos movimentos de suas mãos miúdas, pôs-se a dar tragadas atentas, de pálpebras semicerradas, um cotovelo espetado em cima da mesa e a face apoiada na mão.

A sala se enchera de fumaça. Alguém propôs que se abrisse um momento uma janelinha que havia lá em cima. Uma lufada fria mudou o ar, mas depressa começou a entrar de fora a neblina, e de uma ponta à outra da sala quase não se enxergava. Eu do meu lugar observava aquela quantidade de dorsos imóveis no frio, alguns de gola levantada, e a fileira de perfis encapotados à mesa da presidência, e um de pé falando, grandalhão como um urso, todos embrulhados, impregnados agora daquela neblina, inclusive suas palavras, sua obstinação.

Claudia voltou em fevereiro. Fomos almoçar num restaurante de luxo à beira do rio, no fundo do parque. Do lado de fora das vidraças olhávamos as margens e as plantas que compunham com a cor do ar um quadro de velha elegância.

Não estávamos conseguindo nos entender. Debatíamos sobre o tema: a beleza.

— Os homens perderam o senso da beleza — dizia Claudia.

— A beleza é inventada continuamente — dizia eu.

— A beleza é sempre a beleza, é eterna.

— A beleza nasce sempre de um choque.

— Sim, os gregos!

— O que é que têm os gregos?

— É civilização, a beleza!

— Daí...

— E então...

Podíamos continuar nisso até amanhã.

— Este parque, este rio...

("Este parque, este rio", pensava eu, "podem só ficar à margem, consolar-nos do resto; uma beleza antiga não consegue nada contra uma feiura nova.")

— Essa enguia...

No meio do salão do restaurante havia uma caixa de vidro, um aquário, e nele nadavam enguias enormes.

— Olhe!

Aproximaram-se fregueses, gente de respeito, uma família de gourmets abastados: mãe, pai, filha adulta, filho adolescente. Ao lado deles estava o maître, de casaca, peitilho branco, corpulento, enorme; empunhava o cabo de uma pequena rede, como aquelas das crianças para apanhar borboletas. A família olhava as enguias, séria, atenta; a certa altura a senhora levantou a mão, indicou uma enguia. O maître mergulhou a rede no aquário, com um movimento rápido capturou o peixe e o tirou para fora da água. A enguia se debatia pulando na rede. O maître se afastou em direção à cozinha segurando na frente como uma lança a rede com o peixe arquejante. A família o seguiu com o olhar, depois se sentou à mesa, a esperar que voltasse preparado.

— A crueldade...

— A civilização...

— Tudo é cruel...

Em vez de chamar um táxi, saímos a pé. Os prados, os troncos estavam recobertos daquele véu que se levantava cerrado do rio, úmido, aqui ainda um fato da natureza. Claudia caminhava envolta no casaco de pele com a gola levantada, no regalo, no chapéu à moda russa. Éramos as duas sombras de namorados que fazem parte do quadro.

— A beleza...

— A sua beleza...

— Para que serve? Tanto...

Eu disse:

— A beleza é eterna.

— Ah, você está dizendo aquilo que eu dizia antes?

— Não: o contrário...

— Com você nunca se pode discutir — disse ela.

Separou-se como se quisesse ir sozinha, pela avenida. Uma lâmina de névoa corre junto à terra: a silhueta coberta de peles caminhava como se não tocasse o solo.

Eu estava levando Claudia de volta para o hotel, à noite, e encontramos o saguão cheio de senhores de smoking e senhoras decotadas. Era Carnaval, no salão do hotel havia um baile beneficente.

— Que bonito! Você me acompanha? Vou pôr um vestido de noite!

Eu não sou de bailes e me sentia pouco à vontade.

— Mas não temos convite... Eu estou vestido de marrom...

— Para mim não há necessidade de convite... E você é o meu cavalheiro...

Correu para cima para trocar de roupa. Eu não sabia onde me meter. Havia uma porção de moças com o primeiro vestido de noite, que se empoavam antes de entrar no salão e trocavam cochichos excitados. Eu estava num canto, tentando me considerar um empregado que fora ali levar uma encomenda.

Abriu-se o elevador. Claudia saiu numa saia transbordante, pérolas sobre o seio rosado, uma pequena máscara de brilhantes. Eu não podia mais bancar o empregado. Fui para o lado dela.

Entramos. Todos os olhos estavam em cima dela. Achei um *cotillon* para pôr na cara, uma espécie de máscara com um nariz engraçado. Começamos a dançar. Quando Claudia girava, os outros casais se afastavam para vê-la; eu, que danço muito mal, queria, porém, ficar no meio da multidão, e era uma espécie de brincadeira de esconde-esconde. Claudia observou que eu não era nada alegre, que não sabia me divertir.

Acabada uma seleção de músicas, para chegar à nossa mesa passamos diante de um grupo de senhores em pé.

— Oh! — Encontrei-me cara a cara com o engenheiro Cordà. Estava de fraque, com um chapeuzinho laranja de *cotillon* na cabeça. Tive que parar para cumprimentá-lo.

— Mas é o senhor mesmo, doutor, eu achava que sim e que não! — dizia ele, mas olhava para Claudia, e eu entendia que ele queria dizer que nunca esperaria me ver com uma mulher assim, eu sempre o mesmo, com meu paletozinho do escritório.

Tive que fazer as apresentações; Cordà beijou a mão de Claudia, apresentou-lhe aqueles outros senhores idosos que estavam com ele, e Claudia sempre distraída e superior não estava ouvindo os nomes (enquanto eu dizia comigo: "Que diabo! Pense um pouco quem é!", pois eram todos pesos-pesados da indústria). Em seguida Cordà me apresentou:

— O doutor é o redator de nosso periódico, os senhores sabem, *A Purificação*, dirigido por mim, não é...

Compreendi que ficavam todos um pouco intimidados, diante de Claudia, e diziam bobagens. Então me senti menos tímido de meu lado.

Entendi que estava para acontecer alguma coisa, isto é, que Cordà morria de vontade de convidar Claudia para dançar. Eu disse:

— Bem, então, até mais tarde... — Fiz grandes gestos de saudação e levei Claudia novamente para a pista de dança.

E ela dizia:

— Mas escute, você não sabe dançar isto, não está percebendo o que é?

Eu só percebia que tinha, de algum modo que não era claro nem para eles, estragado a festa deles com minha aparição ao lado de Claudia, e esta era a única satisfação que podia tirar dessa história.

— *Cha-cha-cha...* — eu cantarolava fingindo dançar um passo que de fato não conhecia, segurando Claudia só levemente pela mão para ela poder se mexer por sua conta.

Era Carnaval; por que não deveria me divertir? Os trompetes ululavam desalinhando suas franjas derramadas, punhados de confetes pintalgavam como migalhas de caliça os ombros das casacas e as espáduas nuas das mulheres, enfiavam-se nas bordas dos decotes e dos colarinhos, e dos lustres até o soalho onde se amontoavam em emaranhados macios empurrados pelo pisotear dos dançarinos se estendiam as serpentinas como feixes de fibras já despojadas de matéria ou como fios que ficaram pendurados entre os muros desmoronados de uma destruição geral.

— Vocês conseguem aceitar o mundo feio como ele é porque sabem que têm que destruí-lo — disse eu a Omar Basaluzzi. Falava um pouco para provocá-lo, senão não tinha graça.

— Um momento — disse Omar, pousando a xícara de café que estava levando aos lábios —, nós não dizemos de jeito nenhum: quanto pior melhor. Nós somos a favor de melhorar... Nem reformismo nem extremismo: nós...

Eu ia seguindo meu fio de pensamento, ele o seu. Desde aquela vez no parque com Claudia, eu estava procurando uma nova imagem do mundo que desse um sentido a essa nossa vida cinzenta e valesse toda a beleza que se perdia, salvando-a...

— Uma nova cara do mundo.

O operário abriu o fecho de uma pasta de couro preto, tirou uma revista ilustrada.

— Está vendo?

Havia uma série de fotografias. Um povo asiático, com gorros de pele e calçados, prazerosamente pescava num rio. Em outra foto, era aquele mesmo povo que ia à escola: um professor indicava num grande pano as letras de um alfabeto incompreensível. Em outra imagem havia uma festa, e todos estavam com cabeças de dragão, e no meio, entre os dragões, vinha andando

211

um trator com um retrato em cima. No fim havia dois sujeitos, sempre com o gorro de pele, que manobravam um torno.

— Está vendo? É esta — disse ele — a outra cara do mundo.

Olhei para Basaluzzi.

— Vocês não têm gorros de pele, não pescam esturjão, não brincam com dragões.

— E daí?

— Daí, não terão nada de parecido com eles, fora isto — e indiquei o torno — que já têm.

— Ah, não, vai ser como lá, porque é a consciência que vai mudar, entre nós como entre eles, ficaremos novos por dentro, antes do que por fora... — dizia Basaluzzi e continuava a folhear a revista. Em outra página havia fotografias de altos-fornos e de operários com óculos na testa e caras orgulhosas. — Pois é, vai haver problemas também, não é para se pensar que de um dia para o outro... — disse. — Por um bom tempo, a coisa vai ser dura: a produção... Mas um bom passo se terá dado... Coisas como agora, por exemplo, não vão acontecer... — E recomeçou a falar das coisas de que falava sempre, dos problemas que dia após dia o tocavam de perto.

Eu me dava conta de que para ele, viesse ou não viesse aquele dia, isso era menos importante do que se podia acreditar, porque o que contava era a conduta de sua vida, que não tinha que mudar.

— Encrencas sempre haverá, é claro... Não há de ser o paraíso... Como nenhum de nós é santo...

Será que os santos mudariam de vida, se soubessem que o paraíso não existe?

— Fui demitido a semana passada — falou Omar Basaluzzi.

— E agora?

— Estou exercendo atividades para o sindicato. Talvez este outono se libere um lugar de funcionário.

Estava indo para a Wafd, onde durante a manhã se desenrolara uma agitação complicada.

— Você vem comigo?

— Eh! Justamente lá não posso ser visto, você entende por quê.

— Eu também não posso ser visto. Havia de comprometer os companheiros. Vamos ficar num café por perto.

Fui com ele. Pelas vidraças de um botequim víamos os operários do turno saírem dos portões com os guidões das bicicletas pela mão, ou se amontoarem no bonde, com caras já dispostas ao sono. Alguns, com certeza já avisados, entravam no café e logo se aproximavam de Omar; assim se formou um grupinho que começou a conversar à parte.

Eu não entendia nada das questões deles e tinha começado a estudar o que havia de diferente entre a cara dos inúmeros que enxameavam portões afora com certeza sem pensar em nada além da família e do domingo, e estes daqui que ficavam com Omar, ou seja, os obstinados, os duros. E não achava neles nenhum sinal que os distinguisse: as mesmas caras idosas ou logo maduras, filhas da mesma vida; a diferença era por dentro.

E depois estudava as caras e as palavras destes para ver se distinguia quem, na base de tudo, tinha o pensamento "O dia há de chegar..." e aqueles para os quais, como para Omar, viesse ou não viesse o dia, tanto fazia. E vi que não podiam se distinguir, talvez porque todos estivessem entre os segundos, inclusive aqueles poucos que por impaciência ou imprudência de palavras podiam parecer dos primeiros.

E depois eu não sabia mais o que olhar e olhei para o céu. Era um dia de início de primavera e acima das casas da periferia o céu estava luminoso, azul, límpido, porém examinando-se bem se via como que uma sombra, um borrão como sobre uma velha fotografia amarelada, como os sinais que se veem através de uma lente espectroscópica. Nem mesmo o tempo bom limparia o céu.

Omar Basaluzzi havia posto um par de óculos escuros de armação grande e continuava a falar no meio daqueles homens, minucioso, competente, orgulhoso, um pouco nasal.

Publiquei em *A Purificação* uma notícia tirada de um jornal estrangeiro sobre a poluição do ar pelas radiações atômicas. Estava em corpo pequeno, e o engenheiro Cordà nas provas não ligou para aquilo, mas a leu no jornal já impresso e mandou me chamar.

— Santo Deus, é preciso ficar atrás de tudo mesmo, é preciso ter cem olhos! — falou. — O que lhe deu na cabeça para publicar aquela notícia? Não é dessas coisas que trata nossa empresa. Só faltava essa! E, além disso, sem me dizer nada! Uma coisa delicada assim! Agora vão dizer que estamos nos metendo a fazer propaganda!

Respondi com algumas frases de justificativa:

— O senhor sabe, tratando-se de poluição, desculpe, eu tinha pensado...

Eu já me despedira quanto Cordà tornou a me chamar.

— Mas escute, doutor, o senhor acredita nesse perigo da radioatividade? É, enfim, que já seja coisa tão grave...

Eu estava a par de alguns dados de um congresso de cientistas e os citei. Cordà estava me ouvindo, concordando, contrariado.

— Caramba, em que época terrível nos foi dado viver, caro doutor! — largou a certa altura, e era novamente o Cordà que eu bem conhecia. — É o risco que temos que correr, meu caro, sem voltar para trás, porque a jogada é alta, meu caro, a jogada é alta! — Ficou com a cabeça inclinada alguns minutos. — Nós, em nosso setor — retomou —, sem querer superestimar, a nossa parte nós fazemos, nossa contribuição nós damos, estamos à altura da situação.

— Isto é verdade, engenheiro. Estou convencido, engenheiro.

Olhamos um para o outro, um pouco embaraçados, um pouco hipócritas. A nuvem de smog agora aparecia mesquinha, uma nuvenzinha apenas, um cirro, em comparação com a iminente nuvem atômica.

Deixei o engenheiro Cordà depois de algumas outras frases genéricas e afirmativas, e dessa vez também não se entendia bem se sua verdadeira batalha era travada por ele a favor ou contra a nuvem.

Desde então evitei mencionar nas manchetes as explosões

ou a radioatividade, mas em cada número, nas colunas dedicadas ao noticiário técnico, procurava introduzir alguma informação sobre o assunto, e também em certos artigos, no meio dos dados sobre o percentual de carbono ou de nafta da atmosfera urbana e suas consequências fisiológicas, inseria dados e exemplos análogos relativos às zonas atomizadas. Nem Cordà nem outros tornaram a me fazer observações, mas isto, mais do que me alegrar, confirmava minha suspeita de que *A Purificação* não era lida mesmo por ninguém.

Eu tinha uma pasta onde guardava o material sobre radiação nuclear, pois ao percorrer os jornais com olhos treinados em escolher notícias e artigos para serem utilizados, sempre achava alguma coisa sobre aquele assunto e a punha de lado. Também uma agência de recortes de notícias de que a empresa era assinante, para o tema "Poluição da atmosfera", nos mandava cada vez mais recortes que falavam da bomba atômica, enquanto aqueles sobre o smog escasseavam.

Assim todo dia caíam sob meus olhos estatísticas de doenças terríveis, histórias de pescadores apanhados no meio do oceano por nuvens mortíferas, cobaias nascidas com duas cabeças depois de experiências com urânio. Eu erguia os olhos para a janela. Era junho avançado, mas o verão não começava: o tempo estava pesado, os dias oprimidos por uma obscuridade fosca, nas horas meridianas a cidade ficava imersa numa luz de fim de mundo, os passantes pareciam sombras fotografadas no chão depois que o corpo tinha voado do lugar.

O curso normal das estações parecia mudado, densos ciclones percorriam a Europa, o início do verão era marcado por dias carregados de eletricidade, depois por semanas de chuva, por calores súbitos e por súbitos retornos de frio como de março. Os jornais excluíam a hipótese de que nessas desordens atmosféricas pudessem entrar os efeitos das bombas; apenas alguns cientistas solitários pareciam sustentar isso (nos quais, por outro lado, era difícil dizer se se podia confiar) e ao mesmo tempo a voz anônima do zé-povinho, sempre pronta, já se sabe, a fazer uma mixórdia das coisas mais disparatadas.

Até a mim dava nos nervos ouvir a senhorita Margariti falar tolamente da bomba atômica para me avisar que também naquela manhã eu deveria pegar o guarda-chuva. Mas é verdade que ao abrir a persiana, à vista lívida do pátio, que naquela falsa luminosidade parecia um retículo de estrias e manchas, eu ficava tentado a me retirar como se uma descarga de partículas invisíveis justo naquele momento estivesse se abatendo do céu.

Esse peso das coisas não ditas que se transformava em superstição pesava sobre os discursos comuns do tempo que está fazendo, antes considerados os menos comprometedores. Agora se evitava falar do tempo, ou tendo que dizer que estava chovendo ou que havia clareado se era tomado por uma espécie de vergonha, como que escondendo alguma obscura responsabilidade nossa. O doutor Avandero, que vivia os dias da semana preparando a saída dominical, adotara em relação ao tempo uma fingida indiferença que me parecia inteiramente hipócrita, servil.

Fiz um número de *A Purificação* em que não havia artigo que não falasse da radioatividade. Desta vez também não houve chateação. Que não fosse lido, porém, não era verdade; ler, liam, mas atualmente havia nascido uma espécie de hábito para essas coisas, e até se estivesse escrito que o fim do gênero humano estava próximo, ninguém ligava.

As revistas semanais de atualidades também traziam notícias de arrepiar, mas as pessoas pareciam só dar confiança às fotos em cores de belas garotas sorridentes na capa. Uma dessas revistas trazia na capa a foto de Claudia de maiô fazendo uma evolução de esqui aquático. Prendi-a com quatro alfinetes a uma parede de meu quarto alugado.

Toda manhã e toda tarde eu continuava a me dirigir para o bairro de avenidas sossegadas onde ficava meu escritório, e às vezes recordava o dia de outono em que viera pela primeira vez, quando em cada coisa que via procurava um sinal, e me parecia que nada era cinzento e sórdido o suficiente para o modo como estava me sentindo. Agora também meu olhar só procurava sinais; eu nunca era capaz de ver outra coisa. Sinais de coisas?, sinais que remetiam um ao outro até o infinito.

Assim me acontecia às vezes naquele bairro encontrar uma carroça puxada por uma mula: uma carriola, que ia por uma alameda lateral, carregada de sacos. Ou então a encontrava parada a algum portão, a mula entre os varais inclinando a cabeça, e em cima do monte de sacos brancos uma menina.

Depois reparei que não havia só uma carroça assim, que andava por aqueles lados, mas que eram várias. Eu não saberia dizer quando comecei a reparar nisso; a gente vê tanta coisa e não liga; talvez essas coisas tenham um efeito sobre nós, mas não reparamos; depois se começa a juntar uma coisa à outra, e então de repente tudo ganha sentido. A vista dessas carroças, sem que eu pensasse nisso, tinha sobre mim um efeito tranquilizante, pois um encontro insólito, como uma carroça de ar campestre no meio de uma cidade toda automóveis, é o bastante para fazer lembrar que o mundo nunca é todo do mesmo jeito.

Eu então havia começado a prestar atenção: uma menina de tranças estava em cima da montanha branca dos sacos lendo uma revistinha, depois saía um homem gordo pelo portão com um par de sacos e punha aqueles também na carroça, girava a manivela do freio, dizia: "Jii..." à mula, e se iam, a menina sempre em cima continuando a ler. E paravam a outro portão; o homem descarregava alguns sacos da carroça e os levava para dentro.

Mais adiante, pela alameda oposta ia outra carroça, e no banco estava um velhote, e uma mulher ia para cima e para baixo pelas escadas dos prédios com grandes trouxas na cabeça.

Comecei a notar que nos dias em que via as carroças ficava mais alegre e confiante, e esses dias caíam sempre às segundas-feiras: assim fiquei sabendo que segunda-feira é o dia em que os lavadeiros percorrem a cidade com suas carroças e trazem as trouxas com a roupa limpa e levam embora a roupa suja.

Agora que eu sabia, a vista das carroças dos lavadeiros não me escapava mais: era só ver uma quando estava indo de manhã, e dizia para mim mesmo: "Aí está, é segunda-feira!", e logo depois aparecia outra que avançava por outra rua, seguida por um cachorro que latia, e mais outra se afastava lá para baixo, eu via apenas a carga por trás, com os sacos de listras brancas e amarelas.

Voltando do escritório tomei o bonde, por outras ruas mais cheias e barulhentas, e lá também eis que num cruzamento o trânsito tinha que parar porque a roda de longos raios de uma carriola de lavadeiro girava lenta. Eu dava uma olhada para uma rua secundária e, parada ao lado da calçada, via a mula com as trouxas de roupa que um homem de chapéu de palha estava descarregando.

Naquele dia dei uma volta muito mais longa que de hábito para retornar a casa, sempre continuando a encontrar os lavadeiros. Percebia que para a cidade aquela era uma espécie de festa, porque todos ficavam felizes em mandar embora as roupas marcadas pela fumaça e reaver a brancura do linho em cima do corpo, nem que fosse por pouco tempo.

Na segunda-feira seguinte quis ir atrás dos lavadeiros para ver aonde iam na volta, depois de feitas as entregas e retirado o novo trabalho. Caminhava um pouco ao acaso, porque seguia ora uma carroça, ora outra, e a certa altura compreendi que havia uma direção que todos acabavam tomando, certas ruas onde acabavam passando, e, quando acontecia de se encontrarem ou se enfileirarem um atrás do outro cumprimentavam-se calmamente e brincavam uns com os outros. Assim continuei a segui-los e a perdê-los por um longo percurso até que me cansei, mas antes de deixá-los ficara sabendo que havia uma aldeia dos lavadeiros: eram todos do arrabalde de Barca Bertulla.

Um dia, à tarde, fui até lá. Passei uma ponte por cima de um rio, era no meio do campo, as estradas ainda tinham uma fieira de casas às margens, mas logo atrás era o verde. As lavanderias não se viam. Tabernas ofereciam pérgulas sombreadas, ao lado de canais interrompidos por eclusas. Fui avançando, enfiando os olhos por cada portão de terreiro e cada caminho. Havia saído aos poucos do povoado, e as fileiras dos choupos iam ficando acima da estrada, assinalando as margens dos inúmeros canais. E lá no fundo, para além dos choupos, vi um prado panejante de branco: roupa estendida.

Tomei um caminho. Largos prados eram atravessados por fios à altura de um homem, e nesses fios estavam penduradas para secar umas ao lado das outras as roupas da cidade inteira, ainda moles de barrela e informes, todas iguais nas pregas que o pano fazia ao sol, e para cada prado em torno se repetia esse branquejar das fileiras longuíssimas de roupa. (Outros prados estavam pelados, mas também esses eram atravessados por fios paralelos, como parreiras sem uvas.)

Eu rodava entre os campos branquejantes de roupa estendida e me voltei de um salto ao ouvir uma risada. À margem de um canal, acima de uma eclusa, era a beirada de um lavadouro, e daquele lado de mangas arregaçadas, vestidos de todas as cores, apareceram altas acima de mim as caras vermelhas das lavadeiras e riam e tagarelavam, as jovens com os peitos sob as blusas que iam para cima e para baixo, as velhas gordas com um lenço na cabeça, e mexiam para a frente e para trás os braços roliços no sabão e espremiam com um movimento anguloso dos cotovelos as roupas torcidas. No meio delas os homens de chapéu de palha descarregavam as cestas em montes separados, ou também eles davam duro com o sabão de Marselha quadrado, ou batiam com as pás de madeira.

Agora já vira, e não tinha nada para dizer ou em que meter o nariz. Voltei para trás. À beira da estrada crescia um pouco de capim, e eu prestava atenção ao caminhar por ali para não empoeirar os sapatos e para ficar um pouco afastado dos caminhões que passavam. Entre os prados e as sebes e os choupos continuava a seguir com o olhar os córregos, os escritos em alguns prédios baixos LAVANDERIA A VAPOR, COOPERATIVA LAVADEIROS BARCA BERTULLA, os campos onde as mulheres como se estivessem nas vindimas passavam com cestos a recolher dos fios a roupa seca, e o campo no sol destacava seu verde no meio daquele branco, e a água ia correndo inchada de bolhas azuladas. Não era muito, mas para mim, que não procurava nada mais do que ter imagens sob os olhos, talvez bastasse.

APÊNDICE

O AUTOR

O pai de Italo Calvino era um agrônomo de San Remo que havia morado muitos anos no México e em outros países tropicais; casara-se com uma assistente de botânica da Universidade de Pavia, de origem sarda, que o acompanhara em suas viagens: o primogênito nasceu em 15 de outubro de 1923, num subúrbio de Havana, às vésperas do retorno definitivo dos pais para a Itália.

O futuro escritor passou, quase ininterruptamente, os primeiros vinte anos de sua vida em San Remo, na Villa Meridiana, que naquela época abrigava a direção do Centro Experimental de Floricultura, e na propriedade de San Giovani Battista, herança familiar, onde seu pai cultivava grapefruit e abacate. Os pais, livres-pensadores, não deram educação religiosa aos filhos. Italo Calvino frequentou cursos regulares em San Remo: pré-escola no St. George College, primário nas Scuole Valdesi, secundário no R. Ginnasio-Liceo G. D. Cassini. Depois do clássico, matriculou-se na Faculdade de Agronomia da Universidade de Turim (onde seu pai era professor não catedrático de agricultura tropical), mas não foi além dos primeiros exames.

Durante os vinte meses da ocupação alemã, enfrentou as vicissitudes comuns aos jovens de sua idade que se esquivaram do recrutamento da República Social Italiana, desenvolveu atividades de caráter conspirativo e participou da Resistência. Por alguns meses, combateu nas brigadas *partigiane* Garibaldi, na duríssima região dos Alpes Marítimos, junto com o irmão de dezesseis anos. O pai e a mãe foram mantidos como reféns pelos alemães durante alguns meses.

No período imediatamente seguinte à Libertação, Calvino desenvolveu atividades políticas no Partido Comunista (ao qual se filiou durante a Resistência) na província de Imperia e entre os estudantes de Turim. No mesmo período, começa a escrever contos inspirados na vida da guerrilha e estabelece seus primeiros contatos com ambientes culturais de Milão (o semanário de Elio Vittorini, *Il Politecnico*) e de Turim (a editora Einaudi).

O primeiro conto escrito por ele foi lido por Cesare Pavese, o qual o entrega à revista que Carlo Muscetta dirige em Roma (*Aretusa*, dezembro de 1945). Entretanto, Vittorini publica um outro no *Politecnico* (onde Calvino colabora também com artigos sobre os problemas sociais na Ligúria). Giansiro Ferrata pede a ele outros contos para *L'Unità* de Milão. Naquele tempo, os jornais tinham apenas uma folha, mas duas vezes por semana começaram a sair com quatro páginas: Calvino colabora na terceira página também de *L'Unità* de Gênova (dividindo um prêmio com Marcello Venturi) e de Turim (que, por algum tempo, inclui Alfonso Gatto entre os redatores).

Nesse ínterim, o estudante mudou de faculdade: passou para a de Letras, na Universidade de Turim, matriculando-se — com as facilidades para os ex-combatentes — diretamente no terceiro ano. Em Turim, mora num sótão sem aquecimento: escreve contos e, mal termina um, leva-o para ser lido por Natalia Ginzburg e Cesare Pavese, que estão reorganizando os escritórios das edições Einaudi. Para não o encontrar todos os dias, Pavese o encoraja a escrever um romance; em Milão, recebe o mesmo conselho de Giansiro Ferrata, que se encontra no júri de um concurso para romances inéditos, promovido por Mondadori como primeira sondagem de novos escritores do pós-guerra. O romance que Calvino consegue terminar para 31 de dezembro de 1946 (*Il sentiero dei nidi di ragno*) não agrada nem a Ferrata nem a Vittorini e não será incluído na lista dos vencedores (Milena Milani, Oreste del Buono, Luigi Santucci). O autor o submete à leitura de Pavese, que, mesmo com restrições, o indica a Giulio Einaudi. O editor turinense fica entusiasmado e o lança, chegando a fazer propaganda com cartazes. Vendem-se 6 mil exemplares, um relativo sucesso para aquela época.

No mesmo novembro de 1947 em que sai seu primeiro livro, obtém um diploma em letras com uma tese de literatura inglesa (sobre Joseph Conrad). Pode-se dizer que sua formação tem lugar sobretudo fora das paredes universitárias, naqueles anos entre a Libertação e 1950, discutindo, descobrindo novos amigos e mestres, aceitando trabalhos precários e ocasionais, no clima de pobreza de iniciativas febris do momento. Havia começado a colaborar na editora Einaudi em tarefas de publicidade e assessoria de imprensa, atividade que continuará a desenvolver nos anos seguintes como emprego estável.

O ambiente da editora turinense, caracterizado pela preponderância de historiadores e filósofos em relação aos literatos e aos escritores, e a contínua discussão entre partidários de diversas tendências políticas e ideológicas foram fundamentais para a formação do jovem Calvino: pouco a pouco, ele se viu assimilando a experiência de uma geração um pouco mais velha que a sua, de homens que havia dez ou quinze anos se movimentavam no mundo da cultura e do debate político, que tinham militado na conspiração antifascista do Partido de Ação ou da Esquerda Cristã ou do Partido Comunista. Pesou muito para ele (inclusive pelo contraste com seu horizonte não religioso) a amizade, a ascendência moral e a comunicabilidade vital do filósofo católico Felice Balbo, que, naquele tempo, militava no Partido Comunista.

Após uma experiência de cerca de um ano como redator da terceira página de *L'Unità* de Turim (1948-9), Calvino percebera não possuir os dotes do bom jornalista nem do político profissional. Continuou a colaborar com o jornal do Partido Comunista esporadicamente, por alguns anos, com textos literários e sobretudo com pesquisas sindicais, textos sobre greves industriais e agrícolas e ocupações de fábricas. A ligação com a prática da organização política e sindical (assim como amizades pessoais entre os companheiros de sua geração) ocupava-o mais do que o debate ideológico e cultural e o fazia superar as crises da condenação e do afastamento do partido de amigos e grupos de intelectuais com os quais tivera relações mais próximas (Vittorini e *Il Politecnico* em 1947; Felice Balbo e *Cultura e Realtà* em 1950).

O que ainda permanecia mais incerto para ele era a vocação literária: após o primeiro romance publicado, durante anos tentou escrever outros na mesma linha realista-social-picaresca, que eram bombardeados e jogados fora sem misericórdia por seus mestres e conselheiros. Cansado daqueles penosos fracassos, entregou-se a sua veia mais espontânea de fabulador e escreveu de uma arrancada *O visconde partido ao meio*. Pensava publicá-lo em alguma revista e não em livro para não atribuir demasiada importância a um simples "divertimento", mas Vittorini insistiu em transformá-lo num pequeno volume de seus "Gettoni". Entre os críticos, houve uma inesperada e unânime acolhida; publicou-se até um belo artigo de Emilio Cecchi, o que então significava a consagração (ou cooptação) do escritor na literatura italiana "oficial". Do lado comunista, explodiu uma pequena polêmica sobre o "realismo", mas não faltaram os autorizados consensos equilibradores.

Daquele reconhecimento ganhou impulso a produção do Calvino "fabulador" (definição que já era corrente na crítica desde o lançamento de seu primeiro romance) e ao mesmo tempo a de uma representação de experiências contemporâneas com chave de um irônico stendhalismo. Para definir tais alternâncias, Vittorini cunhou a feliz fórmula "realismo com força de fábula" e "fábula com força realista". Também no plano teórico, Calvino procurava manter unidos seus diversos componentes intelectuais e poéticos: em Florença, em 1955, apresentou numa conferência a exposição mais orgânica de seu programa ("Il midollo del leone", *Paragone*, VI, nº 66).

Ele conquistara seu lugar na literatura italiana dos anos 1950, numa atmosfera então muito diferente daquela do final dos anos 1940, à qual, todavia, continuava a sentir-se idealmente ligado. Roma era a capital literária dos anos 1950, e Calvino, mesmo permanecendo declaradamente "turinense", passava boa parte de seu tempo em Roma.

Naquele período, Giulio Einaudi encomendou-lhe o volume das *Fábulas italianas* da tradição popular, que Calvino escolheu e traduziu dos dialetos das coletâneas folclóricas do século XIX, publicadas e inéditas. Um trabalho inclusive erudito (na pesquisa, na introdução e nas notas) que despertou nele a paixão pelos estudos de literatura comparada, território de fronteira entre a mitologia primitiva, a épica popular medieval e a filologia do século XIX.

Outro polo de interesse constante para ele: o século XVIII. A cultura iluminista e jacobina era o cavalo de batalha dos historiadores entre os quais convivia no trabalho editorial cotidiano: de Franco Venturi aos mais jovens e ao seu mestre Cantimori; além disso, a história pessoal, de descendente de maçons, fazia com que encontrasse no mundo ideológico do século XVIII um ar familiar. Portanto, é natural que o maior romance (ou paródia de romance) que Calvino escreveu seja uma transfiguração de mitos pessoais e contemporâneos em alegorias setecentistas (*O barão nas árvores*, 1957), em que o autor parece propor também (como caricatura, mas certamente acreditando nisso) um modelo de comportamento intelectual em relação ao compromisso político.

Entretanto, amadureciam os tempos das grandes discussões políticas que abalariam o aparente monolitismo do mundo comunista. Em 1954-5, num clima quase de trégua entre as lutas de tendência dos intelectuais comunistas italianos, Calvino havia colaborado assiduamente com o semanário romano *Il Contemporaneo* de Salinari e Trombadori. No mesmo período, foram muito importantes para ele as discussões com os hegeliano-marxistas milaneses, Cesare Cases e sobretudo Renato Solmi e, além deles, Franco Fortini, que fora e será para Calvino o implacável interlocutor antitético. Envolvido com as batalhas internas do Partido Comunista de 1956, Calvino (que, dentre outras atividades, colaborava com a revista romana *Città Aperta*) desligou-se do partido em 1957. Durante algum tempo (1958-9), participou dos debates por uma nova esquerda socialista e colaborou na revista de Antonio Giolitti *Passato e Presente* e no semanário *Italia Domani*.

Em 1959, Vittorini iniciou a publicação de uma série de cadernos de textos e de crítica (*Il Menabò*) para renovar o clima literário italiano e colocou o nome de Calvino ao lado do seu como diretor corresponsável. No *Menabò*, ele publicou alguns ensaios tratando de fazer um balanço da situação literária internacional: "Il mare dell'oggettività" (*Il Menabò* 2, 1959), "La sfida al labirinto" (*Il Menabò* 5, 1962) e também uma tentativa de traçar um mapa ideológico geral: "L'antitesi operaia" (*Il Menabò* 7, 1964). Porém, poder-se-ia afirmar que a preocupação de levar em conta todos os componentes históricos e ideológicos de cada fenômeno conduz Calvino a um impasse: e talvez seja por isso que suas intervenções no campo dos ensaios, as tomadas de posição críticas e em geral as colaborações em jornais e revistas se tornam sempre mais raras.

Nos últimos anos, passa longos períodos no exterior (em 1959-60, estivera seis meses nos Estados Unidos, onde visitou Nova York). Casa-se em 1964; sua mulher é argentina, de origem russa, tradutora de inglês e mora em Paris. Em 1965, nasce sua filha.

Seus livros mais recentes testemunham um retorno a uma paixão juvenil: as teorias astronômicas e cosmológicas que ele utiliza para construir um repertório de modernos "mitos de origem" na linha daqueles das tribos primitivas. Neste sentido, é significativa a homenagem que ele presta a um escritor paradoxalmente enciclopédico como Raymond Queneau, traduzindo o romance *Les fleurs bleues*. Dentro do mesmo espírito e apoiando-se nos recentes estudos russos e franceses de "semiologia da narrativa", projeta, mediante um baralho de tarô, um sistema combinatório das histórias e dos destinos humanos. No centro de todos esses interesses (e como prolongamento ideal do século XVIII do *Barão nas árvores*) encontra-se a obra do utopista Fourier, do qual Calvino organizou uma ampla coletânea.

Obras principais: *Il sentiero dei nidi di ragno* (1947); *Ultimo viene il corvo* (1949); *O visconde partido ao meio* (1951); *L'entrata in guerra* (1954); *O barão nas árvores* (1957); *A especulação imobiliária* (1957); *I racconti* (1958); *O cavaleiro inexistente* (1959); *La giornata d'uno scrutatore* (1963); *Marcovaldo* (1963); *As cosmicômicas* (1965); *Ti con zero* (1967); *As cidades invisíveis* (1972); *O castelo dos destinos cruzados* (1973); *Se um viajante numa noite de inverno* (1979); *Una pietra sopra* (1980); *Palomar* (1983); *Collezione di sabbia* (1984); *Sotto il sole giaguaro* (1986); *Seis propostas para o próximo milênio* (1988); *La strada di San Giovanni* (1990).

A OBRA

Os amores difíceis é o título com que o autor reuniu (pela primeira vez, em 1958, no volume *I racconti*) esta série de novelas. Definição irônica, certamente, porque onde se trata de amor — ou de amores — as dificuldades permanecem muito relativas. Ou, pelo menos, aquilo que se acha na raiz de muitas dessas histórias é uma dificuldade de comunicação, uma zona de silêncio no fundo das relações humanas: na muda manobra que um soldado, viajando de trem, inicia com uma matrona impassível, as sucessivas e inesperadas etapas de uma sedução parecem ora vitórias gigantescas e irreversíveis, ora precárias ilusões sem confirmação; na manhã que se segue a uma imprevista aventura amorosa, um homem volta com seu segredo ao cinzento da vidinha de empregado e, enquanto trata de investir com sua felicidade as palavras e os gestos cotidianos, já sente que toda experiência indizível é imediatamente perdida.

Em 1964, os contos foram traduzidos em francês num volume intitulado *Aventures*. Também esta definição de "aventura", recorrente nos títulos de cada texto, é irônica: se vem a propósito para os primeiros textos da série (incluindo a desventura da senhora que perde o maiô nadando ao largo de uma praia cheia de gente, num dos contos de feitura mais elaborada, que foi definido como um "estudo de nu pequeno-burguês"), na maior parte dos casos, indica somente um movimento interior, a história de um estado de ânimo, um itinerário rumo ao silêncio.

Convém notar que, para Calvino, esse núcleo de silêncio não é só um passivo inexpurgável de toda relação humana: encerra também um valor precioso, absoluto. "E no coração deste sol, era silêncio", diz-se na "Aventura de um poeta", um conto em que a escritura, enquanto evoca imagens de beleza e felicidade, é rarefeita, lacônica, pausada — mas assim que tem de dizer a dureza da vida se faz minuciosa, transbordante, extremamente densa.

Se temos aqui, em sua maior parte, histórias de como um casal não se encontra, em seu não se encontrar o autor parece resumir não só uma razão de desespero, mas também um elemento fundamental — quem sabe a própria essência — da relação amorosa: ao final de uma viagem para chegar até a amante, um homem compreende que a verdadeira noite de amor é aquela que passou num incômodo compartimento de segunda classe correndo na direção dela. E tampouco é casual que um dos poucos contos matrimoniais fale de um casal que trabalha numa fábrica, ele no turno da noite e ela durante o dia. E talvez o título que melhor pudesse definir o que tais narrativas possuem em comum seria *Amor e ausência*.

São todos — ou quase — contos dos "anos 50" não só pela data em que foram escritos, mas porque correspondem ao clima dominante na literatura italiana entre 1950 e 1960, anos em que muitos romancistas e poetas se propõem a recuperar formas de expressão do século XIX.* Calvino pertence ainda às gerações que tiveram tempo de incluir Maupassant e Tchékhov inteiros em suas leituras juvenis: e nesse ideal de perfeição da composição narrativa "menor", unido a um ideal de *humour* como ironia perante si mesmo (na qual Svevo talvez tenha uma participação), insere-se a poética dos *Amores difíceis*.

---

* Para dizer a verdade, não Calvino, que naqueles anos escrevia *O visconde partido ao meio*, *O barão nas árvores*, *O cavaleiro inexistente*, e nas suas declarações teóricas, quando necessário, recorria ao século XVIII ou aos romances de cavalaria ou às fábulas populares a fim de projetar para o futuro a energia guerrilheira que continuava a aquecer-lhe o coração. Mas seu trabalho procede sempre sobre trilhos divergentes, respondendo a solicitações diversas que se justapõem em vez de anular-se.

Contudo, mesmo quando parece revisitar a novela do século XIX, o que conta para Calvino é um desenho geométrico, um jogo combinatório, uma estrutura de simetrias e oposições, um tabuleiro em que casas negras e casas brancas trocam de posição segundo um mecanismo simplicíssimo: como tirar ou pôr os óculos na "Aventura de um míope".*

Devemos concluir que, se a novela era para o escritor oitocentista uma "fatia de vida", para o escritor de hoje é antes de mais nada página escrita, um mundo em que agem forças de uma ordem autônoma? (Um mundo que o herói da "Aventura de um leitor" pode considerar mais *verdadeiro* do que aquele que lhe é oferecido na experiência empírica de um encontro amoroso à beira-mar?) Melhor dizer que, construindo uma novela (isto é, estabelecendo um modelo de relações entre funções narrativas), o escritor põe em evidência o procedimento lógico que serve aos homens para estabelecer relações *também* entre os fatos da experiência.**

Encerram o volume dois textos mais longos que, na edição de *I racconti*, encontravam-se na última parte, intitulada *La vita difficile*. Trata-se de dois contos muito diferentes que pertencem a momentos diversos da produção do autor: o primeiro, "A

* Assim funcionavam os vaivéns no quarto de uma prostituta no conto "Uma cama de passagem", que, estilisticamente, ainda pertence ao primeiro Calvino "hemingwaiano" (mas que em homenagem a essa unidade temática é aqui integrado nos *Amores difíceis* com o título de "A aventura de um bandido"); e assim funcionarão as perseguições na autoestrada, num conto dos mais recentes, "O motorista noturno" (aqui incluído como fecho da série com o título "A aventura de um automobilista"). Além destas duas "transferências", *Os amores difíceis* são enriquecidos nesta edição com dois textos inéditos em livro: "A aventura de um esquiador", de 1959, e "A aventura de um fotógrafo", que é "transformação em conto" de um ensaio ("Le follie del mirino", *Il Contemporaneo*, Roma, 30 de abril de 1955).

** "A aventura de um soldado" inspirou um *sketch* cinematográfico dirigido e interpretado por Nino Manfredi; "A aventura de um bandido", um *sketch* teatral (*Uma cama de passagem*) dirigido por Franco Zeffirelli; "A aventura de um esposo e uma esposa", um episódio cinematográfico de Mario Monicelli; "A formiga-argentina" foi ilustrada por Franco Gentilini.

formiga-argentina" (publicado pela primeira vez em 1952, numa sofisticada revista de literatura internacional, *Botteghe Oscure*, nº X), decorre na Riviera di Ponente, uma paisagem que serve de fundo a muitas das primeiras (e não só das primeiras) narrativas do autor, a qual pode ser associada àquela "iconicidade figurativa de puro gosto gótico" ao representar "o horrendo zoológico ou botânico" de que falara Emilio Cecchi a propósito do jovem Calvino; o segundo, "A nuvem de smog" (que saiu pela primeira vez em 1958, na revista de Moravia, *Nuovi Argomenti*), desenvolve-se numa cidade industrial indeterminada mas que por causa de alguns detalhes parece Turim, e se enquadra numa espécie de reconhecimento sociológico que muitos escritores italianos realizavam naqueles anos de passagem para uma nova fase de desenvolvimento econômico do país.

A afinidade que une dois contos tão distintos é o fato de serem ambos meditações sobre o "mal de viver" e a atitude a tomar para poder enfrentá-lo, quer se trate de uma calamidade natural como no primeiro — as minúsculas formigas que infestam a Riviera —, quer de uma consequência da civilização como no segundo — o smog, a neblina fumacenta e carregada de detritos químicos das cidades industriais.

Em ambos os casos, um protagonista que fala na primeira pessoa mas não tem nome nem rosto se move entre uma multidão de personagens menores, tendo cada uma delas um modo próprio de contrapor-se às formigas ou ao smog. A condição dos dois protagonistas é diferente, um é proletário imigrado, pai de família, o outro é um intelectual desarraigado e solteiro, parecendo ambos ter como única questão de honra a recusa de qualquer evasão ilusória e transposição ideal. Nos modelos de comportamento que são propostos pelos outros, captam continuamente a nota falsa, o não querer olhar de frente o inimigo.

O herói da "Nuvem de smog", do fundo — dir-se-ia — de uma crise depressiva cujas origens desconhecemos, obstina-se em *olhar*, sem jamais desviar os olhos, e, se algo ainda lhe toca, é somente aquilo que vê: uma imagem a ser contraposta a outra imagem, sem nenhuma garantia de que a encontre. Não diferente, porém mais dura e sem satisfações intelectuais, é a lição de modesto estoicismo do herói da "Formiga-argentina"; e semelhante é a catarse provisória por meio das imagens com a qual se encerra o conto.

A CRÍTICA

Dentre as intervenções da crítica que se sucederam à publicação do livro de Calvino *I racconti* (1958), escolhemos quatro (duas positivas e duas negativas) que concernem mais diretamente aos textos compreendidos nesta edição,* sendo que cada uma delas propõe uma única definição abrangente do escritor. Os quatro críticos são Pietro Citati, Elémire Zolla, Renato Barilli, François Wahl.** Partindo de impostações diferentes, eles chegam a conclusões diversas e seu confronto poderá servir como um debate sobre o livro.***

Pietro Citati (que desde sua estreia como crítico acompanhou o trabalho de Calvino, traçando o retrato do escritor de modo mais incisivo, móvel e rico de matizes) elogia sobretudo os

---

* Na "Nuvem de smog" (e também na "Especulação imobiliária", o outro "romance breve" que fechava o volume *I racconti*) deteve-se a atenção da crítica socialista e comunista (Alberto Asor Rosa, *Mondo Operario*, nᵒ 3-4, 1958; Michele Rago, *L'Unità*, Roma, 17 de janeiro de 1959, e Milão, 23 de janeiro de 1959; Mario Socrate, *Italia Domani*, 28 de dezembro de 1958; Carlo Salinari, *Vie Nuove*, 27 de dezembro de 1958) que releva no pessimismo de Calvino e na sua tempestividade como observador "um sentido novo que não é aquele de uma desilusão pós-resistência ou de uma ilusão social-democrata" (Mario Socrate).

** Pietro Citati (*Il Punto*, 7 de fevereiro de 1959; *L'Illustrazione Italiana*, janeiro de 1959); Elémire Zolla (*Tempo Presente*, dezembro de 1958); Renato Barilli (*Il Mulino*, nᵒ 90; agora in *La barriera del naturalismo*, Mursia, 1964); François Wahl (*La Revue de Paris*, novembro de 1960).

*** Dentre as primeiras experiências italianas de aplicação à crítica literária de métodos de análise linguística, gramatical, semântica, recordemos o estudo de Mario Boselli dedicado à "Nuvem de smog" (*Nuova Corrente*, nᵒ 28-9, 1963), estudo que serviu de estímulo ao próprio Calvino para uma autoanálise estilística, publicada na mesma revista (nᵒ 32-3, 1964).

primeiros contos ("Un pomeriggio, Adamo"; "Un bastimento carico di granchi"; "Ultimo viene il corvo") pela "nitidez, crueldade, rapidez inventiva do signo" e explica como Calvino é ao mesmo tempo, necessariamente, "racionalista" e "fabulador".

Portanto, não pode surpreender a dedicação de Calvino ao mundo das fábulas: *O visconde partido ao meio, O barão nas árvores*, as transcrições do grande livro das *Fábulas italianas*. O ambiente mais propício ao espírito fabulista é justamente, de fato, o da razão límpida e precisa. Aquilo que o racionalista odeia, acima de tudo, é o mesquinho e vulgar absurdo cotidiano: a desordem contínua dos fatos e das reviravoltas do coração. Porém, o absurdo puro, explicado, das fábulas não pode ser dominado por uma racionalidade absoluta, embora de ponta-cabeça? A fantasia das fábulas descende muito mais do *esprit de géometrie* que daquele da *finesse*. E talvez somente um racionalista pode sonhar (como todos os Perrault sonham) construir um conto que seja de fato de puro *ritmo*: sinais, indicações, correspondências impecáveis [...]

Para um racionalista, a realidade não oferece resistências: pode estilizá-la, deformá-la em poucos traços, como Calvino sabe fazer muito bem. Ao contrário, a psicologia ofereceria mais resistências: mesmo nas grandes operações intelectuais dos moralistas franceses permanece de fato um resíduo, uma pureza de coração, impossível de eliminar. Obedecendo à lei dos contrários, eis um Calvino que se entrega a verdadeiras orgias de psicologia. É curioso verificar com que coerência inconsciente, nas "Aventuras" mas especialmente em "A formiga-argentina", "A especulação imobiliária" e "A nuvem de smog" (os três contos mais importantes do livro), Calvino se move num terreno como aquele do coração humano, que deve repugná-lo profundamente. Claro que isso também é psicologia. Mas é uma psicologia abstrata, um mero instrumento analítico, que jamais coincide realmente com as experiências individuais e, portanto, pode assumir expressões de aventura intelectual pura, esquemática. Neste sentido, Calvino tende — às vezes — a exagerar. Sua abundância é traiçoeira. E não há razão para espanto. A precisão do escritor intelectual é sempre, de fato, ligeiramente apriorística: nasce do movimento da imaginação, mais que das necessidades internas da matéria. Seu mundo parece não ter limites: responde somente à provocação de um novo estímulo, de uma nova descoberta. Pode se tornar aproximativo, impreciso. É a irônica vingança que a realidade se permite, de vez em quando, em relação a quem optou completamente pelo lado da inteligência e da precisão.

Depois de ter abordado as várias estratégias sob as quais Calvino escondeu a si próprio, Citati observa como em "A nuvem de smog" o autor

se identifica com e contempla, com evidente paixão autolesiva, a figurinha de um medíocre empregado, ao redor do qual a vida assume inevitavelmente os aspectos mais desconfortáveis e mais cinzentos. Com a mesma complacência que o levara a pintar-se elegante, inteligente e infalível, agora acumula sobre si mesmo os mais disformes refugos [...] Será a última esta encarnação relaxada, medíocre? Tenho dúvidas quanto a isso. As diversas faces de Calvino sempre tiveram a mesma variedade das figuras do caleidoscópio. Com efeito, a imagem mais acabada que ele conseguiu oferecer de si próprio continua sendo a do *Barão nas árvores*, onde Cosme Chuvasco de Rondó, que, rebelando-se contra o pai foge para um azinheiro e não desce mais, passando a vida inteira entre as árvores, certamente julga o mundo e os homens e ama e projeta reformas, mas sempre entre os mais extraordinários volteios, burlescamente, sem chegar a revelar-se totalmente, sempre entre as árvores.

Um retrato semelhante, mas em chave negativa, é traçado por um polemista ferrenho contra a civilização moderna, Elémire Zolla, para o qual "o desvario inteligente de Calvino é a versão esnobe do camponês que se faz de tonto". As muitas ficções, inclusive estilísticas, de que Zolla acusa Calvino não impedem, contudo, o escritor de atingir alguns momentos de verdade:

Dada a poética do meio-termo, a ironia de Calvino jamais chega ao sarcasmo ou à ferocidade e tampouco é tempero para o diálogo, pois, em substância, é arma de defesa que serve para tutelar a evasão pela fábula. Todo esse mecanismo perfeito de adaptação nunca totalmente comprometedor exige seu preço, que é a prisão no voyeurismo, a doença do aventureiro fingidor, o qual tem de conservar sua disponibilidade com todo o garbo e ironia possíveis e arrisca tornar-se interiormente tão vazio quanto a sociedade da qual se defende — adaptando-se. Todavia, nos contos finais, dentre os mais belos deste pós-guerra italiano, tal psicologia não perturba. Em "A formiga-argentina", a Arcádia adocicada se torna campo de jogo verdadeiro, ligeiramente cruel e intelectual [...] Na "Nuvem de smog", enfim, o desespero não usa máscaras, o gosto pelo esboço à italiana desaparece e a representação das amargas minúcias da vida se torna perfeita. O fecho não é arcádico: o empregado que passa a buscar somente imprimir imagens na mente entristecida pela consciência do vazio de uma vida empresarial [...] sem verdadeiro diálogo doravante, nem mesmo quando surja a imagem do amor, observa as paisagens campestres de Bertolla com ar não afável e espertamente modesto mas serenamente triste, e traz de volta à memória certos versos de Richard Blackmur: "O terror não está na noite doce que cai/ e cobre de neve de lua toda nua fronteira/ e reúne mãos de sombra e oculta lágrimas./ A vida é, ela só, quem cura a si mesma./ O verdadeiro terror desliza de dentro, onde/embora a lama se feche/ ainda a voz nua chama".

Ainda mais negativo que o tradicionalista Zolla (e com argumentos não divergentes contra a ausência de dramaticidade) é Renato Barilli, um jovem crítico que poucos anos depois se tornaria um dos teóricos da neovanguarda do "Gruppo '63" e que dedica aos contos de Calvino um longo e impiedoso requisitório:

Que sua posição, não obstante certas aparências, não seja radical e extremista é confirmada por um exame do nível psicológico e epistemológico em que ele se coloca ao estabelecer as suas relações com o mundo. Já foi dito que em relação às coisas ele é "olhar", abraço filtrado por lentes. Uma imediata associação de ideias faz logo vir à mente, então, a nova narrativa francesa, a *école du regard*, Robbe-Grillet e Butor; mas o apelo permanece completamente externo. Os dois narradores transalpinos de fato tentam um jogo dificílimo, audaz, e não raro genial; para além dos limites do "senso comum" e de um universo antropocêntrico regulado por tranquilizantes leis gravitacionais, vão descobrir relações inéditas com as coisas, tornando a dar a elas o poder de choque que o hábito arruinou e cobriu de sedimentos; naturalmente, não chegam a essa obra audaz por meio de uma excepcional contribuição individual, mas são ajudados e apoiados não só por uma poderosa tradição especificamente narrativa, mas também por uma cultura, como a francesa, que está bem habituada às mais ousadas especulações nos vários campos da pesquisa epistemológica, psicológica, pedagógica etc. Pelo contrário, Calvino tem por trás a mais calma e bem-comportada cultura italiana, que não lhe permite amplas margens de movimento: se, portanto, vai pescar corajosamente num âmbito já no limite extremo, onde os objetos são ampliados e pressionam por todos os lados na tela visual, pretendendo assumir a iniciativa, não tem, contudo, a força de abandonar o limiar do "senso comum" e, pelo contrário, faz prevalecer de forma conclusiva sobre o mundo das coisas a legislação e as hierarquias que nele encontram curso. Em suma, o escritor não se afasta de um universo de proporções habituais, ao alcance da mão, inteiramente controlável. E com grande probabilidade será introduzido a acreditar que tal equilíbrio, esse manter as coisas em seus lugares, sanciona a vitória de uma atitude racionalista sobre o que há de irracional no decadentismo europeu; nós, mais pessimistas, pensamos que isso seja a vitória de um "bom senso" italiano, com todas as conotações limitativas, de avareza, de conformismo, que se associam a esse termo, sobre inquietudes e fervores mais vitais. O problema é que o encastelamento no "senso comum" não pode deixar de abandonar à futilidade e ao vazio as considerações analíticas, mesmo quando finas, eficazmente elaboradas por Calvino. Tome-se em consideração a série dos *Amores difíceis* e, por exemplo, aquela "Aventura de um viajante" que, conforme foi dito, incita vagamente ao cotejo com *Modification* de Butor: a rede dos gestos mínimos do protagonista, pacientemente registrada e fixada, continua à margem, mantém as reduzidas proporções que no universo do "senso comum" lhe competem, não passa para o primeiro plano, não se eleva às proporções do drama (como acontece, ao contrário, em Butor). A anatomização de Calvino, portanto, não vai além das ambições e possibilidades de um jogo marginal, gracioso, rebuscado, finamente lavrado, mas incapaz de energizar-se com valores mais altos. Por tais razões talvez seja mais conveniente falar de "olhar" no seu caso em vez daquele dos jovens narradores franceses, justamente porque nele a relação com as coisas é linear, fotográfica, isenta de implicações ontológicas e tampouco se propõe a introduzir uma nova ordem fenomênica: "olhar" então, isto é, ato de compromisso esporádico, obediente a certo "fastio" que o leva a passar de um objeto para outro com curiosidade instável e irrequieta.

A poética *visual* desses contos (aquilo que Zolla chamou de "prisão no voyeurismo" e Barilli de "ato de compromisso esporádico" e enfastiado) é, pelo contrário, considerada a essência estilística (e também moral) da obra de Calvino por François Wahl, um dos poucos observadores estrangeiros que tem estabelecido com o escritor italiano uma verdadeira relação de colaboração crítica, mesmo partindo de posições teóricas diferentes (as da nova crítica francesa).

Afirma Wahl:

O choque do *real* provoca o aparecimento de uma *imagem*: ainda é o real e já é outra coisa; a imagem traduz uma experiência, mas significa mais e noutro plano. E acontece que esse símbolo começa a viver; desenvolve uma *lógica* toda sua; carrega consigo uma rede de acontecimentos, de personagens; impõe seu tom, sua linguagem. Mas tal lógica, por seu lado, tem algumas de suas articulações e seu ponto de chegada fixados desde o princípio; a busca de fórmulas e de eventos se exaure, para terminar na paz de uma *contemplação*. Este é o processo que governa todas as obras de Italo Calvino. Compõe os termos que estamos menos habituados a ver juntos [...]

Lógica, dizíamos: lógica louca, lógica que desenvolve imperturbavelmente um dado *possível* até a mais *impossível* das impossibilidades. Aí o herói de Calvino, esgotado, não encontra outro recurso a não ser na paz do olhar: o soldado se levanta e olha pela janela, o inquilino inexperiente caminha rumo ao mar e se senta no dique, a jovem mulher não encontra o marido senão no calor que a cama conservou de seu lado. Seria equivocado ver em tudo isso uma espécie de quietismo: não é a ação que é condenada, mas uma situação absurda dentro da qual só se pode agir debatendo-se: ou seja, em vão [...]

Deixaremos ao leitor o prazer de descobrir na "Aventura de um poeta" o mecanismo criativo que acabamos de analisar. Que nos seja permitido sublinhar um tema sobre o qual o humor de Calvino não para de tecer: a *desventura* do homem prisioneiro dos caprichos de uma mulher [...] Observe-se também que aqui (e de modo quase brechtiano) opõe-se claramente à agitação inútil a ação real: o trabalho dos pescadores. Mas o poeta, ele, não pode ainda fazer outra coisa a não ser refugiar-se no olhar: o que nos permite ganhar aquela admirável página final, deslumbrante *travelling* literário em que a aldeia do Sul esmagada pelo sol entrega o seu espetáculo e seu grito. Eis que "A aventura de um poeta", se tem o mesmo ponto de partida das outras novelas, diz mais: aqui a *lição* coloca-se além da *denúncia*.

ITALO CALVINO (1923-85) nasceu em Santiago de Las Vegas, Cuba, e foi para a Itália logo após o nascimento. Participou da resistência ao fascismo durante a guerra e foi membro do Partido Comunista até 1956. Publicou sua primeira obra, *A trilha dos ninhos de aranha*, em 1947.

OBRAS PUBLICADAS PELA COMPANHIA DAS LETRAS

Os amores difíceis
Assunto encerrado
O barão nas árvores
O caminho de San Giovanni
O castelo dos destinos cruzados
O cavaleiro inexistente
As cidades invisíveis
Contos fantásticos do século XIX (org.)
As cosmicômicas
O dia de um escrutinador
Eremita em Paris
Fábulas italianas

Um general na biblioteca
Marcovaldo ou As estações na cidade
Mundo escrito e mundo não escrito
Os nossos antepassados
Palomar
Perde quem fica zangado primeiro
Por que ler os clássicos
Se um viajante numa noite de inverno
Seis propostas para o próximo milênio —
    Lições americanas
Sob o sol-jaguar
A trilha dos ninhos de aranha
O visconde partido ao meio

1ª edição Companhia das Letras [1992] 10 reimpressões
2ª edição Companhia das Letras [2004] 3 reimpressões
1ª edição Companhia de Bolso [2013] 2 reimpressões

Esta obra foi composta pela Verba Editorial em
Janson Text e impressa pela Gráfica Bartira
em ofsete sobre papel Pólen Soft da Suzano S.A

A marca FSC® é a garantia de que a madeira utilizada na fabricação do papel deste livro provém de florestas que foram gerenciadas de maneira ambientalmente correta, socialmente justa e economicamente viável, além de outras fontes de origem controlada.